漫漫长路

A LONG LONG WAY

SEBASTIAN
BARRY

[爱尔兰] 塞巴斯蒂安·巴里/著

苏福忠/译

浙江文艺出版社

目录

译者前言

一

“这只是一个故事，威利，一个战争的故事。”

这句话是书中主人公威利的朋友奥哈拉对威利说的。这句话出现在书中第十三章里，而这章主要就是由奥哈拉向威利讲了“一个战争的故事”，说的是：在英国军队和德国军队拉锯战的区域，一个排的英国士兵走进德国士兵刚刚扫荡过的村子，他们发现全村人都没了，连鸡狗都横死街头，十分恐怖。这时，他们看见只有一个女人活着，被捆绑在一个挽具上，但这个女人更加恐怖。她的额头被德国士兵用匕首刻下了“德意志”三个字。她的舌头被割掉了，扔在一旁的草地上，像“一个婴儿的嘴”。她的黑裙子被撩起来，露出红红的屁股。显然，这个比利时女人被德国士兵轮奸了。英国士兵决定把这个比利时女人救走，便由奥哈拉和另一个士兵帮助她，其他士兵在前面开路。但是他们遭到了德国部队的袭击，一个排士兵都死了，只有他们三个跑出危险地带，钻进了一个战壕。那个士兵认定都是因为营救这个女人，同伴们才都被敌人打死，于是打了这个可怜的女人一拳，接着撩起她的裙子，把她强奸了。

> “你在干什么，彼得？”
>
> “这才是要命的事情，你看。我没有干什么事情。我帮助按住了那女子的肩膀。耶稣·基督啊，我至今也不知道为什么。”

威利追问朋友，朋友彼得·奥哈拉如是忏悔。威利受不了朋友的恶劣表现，当下把奥哈拉揍了两拳。奥哈拉没有做任何反抗，但是他还是受不了最好的朋友如此的蔑视，事后伺机暗算了威利一下，彻底毁掉了威利内心的一丝生存下去的光亮，不过这是后话了。

尽管作者用了全书最长的一段文字（近两千字），让奥哈拉一口气讲出了“一个战争的故事”，让主人公——自然也让读者——难以承受，其冲击力和象征性也确实足够分量，但是如果只是停留在这个层面上，那么这本关于战争的书，还是没有根本性升华。为了窥见这本书的深度，我们不妨看看“一个战争的故事”必须由一个士兵讲出来的理由。

二

奥哈拉是普通一兵，每逢战斗特别紧张与恐怖的时候，他习惯呕吐。这次不是呕吐，是倾吐，向自己最好的朋友倾诉内心再也装不下的秘密——协助那个士兵实施奸淫，原因却不是特别恐怖的战斗，而是威利的一位同胞，杰西·柯万，被战地军事法庭定罪，枪决了。奥哈拉在一起奸淫罪中助纣为虐，罪过不轻，一旦被发现，军事法庭不会放过，他本该藏在心里，却向朋友倾吐，可见他受到的冲击有多么大，多么不堪承受。那么，这个杰西·柯万是因为什么而被战地军事法庭枪决了呢？这个背景对最早奔赴欧洲战场的爱尔兰士兵，确实是一个极为重要的背景。

一九一四年八月，世界大战爆发，战场在欧洲大陆，岛国英国不甘寂寞，借口拯救比利时的中立国地位，很快参与到战争中。但是，打仗是要死人的，英国自然不愿意本国的年轻人消耗过多，因此从殖民地和所属国招募了大量雇佣兵。为了招兵顺利，英国除了发放军饷，还得承诺一些别的好处；就爱尔兰而言，批准爱尔兰地方自治就是这样的好处，但是要等到大战结束后才能生效。爱尔兰为了这一许诺，数十万热血青年应征入伍，到前线打仗。威利和奥哈拉都是在这样的背景下报名参军的，是第一批参加第一次世界大战的爱尔兰志愿兵。

被军事法庭处决的杰西·柯万是威利·邓恩第一次探亲时认识的。认识的过程很有戏剧性，而他们在霍斯码头上船奔赴前线时更有戏剧性：他们刚刚登船，忽然通信兵飞马赶到，要他们重返都柏林。等他们回到都柏林，城里已经发生骚乱，有人在攻占包括邮政总局大楼在内的多处要害部门，而他们的任务就是镇压平息暴乱。他们是军人，军人必须服从命令，因此他们把枪口对准了自己的同胞。

这就是爱尔兰历史上发生于一九一六年复活节的著名的起义。在历史上，这次起义是英格兰派来炮舰，在利菲河上对都柏林起义者占领的地方进行猛烈轰击，平息了暴乱，并先后把十四位起义首领一一处死。

威利和柯万都奉命参加了镇压起义军的活动，一开始全然不知道发生了什么大事，威利以为是德国人打来了。后来，他们从传单上了解到，原来是有人要趁英格兰忙于欧洲战场的时机，实行爱尔兰的民族独立："英格兰的危机就是爱尔兰的良机。"这是当时民族主义者最著名的口号。一些民族主义者还暗中给德国政府送过情报。

单一的局面一下子复杂起来。争取爱尔兰地方自治突然间成为一个落伍的观念，不值钱了，没有号召力了。但是，在前线喋血的士兵，自然还是反对起义者的，认为他们在添乱。士兵们在前方吃苦，受累，流血，死人，他们却在后方制造流血，应该立即遭到镇压，并为英国军队平息都柏林的骚乱而叫好。然而，随着一个个著名的起义领袖被处决，国内民众的情绪发生了变化，前线的爱尔兰士兵的情绪也开始发生变化。他们认为不应该杀那么多人，或者根本就不必杀人，而被杀的还都是爱尔兰的优秀人物。一般士兵只是处于一种矛盾状态，杰西·柯万却钻了牛角尖："可是，那些穿军装的小伙子把另外那些小伙子打死了，我不会穿了这同一种军装服役。"他不仅自己拒绝继续服役，还向别的士兵宣传他的观点。这是在动摇军心了，在英国军队前线最吃紧的时候，柯万必死无疑。

这一背景导致了杰西·柯万的死；杰西·柯万的死，导致了奥哈拉对威利倾诉了一个战争故事。然而，主人公威利·邓恩在这样的背景下承担的命运，自然要比任何事情都更复杂，更沉重。

三

"一个战争的故事"的直接结果，是威利认清了，他满腔热情地来拯救比利时的妇女，而他所在的英国军队的士兵却像德国人一样强奸比利时妇女。他认为正义的神圣的事情，一下子失去了它的光辉。他内心构筑的正义大厦开始倾斜了。

他的父亲是都柏林警察署署长，为了维护一方平安，对起义者相当憎恨。因为吃着皇粮，对王室效忠是他的思想基础。但是，威利亲眼看见军队打死了一个都柏林青年，杰西·柯万之死，促使他思考，使他的思想发生了变化，终于在一封信里，他替那个死在他怀里的都柏林青年和被枪决的起义领袖，说了几句辩解的话，触怒了父亲。他以为他和父亲从来思想一致，这次也不会有不能沟通的东西，他对父亲怒气冲冲的问责的信没有及时回复，本想回到家里和父亲坐在一起进行沟通，结果在他第二次短期探亲时，被父亲拒之门外。

还是因为“一个战争的故事”，他打了奥哈拉，奥哈拉背着威利，给威利心爱的情人格蕾塔写了一封信，揭发他在亚眠休整期间，和妓女睡觉一事。格蕾塔收到这封揭发信，给威利复信，要他澄清事实，但是她的信自然被奥哈拉私自扣下，威利一直蒙在鼓里。他被父亲拒之门外后，心怀最重要的唯一希望，去找格蕾塔，却看见格蕾塔在给一个孩子喂奶。威利第一次探亲时，格蕾塔和他在军营外的路边树阴下浪漫地做过爱，威利一去十七八个月，怎么算这都不应该是他的孩子。格蕾塔告诉他，她嫁人了，因为她看了那封揭发他嫖娼的信，她受不了。威利尽管对嫖娼的事儿已经向神父忏悔，可是面对冷酷的事实，又能怎么样？支撑威利在殊死的战场上活下去的唯一希望破灭了，威利此后成了一个没有家和祖国的人，偶尔唤醒的一点情绪，没有了质量，没有了根基。

四

威利·邓恩依然回到了战场上，因为他还是一个兵，签了入伍条约的兵。战争没有结束，只要生命不止，他就要履行自己的承诺。这是爱尔兰人的一种性格。第一次世界大战的欧洲战场非常艰苦，吃乱炖，喝朗姆酒，蹲茅坑，战壕病，冬天挨冻，夏天水泡……仅仅日常生活就足以摧毁意志薄弱的士兵。战斗的日子更加恐怖：狙击手的黑枪、敌我双方大炮的狂轰滥炸、一次又一次的瓦斯攻击、主动出击、被动防守、烂泥中攻夺高地、饥饿中蹲守战壕……威利一次次都挺过来了，但他不是一个英勇无畏的战士，往往在恐怖的想象中尿裤子，拉裤子，动不动就哭泣，流泪……这些物理反应，都是他脑子里的化学反应的结果。他胆小，但是聪明，时时事事想在前面，而且总以一个建设者的思维在思考，因此他对恶劣的战争环境的反应，就表现得很累，很复杂。除了远距离开枪射击打死的敌人，他只是在一次肉搏中亲自砍死过一个德国士兵，那还有德国士兵的一半过失：当一个身高马大的德国士兵跳进威利的战壕，掐住威利的脖子时，个子不高的威利本能地拔出短斧向上挥去，一下把德国士兵的防毒面罩掀翻，德国士兵立即被他们自己的瓦斯熏倒在地；威利的一斧砍去，只是尽早结束了他的痛苦。然而，威利深受良心谴责，不仅亲自把“他的德国兵”埋掉，还把德国兵的一枚瓷马雕像留下来做念想。

不管多么恐怖的战斗，不管等待阶段多么让他丢人——撒尿或者拉屎——但是只要投入战斗，他就总能跟在先遣小分队之中，躲过枪林弹雨，顺利完成阶段性任务。在他们第一批爱尔兰志愿兵中，临近第一次世界大战结束时，他的连队只有三个人活了下来，表现得总是有点“熊”的威利，居然是其中之一。军士长说他活下来是“一个奇迹”，而英格兰少校斯托克斯说他“你就是这个样子啊，列兵”。

是的，威利就是这个样子。而他的样子，就是爱尔兰人的样子。

威利在最后一章中，在胜利的曙光里，因为和德国士兵唱对歌，被循声射来的子弹打中，结束了短暂而年轻的一生。战争的残酷，这是最重要的一笔。这与其说是主人公威利·邓恩的悲剧结局，不如说是作家刻意的安排。这是要用一个普通士兵平凡而浪漫的死，告诉今天的爱尔兰人曾经发生过的悲剧，也是作者对和平的珍爱和呼唤。

五

《漫漫长路》于二〇〇五年出版后，几乎赢得了英语国家所有重要报纸的热烈欢呼和高度赞扬，以下摘取几例

评论:

故事抓人，震人，悲人；不过最重要的是拒绝被遗忘。

——《泰晤士报》

在第一次世界大战长篇小说中卓尔不群。一部小篇幅的大杰作。

——《独立报》

令人折服的抒情笔调，巴里的长篇小说把读者领进了一个地狱般的无人地带，战争的真实疯狂在这里只能感觉到和理解到，却说不出口。

——《观察家报》

用阴郁的、美丽的、创新的、召唤的散文，巴里讲出了战争的污秽的真实。

——《爱尔兰星期日报》

《漫漫长路》浸泡在血泊、精液、排泄物和污物之中。然而，它还是辗转腾挪，达到了一种哀悼的、阴魂附体般的雅致……使用这种丰富的质感语言，巴里为威利·邓恩创造了非同一般的无人地带。这个地带在延展，不仅位于英军和德军的阵地中间，而且位于他在战争中成为的那个人和他知道并爱着的一切东西的中间。他失去了他的国家，他爱恋的姑娘，甚至他的父亲，因为

> 他父亲对他同情那些被处决的都柏林起义者的摇摆情绪感到震怒。威利没有可以生活其中的世界，成了一个游魂野鬼……这是巴里令人心碎的成果，不仅召来了这个游魂野鬼，还让它在我们中间游荡，带来那种无法弥补的损失的难以言表的悲痛。
>
> ——《卫报》

…………

一波接一波赞扬的浪潮过去，并没有让布克奖的评委感动多少，《漫漫长路》列入最后五本候选长篇小说之后，最终没有能够获得当年的布克奖。千万不要以为评委们有多么独到的眼光，多么公平的心态，多么高明的标准。读者一定不要忘记，《漫漫长路》或多或少地踩住了英国人的鸡眼，英国的评委们不会心平气静地把奖拱手送出。无论在小说中还是在当时的现实中，英国只是在扮演一个帝国扩张的角色。如同本文一开始讲述的“一个战争的故事”所象征的：英国在一战中所扮演的只是一个次要的强奸者。至于对待爱尔兰，一方面征用了几十万爱尔兰志愿者，一方面在利菲河上对都柏林炮轰了几天几夜，都是列强的作为。曾经的强国，看见别人逐渐强大心里总是不舒服的，因此不管全球化的脚步如何加快，民族意识和种族歧视至少在一百年内不会淡化多少。

好在，至今为止，绝大多数伟大的不朽的文学作品，都是没有获过奖的。

就现代战争的写作而言，我个人认为，德国著名作家雷马克的《西线无战事》是一座山，再难超越。但是，翻译出了《漫漫长路》之后，我看到了另一座更高的山。

六

塞巴斯蒂安·巴里一九五五年出生于都柏林，在都柏林三一学院接受教育，当今被认为是爱尔兰最杰出的作家。他于上世纪七十年代开始写作，主攻诗歌，出版的诗集有《水彩师》（1983）和《华丽的城镇》（1985）。后因母亲，爱尔兰著名演员琼·奥哈拉，在一家剧院做艺术总监，塞巴斯蒂安转而主攻剧本写作，并取得不俗成就，其中以《基督教教徒的管家》（1995）为代表作，赢得多项奖，曾在世界各地演出，获得广泛声誉。上世纪末、本世纪初，他把主要精力投向长篇小说写作，《艾尼雅思·麦克纳迪在哪里》（1998）和《安妮·邓恩》（2002）出版后获得很高的赞扬。继《漫漫长路》于二〇〇五年被列入英国布克奖的五部入围小说后，他的新作《秘密手稿》又被列入二〇〇八年布克奖的五部入围小说。尽管巴里两次均与布克奖擦肩而过，但一点也不妨碍爱尔兰读者对他的作品的喜爱。《漫漫长路》二〇〇六年获得都柏林国际影响奖，二〇〇七年被推选为都柏林市的“一个城市一本书”，一时间《漫漫长路》的宣传海报在都柏林大街小巷随处可见，爱尔兰读者掀起了阅读《漫漫长路》热，书中主人公威利·邓恩成了人们心中的爱尔兰人的一种典型。

今年三月份，塞巴斯蒂安·巴里被爱尔兰文学署举荐，来北京参加书虫节活动，我很高兴和他在他下榻的旅馆交谈了近两个小时。我问及为什么他对写作爱尔兰的历史更感兴趣时，他说：

“历史留给我的思考空间大，许多事件可以看得更清楚，利于写作深度。”

“你为什么对爱尔兰上世纪一二十年代的历史更为专注呢？”

“我认为，那是现代爱尔兰人的性格形成的重要阶段。”

塞巴斯蒂安·巴里在追寻现代爱尔兰人的根。对于一个力图写出现代爱尔兰国民性的作家，这个切入点非同寻常。

二〇〇九年五月

于北京八里庄北里二人居

献给

罗伊·福斯特

友谊长青

第一部分

第一章

他出生在那些垂死的日子里[1]。

那是一八九六年枯萎的岁末。他叫威廉，随了那位长眠地下“奥兰治王”[2]的英名，因为他父亲对诸如此类的遥远的事情颇感兴趣。除此之外，一位外叔祖父，威廉·卡伦，当初住在威克洛，他们习惯称作大山那边，他父亲本人就是在那里养大的。

冬天的冻雨啃咬着都柏林的出租马车车夫，他们身穿脏兮兮的华达呢外衣，聚集在大不列颠街圆形大厦一带。

---

①19世纪末的十年间，爱尔兰社会确有辞旧迎新的迹象，尽管进入新世纪后爱尔兰苦难多多，但是一个新的现代爱尔兰也在酝酿之中了。另，1901年维多利亚女王驾崩，既是爱尔兰彻底摆脱英格兰纷繁关系的开始，也成为主人公的父亲身为都柏林警察署署长之职的背景的重要因素，小说最后的那封信，提及此点。

②欧洲的一个贵族世家，自1815年以来一直是统治荷兰的王室。另，爱尔兰于1790年代出现了“奥兰治社团”（Orange Order），后来渐渐发展为一支政治力量。从主人公威利的家庭背景看，如他的祖父一辈子做了一个大家族的管家，似近前者而疏后者，也似是威利的父亲对英国王室忠心耿耿的背景，因此在爱尔兰一战期间社会发生急剧变化时，威利的父亲把探亲的威利拒之门外，看似冷酷，实质上是观念在作祟。这点成为本书写作深度的要点之一。

那座古老建筑的石头脸面，在怪异的牛骷髅和厚帘饰的映衬下，总是一副漠然的神色。

圆形大厦医院的厚厚的灰色石墙里，新出生的婴儿在里边哇哇啼哭。血污沾在护士们白色的褂子上，如同屠夫的围裙。

他是一个小婴儿，长大后一直是一个小男孩模样。他像乞丐的瘦巴巴的大臂那样粗细，几根纤细的骨头把他整个撑起来，支支棱棱的，随时会坍塌的样子。

他终于从他母亲身上掉下来时，喵地叫了起来，如同一只受伤的小猫，叫了一遍又一遍。

那是一个暴风雨的黑夜，注定不会成为名声远播的日子。但是，一场暴风雨骤然来临，把医院后面旧花园里那些宜人的大橡树上所剩不多的叶子，全都刮掉了，随后又把刮下来的湿漉漉的叶子顺水沟吹走，吹进了开口的排水沟里，掉进了大阴沟不知去向的通道里。分娩的血迹也沥沥拉拉一起流走了，人类许多液体也都流走了，不过林森德那边的咸海接纳了一切，一视同仁。

他的母亲用尽了让多数母亲成为英雄的毅力，把他揽到了胸前。父亲们却躲得远远的，在船只旅馆喝啤酒。这个世纪垂垂老矣，体弱多病，但是人们在谈论马匹和税收。

婴儿什么都不知道，威利[1]也什么都不知道，但是他宛若一片飘落的歌声，像冻雨纷飞中的一点光亮，一个起点。

这一时期出生的所有欧洲男孩们，这一时期前后出生的所有欧洲男孩们，俄国的、法国的、比利时的、塞尔维亚的、爱尔兰的、英国的、苏格兰的、威尔士的、意大利的、普鲁斯的、德国的、奥地利的、土耳其的——还有加拿大的、澳大利亚的、美国的、祖鲁的[2]，还有廓尔客人[3]、哥萨克人，以及所有其他国家地区的人——他们的命运，当然，都撰写了生命之书的腥风血雨的一章。几百万母亲们，几百万母亲们的几百万加仑母乳，几百万次小声呵护和呀呀回应、打骂和亲吻、甘西衫[4]和鞋子，在历史上堆成了巨大的破烂堆，随着高昂的破声破气的音乐，人类的故事徒劳地讲述着，为了灰烬，为了死亡的娱乐，抛向了灵魂的浩大的废物堆，所有那些几百万男孩们尽管形形色色，脾性各异，却被一场即将到来的战争的磨石统统碾成了齑粉。

---

①威廉的小名儿，在英语里另有“小鸡鸡”“小鸟儿”之意，寓意很隐秘很微小的存在物，却也难逃战争的蹂躏和摧残；也指向人类生命的源头，象征主人公威利的生存强度。书中两三次利用这个名字营造情节，既不乏作者的黑色幽默，又强调主人公的顽强生命力。

②非洲班图族的一支。

③尼泊尔的主要居民。

④一种针织上衣或者厚运动衫。

威利六七岁上，爱尔兰的国王[①]从英格兰莅临爱尔兰。国王块头庞大，简直像一张床。凤凰公园里的兵营举行了一次盛大的检阅。威利和母亲站在那里，因为块头大得像一张床——听着，就是两个人睡的那种大铜床——的国王想视察都柏林市警察署集合起来的警员。他怎么会不想视察一下呢？他们黑压压地站在一起，像一支军队，一会儿正步走，一会儿操练。他的父亲当时尽管只是一个督察员，却骑在一匹大白马上，因此国王把他看得更加清楚。他父亲骑在马上，看上去比国王都威风，因为国王说到底不得不站在他那油光发亮的鞋子上。他父亲就像上帝本人，或者上帝王国里最优秀的人。

多年后，尽管他把这样小孩子家的念头放在一边，但是他总还是想到他的父亲执勤时是骑在大白马上的，而实际上当然不会的。

他生就了一条唱歌的嗓子。他的母亲是一个性格爽朗的女人，她本人姓卡伦，威克洛休姆伍德庄园矮丛林的女儿，享受到了那里的好处。她把小威利放在椅子上，如同任何女人会做的那样，而小威利把小脑袋向后仰去，唱起威克洛地区流行的某个曲子，高一声低一声的，做母亲的

①应为大不列颠联合王国国王乔治五世，当时爱尔兰属于联合王国。

见了脑海里浮现了一百种东西，童年啦，河流啦，树林啦，那个时刻觉得自己变成了一个小姑娘，活泼，喘息，应有尽有。她在自己的脑子里想啊想啊，想到语言的力量，想到你嘴里哪些器官在转动，它们联合起来就弄出一曲歌儿，似乎唤起了一百种消失的场景，逝去的脸面，失去的恩爱的活动。

他父亲，没错，是一个身穿黑色警服的黝黑的警察。威利·邓恩出生后每天晚上在摆放在起居室大火炉旁的一个搪瓷浴缸里洗澡。每天晚上六点钟准准的，他父亲便会闯进来，一把抓起这湿漉漉的小男孩，抱在他那缀了银扣子的胸膛前，威利像一片东西躺在那里，像一只没有羽毛的鸽子，浑身还沾满湿漉漉的浴液，他母亲抻开毛巾把他擦干，他的父亲一直紧锁眉头，六英尺六英寸的大个子，说些一个优秀警察会说的话，一个响当当的警察会说的话。

年复一年，他父亲为他量个子，把他推到陈旧的大理石壁炉旁边的墙纸前，在他的头上放一本轻歌剧本子——波希米亚女郎和其他流行歌剧——然后用警官使用的一截铅笔头，把他的高度画下来。

威利终于十二岁了，长成了一个像模像样的男孩儿。他的小妹妹多莉出生在达尔基那所房子里，他母亲因为生她难产而死。这下，只剩了他父亲、三个姑娘和他，后来于一九一二年住进了都柏林城堡，也正是那年冬天，对他的母亲的记忆像一支黑色的歌，让他在自己的床上孤零零地哭泣，尽管那时他已经十六岁，身体结实，姐妹们做饭的蒸汽在陈旧的窗户上那块冰冷的玻璃上变成了淋淋泪水。

后来，又有一件事情让他暗地里哭泣，那就是他“该死的”个子，正如他父亲一开始诅咒的那样。

他迟迟长不高个子，慢得像一只蜗牛爬行，他的父亲也不再把他推到那壁纸前测量了，爷儿俩都忧心忡忡。明摆着，威利·邓恩永远长不到六英尺了，那可是当兵入伍的规定高度啊。

威利整天诅咒他的每根骨头，每条肌肉，他的心与灵，这些没用的让人泄气的东西。不久，他去拜建筑工邓普希学木匠，不想歪打正着，学木匠竟然其乐无穷，让威利私下享受到了乐趣。修房盖屋让人深感快活，利用水平仪把石头一层一层地垒了起来。

格蕾塔是他心中的秘密，没敢告诉父亲，他深深地爱恋着她。他是偶然碰上她的。一九一三年前那个可怕的停工的年份，他父亲负责在都柏林街头维持秩序，因为他当时在都柏林市警察署二分队身居高位。他带领警察用警棍冲散萨克威尔大街上聚集起来的人群，当时工党领袖詹姆斯·拉金正在对人群讲演。

那些警棍把很多人的头打破了。不消说，都柏林市警察署的几个警察被人们夺走了警棍，反被自己的武器打伤脑袋。但是，总的说来，政府认为警察的表现很勇敢，控制了当天的局势。

挨打的市民中有一个名叫劳勒的，威利的父亲在都柏林城堡一带认识了他，因为他在那一带是一个赶马车的。劳勒的脑袋被警棍打得很重，却也只伤及皮肉，威利的父亲一直试图对他补救过失，晚上多次带了苹果之类的东西去看望他，但是劳勒愤怒至极，根本不搭理他，哪怕他这个警察穿上了平民服装，放下警察的架子，不让劳勒感情再受伤害。然而，事实上，劳勒先生在拉金的讲演会上表现得格外激烈。这位老警察从来没有干过这样低三下四的事情，好几个月里一直去修补与那个马车夫的友谊。威利不知道他为什么非要掺和别人的事情，除非关系到邻里和睦问题，对威克洛人来说，这是很重要的事情。

这时，威利快十七岁了，他父亲的良心不得安宁，可是事务缠身，没有工夫去看劳勒，就让威利去了。第一次去，父亲让他提了两只在休姆伍德庄园上打的野鸡，是老管家，威利父亲的父亲，亲自送到儿子的城堡里来的。劳勒先生的房舍位于基督大教堂下面的一片出租房区里，威利走来不算很远。但是，他提着两只野鸡，感到莫名其妙的羞耻，尽管走在街上连喜欢捣乱的顽童都没有取笑他。

他来到劳勒先生的住房时，他却不在家，不过威利还是走了进去，专门把两只野鸡放进了门里边。野鸡是那种公野鸡，长了一身美丽的羽毛，如同你在总督妻子（或者情妇）的帽子上看见的翎子。威利对邓普希的匠工们讲述的趣闻逸事一直很有兴趣，每当他们在某个工地上六点钟一起用早餐，享用香喷喷的香肠和热乎乎的茶，耳边就是口口相传的各种丑闻了。他如同别的孩子一样欲火正旺，却试图对十六七岁无休无止的勃起做出斯文的样子，匠工们哈哈大笑和肆无忌惮的泄漏，让他感到非常快活。

威利穿过一道肮脏的、沉重的、划痕斑斑的门，走进了一个天花板高高吊起的旧屋子。天花板边缘周围全是石膏乐器，小提琴啦大提琴啦鼓啦长笛啦短笛啦，因为这屋子曾经是一位新教徒大主教的音乐室，很久以前和那座大教堂连接在一起。在屋子那头有一座雅观的大理石壁炉，像从潮湿和烟灰里露出来的母鸡腿一样发黄。屋子本身被缝在一起的长条碎布分隔成这里一片，那里一片，居住者可以因此分享各自的私有空间。的确，这屋子里住了四家人，因此每块分隔间就是一个独自的王国。

在其中一个王国里，他第一次看见了他的公主，格蕾塔·劳勒，确实也是这城里的美人儿之一，这样说一点儿没有虚假成分。都柏林城里可以看见许多美人儿，也许她们瘦骨伶仃，出身贫寒。格蕾塔属于顶尖的美人儿，只是她自己并不知道。

她坐在窗前，在一片纸上写字，可惜威利一直没有发现她在写什么。她的脸让威利感到身体发虚，而她的胳膊和胸脯又让威利的腿不听自己使唤。她生就了一张古老油画上那种不可思议的脸，因为光线映照在了她的脸上。那张脸整洁、俊俏，她有一头长长的黄头发，如同什么东西在下落之际被拦住了。也许在干活儿，如果她有活儿的话，她把头发系起来，用卡子卡住。但是，在她的私人空间里，头发在这古老的屋子里闪闪的，发着幽光。她的眼睛有那种有轨电车上写的绿色字体的颜色。她的乳房藏在柔软的蓝色亚麻裙装里面，小小的，薄薄的，却直直地挺出来。威利从旁觑去，差一点因此晕过去，他过去从来没有领略过这样的景象。他在暗地里提着两只野鸡，第一次注意到它们有一种奇怪的味道，仿佛他提得时间过长，它们开始腐烂了。格蕾塔当时只有十三岁。

威利站立的时候，一个男人从他的身后进来了，从他身边走进了布帘隔开的空间。他穿了一件又长又黑的破旧的雨衣。这个人斜躺在一张摇摇晃晃的床上，有气无力地晃动他那两只脚，好像这个时候他才看见了威利。

“你想要什么吗，孩子？”他问道。

“我给劳勒先生送这些东西来了。”威利答道。

“谁让送这些东西来的？”那个男人问道。

“我父亲，詹姆斯·邓恩。”

“城堡里的那个大老爷吗？”

“那么你就是劳勒先生了？”

“你想看看我头顶上的血痂吗？”那男人说，笑得不那么有礼貌了。

“我可以把这些东西放在什么地方吗?”威利说，有几分不自在。

“这么说，你是他的儿子，对吧?”他说，也许注意到了威利的个子。

“我是他的儿子，”威利说，这时他知道那姑娘在看他。他抬起眼睛看去，见她在微笑。不过，也许那是在嘲笑，或者更坏，在可怜他。威利想，她已经在思忖我给警察当儿子，个子小了点。那时候他仍然怀抱希望，他会猛地蹿一截儿。但是，他不能告诉她这个。

“那么，孩子，你怎么看警察冲进过往人群，把他们打得头破血流?”

“我不知道，劳勒先生。”

“你应该知道。你应该有看法。只要有自己的想法就行，我不在乎那想法是什么。”

“我祖父就说这样的话，”威利说，满以为这样的话会遭到嘲笑。然而，回答没有一点儿嘲笑的意思。

“这世道要命的是，人们脑子里转的念头都是给他们塞进去的那些东西。他们没有自己的思想，就好像布谷鸟钻进了他们的脑子里。他们自己的思想给扔掉了，布谷鸟在他们的脑袋里叫唤。你同意我的话吗?你叫什么名字?”

“威廉。”

“呃，威廉。你同意我的话吗?”

但是，威利不知道说什么好。他能感觉到那姑娘的眼睛在看他。

“是啊，”那男人说，“如果这里的格蕾塔，我的女儿格蕾塔，明天要和某个年轻人，比如说就是你，私奔到格雷特纳格林[①]去，那我会在她走出门去之前问她：‘格蕾塔，你了解你的想法吗？’如果回答说知道，那我就不会阻拦她。我也许想阻拦她，可是我不能。我也许想因为你勾引她揍你一顿。可是，如果她脑子里的想法是被人塞进去的，比如你，嘿，那我可就要把她的腿打折在地上了。”

对威利来说，这是一次非同寻常的、让人窘迫的谈话。他相信，就他当时的处境来说，换了谁都会感到难堪。一方面他真的很不情愿离开那个姑娘，一方面他恨不得立即躲开劳勒先生。

但是，劳勒先生不再唠叨，闭上了眼睛。他长了一把浓密的黑胡子，但是他的脸却又长又瘦。

“圣母在上。”他说。

“好了好了，”那姑娘说，话音低低的，听起来非常悦耳，威利心想。“把野鸡放在那里吧。我给他炖上吃。”

“我不要野鸡，”劳勒先生说。“我不要他送来的什么炖好的羔羊啦，果酱啦，还有——你知道，威廉，你父亲上星期送给我一只活鸡吗？我这辈子还从来没有扭断过鸡脖子。我把它卖给一位太太，只得到一先令，因为我不想让

①英格兰一地名。

那畜生饿死，看在上帝的分上。”

“他只是想补偿你，和你修好。你是他的邻居，”威利说，“他不想看见邻居的头给打破了。”

“但是，就是他把我的头打破的。呃，不是他，是他手下的一个家伙。粗野，大块头，凶神恶煞的家伙，手拿黑色的大棒，把我的脑袋打得眼睛直冒金星。瞧瞧，他知道他自己的想法吗？现在，他知道吗？如果他知道他自己的想法，那他暗算了别人，就别再假惺惺的了。我猜测，那天打死了四个人，他那脑子现在还感到心安理得呢。”

威利·邓恩干站着，听到这些实在话浑身不自在。

“我是一个让人痛苦的老碎嘴子吧，嗯？”劳勒先生说，“是吧，格蕾塔？我想就是的。把你的野鸡放下吧，孩子，谢谢你。不过不谢你的父亲。告诉他，我把他的野鸡从窗户扔到大街上了。告诉他我扔了，威廉。”

那天打死了四个人。这话印在了他的脑子里，像一只老鼠，在那里筑起了一个窝。

尽管劳勒先生一再拒绝，威利的父亲还是一次又一次给他送东西，由威利替父亲转送。劳勒先生失去了工作，当不成马车夫了，因为他的脑袋挨了一警棍；他的雇主认为，如果他在萨克威尔大街表现得情绪激烈，那他就是个危险的人物。不过，数千人在罢工期间放弃了他们的工作，风波过去之后，很多人发现不可能再得到它们了。所以，劳勒先生只是他们中间的一个。和许多人一样，他参加了军队，混口饭吃，把军饷寄给格蕾塔。这样一来，他一去就是好几天，尽管这屋子别的住家有女人照顾格蕾塔，但是威利来和格蕾塔说话，比过去还是容易多了。他们无话不说，脑子里想什么就说什么。

他本能地对他的姐妹们保守了这个秘密，毫无疑问，这是一种很好的本能，因为事实上格蕾塔是贫民窟里的居民，威利知道莫德知道了这样的事情会怎么说，尤其安妮会有想法，她们会马上向他的父亲告状的。他可不希望发生这样的事情。他只是在父亲给他一个包裹或者一些牛排时，他才去见格蕾塔，这样一来，事情看起来很正常，合情合理。但是他心下清楚，事情实际上不正常，不合情理。他和格蕾塔发生了爱情，如同一只可怜的天鹅和利菲河产生了爱情，无法离开了，不管都柏林的孩子们如何频频用石头砸它的窝。格蕾塔的声音，在他听来如同音乐，她的脸如同光，而她的身体就是金子铸成的城市。

有一天，他来了，她正在睡觉。他坐在一把破椅子上等待了两个小时，看她呼吸，破旧的被子一起一伏，她的脸沉浸在梦境里。被子掉落在一旁，他看见了她柔软的乳房。奥康奈尔纪念碑上雕刻了很多天使，但是她不像她们，可是他认为她就是天使，至少像一个天使看上去的样子。仿佛他正在看着世界的心扉，这样的美人儿住在这样破烂不堪的地方。窗外的天气很恶劣，湿冷的冻雨洒下无数晶粒，在黑暗中肆虐。他太喜欢她了，不由得暗自哭泣。威利·邓恩就是这个样子，泪水也许就是他身上唯一可以剥离的东西。

他十七岁时，她快十五岁了，他们两个在近一年间都躲开了各自的父亲。格蕾塔是一个极其坦率的玻璃人儿，很透亮，她自己很清楚，第一次看见威利来就知道是冲她来的，尽管她小小年纪。她的世界在威利之前变成东西，在遇到威利之后变成东西，如同这个世界在基督之前之后选定的东西。

也许只是由于不明不白的原因，他从来没有看不起她，也没有粗鲁地冒犯过她，尽管他们可以争吵得一塌糊涂。她对他也许一时管不住自己而勃起，也没有特别反感。

“哦，你们男孩子都是一个德行。”她说。

她父亲只要能在梅里恩广场[①]找到一个人家，他就会送她去做仆人，要是找不到，他想他也许会把她送到乡下一个好人家。要不是因为太心疼她，他早把她打发走了，他的妻子好多年前死于急性肺结核，在他身边的鹅毛被褥间变成了一根湿漉漉的棍子。他在这个世界上没有别的伴儿了。

在威利方面，他跟随邓普希搞建筑，会变得富有，把

①当时都柏林城东南的富人区。著名作家奥斯卡·王尔德的祖屋就在这里。

她娶过来。他觉得等时机成熟了，他能和她父亲把日子定下来。

然而，战争在费解的时机横插一杠子，突然爆发了，虽然格蕾塔很不情愿，可他还是一心想去打仗。

他很难向她说清楚为什么要去打仗，因为对他自己来说很难用语言表达。他只是跟她说，因为他爱她才不得不去打仗，在比利时许多像她这样的女人被德国人杀害了，他怎么能坐视不管呢？格蕾塔听不明白。他又说，他去打仗，也是为了让他父亲高兴，尽管她听懂了这点，不过这个理由实在不成为理由。他告诉她，她自己爹爹现在也许正在打仗，她指出来她父亲在克拉驻防，她想他不会被派往法国打仗。

但是，他知道他必须扮演自己的角色，等回到家里才不会感到后悔，反而会因为听信了自己的想法而打心眼儿满意。

“你爹亲口说过，我们一定要了解自己的想法。”他说。

“那是他读了一本小书，得到了那点东西。圣托马斯·阿奎纳[①]的书，威利。就这么回事儿。”她说。

---

①阿奎纳（Thomas Aquinas，1225？—1274），中世纪意大利神学家和经院哲学家，他的哲学和神学称托马斯主义。

第二章

威利·邓恩不是唯一一个。哇，他在报纸上看到，讲高卢语的人都下到苏格兰的低地地区应征入伍，讲本地爱尔兰语的阿兰岛人成群结队赶往高尔韦报到。温切斯特和马尔博罗的私立学校的学生们，都柏林天主教大学学院和美术学院以及都柏林的布莱克洛克学院的男生，都行动起来了。多雨的北爱尔兰[①]各郡对地方自治[②]纷纷声讨，南方的天主教人士为比利时的修女和孩子大声疾呼。整个不列颠世界应征入伍的军士使用上百种语言，纷纷签下了自己

---

①原文Ulster，一译厄尔斯特，爱尔兰东北部一个省，因政治和宗教原因，从爱尔兰分割出来，现仍属联合王国。上世纪七十年代至本世纪初，因为恐怖活动为世界关注。但“北爱尔兰”更为读者熟悉，故全书都采用了这一译名。

②1886年格莱斯顿提出的地方自治法案：成立爱尔兰议会以及对议会负责的行政机构，国库控制权仍归帝国立法机关所有；爱尔兰每年向帝国提供经费；两国间继续保持自由贸易；帝国政府保留对陆海两军、港口和外交事务等的控制。但是北方信新教的地区始终反对地方自治。奇怪的现象是，北爱尔兰因为反对地方自治也踊跃参加了一战，本书有一场精彩的拳击比赛，就是写这一背景的象征手法。

的名字，上千种土语啊。斯瓦希里语[①]、乌尔都语、爱尔兰语、班图语、布希曼人[②]的哇啦哇啦语、粤语、澳大利亚语、阿拉伯语。

他知道，是基奇纳勋爵[③]本人在号召志愿者。爱尔兰领导人约翰·雷蒙德[④]从威克洛的伍登布里奇响应了这个召唤。在爱尔兰纷争时期叙述这件事是一个大话题。他讲演时，一条湍急的小河在他下面奔流，乡村处处美丽，处处惊雷，斑鸠和跳动的水流在他耳边飞舞，因为他在一条峡谷里进行讲演。伦敦的国会说了，战争结束后就对爱尔兰实行地方自治，因此，约翰·雷蒙德说，爱尔兰七百年来第一次成了一个事实上的国家。所以，她终于作为一个国家——几乎既成事实——参战了，她得到了肯定的、庄重的、自治的承诺。英国人会兑现他们的承诺，爱尔兰必须慷慨喋血。

不消说，北爱尔兰人加入了完全一样的军队，却出于相反的理由，相反的目的。也许不可思议，但是情况确实如此。他们参战是为了阻止地方自治——他父亲用热烈的

---

①东非的一个部落。

②南非一游牧民族。

③基奇纳（Horatio Herbert Kitchener，1850—1916），英国军队指挥官，其军旅生涯在非洲和印度最为辉煌。他当时号召的志愿军多达三百多万人。

④雷蒙德（John Edward Redmond，1856—1918），爱尔兰政治家，主张实行地方自治，提出“民族主义支持战争努力……爱尔兰人的共同的牺牲会唤起北爱尔兰民族主义的联合主义者对帝国的忠诚”等论点。但是，一战期间爱尔兰国内突然爆发的民族独立性质的起义，使他的观念转眼落伍，因此也构成了本书背景的厚度。

赞同口气说。那时候，在他们许多南方人看来都有同感。不管怎样，这是一团各有打算的迷津。

威利在父亲的陪伴下阅读这些内容，因为他们养成了晚上一起读报纸的习惯，并且对各种报道进行评论，简直就像一对已婚的夫妇。

威利·邓恩的父亲，在都柏林城堡警察住宅的私人居所里，所持观点是：雷蒙德的讲演是一个无赖的讲演。威利的父亲是天主教教徒，却又是共济会成员，除此之外，他还是南威克洛共济会支部的成员。他说，一个人应该为国王、国家和帝国去打仗，压根儿没想到他的儿子威利会说走就走，奔赴前线。

威利一直没有长到六英尺高。他感到自豪的是，现在就要到设立在城堡大院外面、近在咫尺的征兵站报名参军了，而且报名顺利，他的个子根本不成问题。虽说他不能成为一个警察，但这下能够成为一名士兵了。

但是，等他那天夜里回到家中，告诉他父亲他报名时，这位警察漠然的大宽脸在暗中垂泪。

倒是他的三个姐妹，莫德、安妮和多莉，把起居室的蜡烛点上，她们因为威利要去打仗，觉得成了这个轰轰烈烈的事业的一部分，而感到自豪和兴奋，尽管这种情绪也许只能持续几个星期，因为人们都说日耳曼人只是一些蓄谋杀人的胆小鬼。多莉当时还是个小不点儿，在城堡起居室里到处乱跑，吱哇乱叫，哼哼唧唧，直到她的大姐姐莫德忍不住发火，冲她大喊大叫，要她安静下来。随后，多莉哭得很委屈，她的哥哥威利把她抱在怀里，像过去千百次所做的一样，疼她哄她，亲吻她的小鼻子，这可是多莉求之不得的。多莉没有了母亲，但是那些日子里她有威利像母亲一样疼爱她。

亲爱的爸爸：

请谢谢莫德为我的生日寄来衬裤。它们正好派上了用场，应付这恶劣的天气。昨天我们便徒步行军十二英里，好辛苦啊，这下我们比邮差都更熟悉费尔莫伊那些后巷了。不过，告诉多莉这种军营生活不比上学作难多少！但愿她在高级育幼园表现得很不错。希望到了圣诞节我们将会成为训练有素的军人。然后，我看我们就要受命到比利时参战了。大多数士兵都害怕战争会结束，不过我们的军士长听到这样的担心总是发笑。他说日耳曼人还没有和我们交过手，有的是交手的机会，我们最好沉下心来掌握一切本领，把自己锻炼得像个军人。他把我们训练得很苦，个个都像都柏林疯人院里的那些疯子一样了，拿着我们的武器乱练一气。因为没有真刺刀，我们就使用假刺刀在草袋上操练。我的朋友克兰西说，我们运气不错，因为食物不是糊弄人的。我的朋友威廉斯说，他可不敢保证食物是不是糊弄人。我却一直在想几年前在普鲁斯亚大街那个大堂里举行歌咏比赛的场景，你当时坐在观众中间。我呢，准备唱舒伯特的《万福马利亚》，但是我是分别学会那两段歌词的，我一直没有听到钢琴弹奏的那个特别的插曲，恰到好处地把两段歌词连接起来。我在这道障碍前卡住了，没有唱好。我不知道为什么我一直想到这个！我不知道邓普希手下的小伙子们干得怎么样，他们现在正在修建什么？现在六点钟了，我估计莫德开始准备茶点了。安妮会帮忙的，只有多莉在捣乱。多莉，多莉，你这小坏蛋，我非治一治你不可。莫德一准儿在这样喊叫吧！我到这里就不写了，爸爸。我多么想尝一尝那些想必正在煎锅里嗞嗞作响的香肠啊。我很想家。

你的好儿子，

威利

皇家都柏林明火枪团，新兵训练营，

费尔莫伊，科克郡，

十二月十四日

这一时刻终于来了，新兵们摇身一变，成了他们过去会感到绝望的样子，成了头发剪得短短的、胡须刮得光溜溜的士兵，尽管他们还从来没有参加过战斗。

转眼圣诞节过去了，新年到来了，战争还在继续。他们已经习惯了一九一五年这个年份的传奇色彩，其组成形式和数字不过如此，这个老年份抛到了他们的脑后，和别的年份没有什么区别，年轻人把什么都不当回事儿的思想方式就是这样。他们都听说作战双方的许多故事，在圣诞节走出战壕一起唱歌，踢一阵子足球，交换黑香肠和葡萄干布丁，然后再唱歌，而且现在他们都知道“静静之夜”在德语里叫作“安静之夜”[①]。那么，这样说倒也不难听，尽管他们自己的兵团几百士兵已经阵亡，还有许多被卑鄙的德国鬼子捉去当了俘虏。

兵营里最困难的事情是找到一个僻静的地方进行手淫，因为如果他不搞手淫，威利想，他一准儿会砰一声憋破了，比挨炸弹还可怕。无论如何，这是头等难事儿。

安静之夜，静静之夜[②]……这听起来真的不是太坏。

让威利喜出望外的是，他们要开拔到都柏林的北墙，这样他们便有机会和自己的家人挥手告别了。他们从科克坐火车，然后从火车站步行去坐船。一路上一张张笑脸排成一行，一直排到了北墙，如同成千上万朵绽开的花儿。

---

①原文为德语。

②原文为德语。

黑黢黢的大街上可见一些可鄙的人[①]，嚷嚷一些连上帝都听不懂的话。

他在人群里四下张望，寻找他的心上人儿格蕾塔。格蕾塔这个秘密，他一直没有和父亲说，他爱她爱得刻骨铭心。

他到处看还是看不见她。但是，身穿套裙和漂亮外衣的姑娘们在向他招手，士兵们不论个大个小体肥体瘦，都看上去得意扬扬，兴奋异常，从火车站沿利菲河一路走向各个码头，受到热烈欢呼。那场面，好像都柏林全体人民都喜爱看见他们奔赴前线，他们都很自豪。

安妮、莫德和多莉已经跟他说过，她们会站在奥康奈尔纪念碑前，紧挨着那些雕刻的天使下面的第一节底座，等他过了桥别忘了向这个方向张望。

他们像了不起的仪仗队一样齐步前进，他们在费尔莫伊毕竟经过了严格训练，一丝不苟。训练的枯燥乏味变成了训练有素。他们和军靴磨合已久，站得笔挺，虽然还难免有一点狂妄自大的色彩。列兵就是列兵，他们自由地签下名字，服役到战争结束。

现在，不消说，刚刚开始。如果他们到达法国时战争还在打，那么他们就是算走运了。

---

①这里指反对参战的人，衬托拥戴参战的热烈场面，也写主人公的心理状态。他最后一次探家在街头被顽童用石头砸，是对此点描写的回应。本书的细腻也在这些地方。

大家都希望品尝一点战争的滋味，然后风风光光地返回家乡。

士兵们大步前进，知道他们现在有了一点钱了，兄弟姐妹的肚子这下不会挨饿了。你能在一本专用的账本里把钱记下来，或者如果你自己不想留下的话，让某个军官在一本专用的账本里记下来，把这笔军饷寄给谁。现在，不管哪位年轻的妻子，都会领到这笔军饷，对付那些邪恶的日子，把饿狼挡在门外。

然而，他没有看见姐妹们，也没有听见她们喊叫。莫德后来写信告诉他，多莉拒绝出门。事实上，多莉拒绝别人找到她，躲进了城堡住宅区的隐蔽处，藏了起来。她们直到四点半才在那个大煤窑里找到了她，在那里哭啊，哭啊。那时，赶往现场就太晚了。哦，她们责问多莉到底怎么回事儿，怎么如此胆大，躲起来了。她说，她管不住自己。如果她不得已看见自己亲爱的威利去打仗，她会先死掉的。

他们穿过了一个陌生的英格兰。不是各种故事和传说中的英格兰，而是真实的、平坦的土地本身。威利从来都没有领略过这些地方的真实面貌。现在他不看也得看，透过军列明亮的玻璃窗户，他看见了它们本来的样子。

路过小村庄和城镇，人们走出家门向他的火车欢呼，向他乘坐的火车欢呼。他们举起帽子，频频微笑。甚至天刚蒙蒙亮，居民们就出门来欢呼了。年轻的士兵们都懒得向欢呼的人群打招呼了。列兵①威廉斯索性刻薄地断言，他们不过是行走在自己旅途上的人，如果他们看见士兵不表示欢呼，也许觉得很难看而已。威廉斯是一个高大、慈祥的男子，头发像桂竹香一样黄灿灿的，每根发丝都直直的。

“他们肯定不知道我们是爱尔兰人。”他说。

“如果他们知道了，就不会这样大声欢呼了吗?”

“我不清楚，”列兵威廉斯说，“他们可能认为我们是从威尔士煤矿区过来的小伙子。是啊，因为他们看见你坐在那里，威利。他们以为我们都是小矮人。”

“他们以为我们是马戏团的人。我敢说，马戏团的一大帮人。”克兰西说。他参军那天就是一个圆滚滚的家伙，军训也没有让他掉一两肉，他如同冬天的鹌鸟一样信心十足。

“一个人坐下来，你很难看出他有多高。”威利赞同说。

“梅西却不会这样说!”列兵克兰西说。克兰西来自都柏林南边的什么地方。

“我认为你住的那地方不会有人叫梅西，”威廉斯说，“他们都叫韦尼或者安妮。

巧了，威利·邓恩的二姐就叫安妮，因此他对这样友

---

①原文private，一般译作列兵；按汉语里的解释，列兵是最低级的兵，但在英国陆军里，这个英文词是指二等兵。主人公威利当了三年多兵，身经百战，吃苦受罪，始终是一个private，仅为他是个真正的兵，特把private试译为“列兵”；一来英军中有上、中、下士之分，有一定根据，二来与“烈士”读音相近，以祭奠这个成功虚构的普通一兵。

好的侮辱颇不以为然。但是他想这也许是农村的乡俗吧。“啊，得了，”克兰西说，“只是一种说法而已。我没有注意别人，只听梅西说过——她烤那种常见的饼子。你从来没有听说过吗？”

“在这个该死的世界里，那算什么？”威廉斯说。

“我跟你讲不清楚。一种说法就是一种说法，没有什么大意思的。一种说法到底——真操蛋，一种说法到底有什么意思，威利？”

“天爷，快别问我。”威利·邓恩说。

“厨师多了烧坏汤。”克兰西说，听起来不着调。

“还是守着自家的炉火好啊。”威廉斯说。

威利在他的心眼儿[①]里成千上万次地看见自己的三个姐妹在餐具室转来转去，安妮在莫德的胳膊肘下拱来拱去，多莉在她们俩的胳膊肘下钻来钻去。他父亲在前屋里大声嚷嚷，要她们别打闹了。威尔士煤炭在那个大黑铁炉篦里熊熊燃烧，哔啵作响，诉说煤矿区的事情。烟囱在风中呜咽，深冬的天空在屋外呼啸。

那是一个他从来没有想到会离开的世界；当时你想不到这点——你就是想不到啊。

他想他知道一种说法到底是什么意思，尽管他矢口否认了。一种说法嘛，一种说法就是你还是个聆听的孩子时

①原文mind's eye，心眼，书中经常出现，写主人公威利的心理活动。

总是听到从大人嘴里说出来的话，再听见就会让你回到过去，像一种魔术，像一段故事，像某种事情紧紧地粘连在某种事情上。但是，他不想用这样绕来绕去的想法打扰他的伙伴们。

火车的座位是用木头做的；在平民百姓的日子里，这是不折不扣的四等车厢。一定有一百多辆火车在英格兰古老的乡郡奔驰，有的来自高地，有的来自尘土飞扬的北方，有的来自宁静的南方，把所有的男孩子带往战场。有些不是男孩子，都三四十岁了，少数都五十多岁了。这不是一场只有年轻人参加的游戏。

他去便池解溲时，他认为他撒尿的方法高明多了。他对这一切只用一句话就能说清楚：终于是个该死的大人了。

到了陌生的六点钟，太阳才开始照亮黑乎乎的地平线。

“明白了，”克兰西说，“说法就是该死的说法，什么说法都不是一件可喜的事情。人们也不指望它们。”

他们从法国港口真正开始转程，乘坐巨大的渡船一路挺进，那些渡船的样子他过去没有见过。

他渐渐走进战争，仿佛他们是在穿过一连串的门，每扇门一下子打开，又一下子关上了。

一开始，眼前是令人惊叹的波光粼粼的大海，如同某个魔术师在死气沉沉的铁板上使出手段，变出了一面巨大的镜子，一半变出来了，一半还没有变出来。

然后，盐碱农场出现了，接着是一马平川的冷飕飕的田野，片片小森林以及灰蒙蒙的马路边高高的挺直的树木。哦，道路几乎是白色的，因为天气反常，非常干燥。因此，一个小伙子说，这景色看上去像家乡，只是山脉连绵不断地平展出去，人们的穿戴怪里怪气的。

在这样的异域旅行很刺激。威利·邓恩看见地球的新地方不由得兴致勃勃，沉湎其中。他坐直身子，从车厢的木板缝隙里向外张望，快活的心情一波接一波。他不由得把这静谧的景色和他再熟悉不过的乡间作对比，那是他老祖父老家基尔特根一带的田野和房舍。眼前这景色中没有什么可以与鲁格纳奎拉神秘的山峰相比，那些山脉跌宕起伏，延绵万里，如同一个巨大无比的永远无法折叠的布丁，可以把一个旅行者一直引领到都柏林城。

然而，这景色不动声色，却把他镇住了。

他和新伙伴威廉斯和克兰西坐在一起。间隔对面坐着他的连队军士长克里斯蒂·摩兰，一个金斯敦来的幽灵一样的人，长了一张老鹰脸。他身上要是有一点膘，他威利就不是一个基督教徒。这人一身腱子肉，如同阿沃卡纺织厂的一条毯子，工人们还没有开始用织毯机在上面栽绒。他全身都是长长的经线，抻得直绷绷的。

他们在利默里克中转站登上都柏林的火车后，威利就欣喜地发现他们排的头儿是威克洛来的一个年轻上尉，来自蒙特山的帕斯利家族，他写信给父亲时说了这事儿，父亲也很高兴，因为人人都知道帕斯利家族，他们是德高望重的人，他们的大宅第周围有一个迷人的花园。威利的父亲一口咬定，这个上尉是那个古老家族的嫡系子孙，正如同他本人是他父系古老家族的嫡系子孙，又恰如同威利是他的亲生儿子，他父亲人生得意时可是休姆伍德的大管家呢。

这艘巨大的运输船随波逐浪，开往战场。他为自己感到无比自豪，不由得以为他的脚拇趾把军靴都撑破了。实际上，他会在瞬间想象他已经长够了那不足的几英寸，现在终于上阵打仗了，而且只要他愿意，他也可以当个警察，让他父亲刮目相看。正派世界的人们响应基奇纳勋爵的号召，奔赴战场，把可恶的德国鬼子赶回去，滚回他们应该去的地方，滚回比利时郁郁葱葱的边界那边他们自己邪恶的国家。威利觉得他的身体因为豪情万丈而起伏不定，如同威克洛山脉一定会感觉到漫山遍野的石南和连绵不断的雨水。

他自己，威利·邓恩，已经来医治这个国家了。他希望他的父亲对国王的尊崇会指引他，如同一枚大楔子牢牢地固定住了世界这顶岌岌可危的大帐篷。他深信不疑，爱尔兰的一切，爱尔兰的所有，应该派上用场，抵御这个十恶不赦的令人不齿的敌人。

他胳膊里的血液似乎在他的血管里涌动，受到了一种奇特的力量的驱使。是的，是的，他觉得，尽管他只有五英尺六英寸，他已经长大了，这是不容置疑的绝对的事实，他身上有某种东西已经向另一种无名的东西猛扑过去了。他在脑海里把这种状况思忖得再清楚不过了。他过去感觉到的所有混乱，所有令他犯难、不得安宁的暗示，在这种高涨情绪中烟消云散了。在费尔莫伊那九个月的艰苦军训中，他的身体锻炼得结结实实。他的肌肉像上等好肉，让屠夫见了喜上眉梢。费尔莫伊的教官们描述过的那些地面部队的交战，马上就可能发生了，那种让刚刚开始的战争变得恐怖的撤退决不会再发生，那支都柏林老明火枪团因为撤退阵亡了那么多士兵，让囚徒成了英雄。敌人的战线会被这批响应基奇纳勋爵号召而奔赴前线的百万新兵荡平。威利认为，这是明摆着的。百万大军是一个可怕的人堆。他们会把一条战线冲得七零八碎，战马和英勇的骑兵会应征参战，在广阔的平地上呼啸前进，用战刀把溃不成军的日耳曼人砍得血肉乱飞。他们所向披靡。他们的钢盔在外国的太阳下奔涌流动，美好的民族会如释重负，感激不尽！

“你干吗把你的胳膊甩来甩去？”克兰西调侃说。

“我甩了吗，乔？”他说着大笑起来。

“你差一点把我的脑袋削掉。”都柏林郡布里塔斯村来的乔·克兰西说——不过注意，可不是海滨的那个地方，乔经常会特意指出这点。另一个布里塔斯。没有大海。

“另一个他妈的布里塔斯不就得了！”威廉斯听见乔第一次说出那一大串解释时说，“求求你啦！”

“对不起，乔，”威利说，“眼前难道不是一道看不完的漂亮的乡村景色吗?”

接下来，一只恐惧之手一下子伸进了他的肚子里。一件多么奇怪的事情。刚刚还勇敢得像一只小鸟儿呢。呃，说实话，他感觉仿佛他连早餐都要扔掉了。那是厨师用三段淀粉黑香肠拼凑成的，他不想再看见那些东西了。

“老天，怎么回事儿，列兵？你的脸都变青了，”军士长克里斯蒂·摩兰说。

“啊，只是摇晃得厉害，长官。”

“他不习惯这种时髦的旅行，长官。”克兰西说。

全车的士兵大笑起来。

“别朝这边吐啊。”另一个小伙子说。

“快给这个可怜的蛋子打开窗户吧。”

“没有他妈的窗户啊!”

“喂，你要是不吐出来，还能保留一点点暖和气儿呢!”

“别，别，”威利说，“好了，伙计们。我现在觉得好一点儿了。”

“瞧这可怜的家伙，”克兰西说，在威利的背上打了一下。“可怜的该死的家伙啊。”

威利拿起了那些香肠，不过它们看上去没有香肠样子，它们掉落在木地板上像一小摊内脏。

如果他背上没有挨克兰西那一巴掌，他不会让香肠掉落的。

“呃，你这小毯蛋儿。”军士长说。

他们进入战壕时，他觉得一下子矮小了许多。天大的东西是死亡之神在嚎叫，而渺小的东西就是人了。炸弹飞得不很远，在比利时的土地上肆虐，把土地炸得坑坑洼洼，落在哪里炸毁哪里，随时会把他炸死，他也恨不得炸弹把他炸死算了。

他浑身发抖，活像一只呆在冰天雪地里的威克洛牧羊犬，尽管官方通报天气是“温和的”。

他穿的第一层衣服是他的夹克，第二层是衬衣，第三层是内衣内裤，第四层是他身上的虱子，第五层是他内心的惧怕。

“这他妈的英国军队，我恨死了。”克里斯蒂·摩兰说，他身上污秽的英国军装一点没有军人的威风。

他们一排士兵聚集在一起，围着一个煤炭燃烧得微弱的小铜炉。但是，昏暗的黄昏暖融融的，炮击已经停止了。

在过去炮击凶残、震耳欲聋的三个小时里，克里斯蒂·摩兰一直守着一面琴头镜子放哨。这差事足以把一个好生生的人逼疯了。镜子的角度和观察点，迫使他因陋就简，表现出某种天分独具的本领，在战壕里扮演勇敢的士兵。他竭尽全力在受尽摧残的数英亩范围里发现任何从稍远的战壕里冒出来的灰色人影。那些鬼鬼祟祟的陌生人，同时也是邻居，那该死的敌人。除此之外，没有一点像样的热乎乎的食物让士兵们忍耐这漫漫长夜，只有那点配额朗姆酒，还有那点必不可少的配套烟叶，或者咀嚼用，或者当烟吸掉。

克里斯蒂·摩兰这时和自己说话，或者跟镜子说话，或者跟排里的士兵说话。说话不过是对付眼前讨厌的寂静。那是一种呜咽的寂静。他缺觉，脸色煞白。

威利·邓恩简直听不懂他在说些什么；那是一些混乱的拉拉杂杂蹦出来的词儿。但是，说话起到了好作用，把他在白天转向黑夜时开始意识到的恐惧迷雾驱散了。

那却是克里斯蒂·摩兰衷心的信条，是他内心的理解，他的快乐之源。那不是说给上尉听的，也不是说给中尉或者少尉听的。那是说给普通的爱尔兰哲学家听的，那就是这条饱受折磨的战壕里的应征入伍士兵的大多数，有的来自都柏林黑暗街区，有的来自伦斯特或者威克洛农场，而后者不过是些连克里斯蒂·摩兰的话都听不懂的人，却往往很忠诚，不思考，逆来顺受。

“这一支军队总是和我们过不去。在整个历史上都把我的头死死按住，让我和我的家人透不过气来；整个过去，如同他妈的狗，让我们扎堆儿，因为我们反抗就把我们烧掉。英国的杂种，杂种的命啊，像我一样的穷人，父辈，父辈的父辈，父辈的父辈的父辈，祖祖辈辈，都被踩在人家脚下，可他们只顾自己的事情，等到他们快完蛋了才从金斯敦港里往外捞。”

然而，克里斯蒂·摩兰并不只是恶骂，为了恶骂而恶骂。他停止说话，把一只手伸进外衣的缝隙里，捏出了一撮虱子，用一种失望的神情把虱子挤死，说："我出国了，我出国到这里为那同一个他妈的国王打仗。"

众所周知，克里斯蒂·摩兰的老爹在他参军前就在军队里待过，这位军士长会用不同的口气跟士兵们谈论着同一个老爹，说他在克里米亚战争[①]中坚守塞瓦斯托波尔的战壕。

但是，随后享用铁盒军用罐头是非常快活的，总算不吃那种热乎乎的食物了，他们都在一起，对军士长的精力和鸟语纷纷摇头。因为你可以少挨枪子儿，士兵们都知道。不过士兵们也知道，正是那个琴头镜子和声音令他烦恼，事实上军粮琐事不在话下——就是令人愉快的朗姆酒也不过尔尔。

"五分钟他妈的战斗准备，威利，"克里斯蒂·摩根说，"先到茅坑使劲把屁股撅起来，把屎拉掉，然后登上射击脚垛向外张望，等上尉走出地下隐体，你再给屁股找地方坐下。"

"是，长官。"威利·邓恩说。

"威廉斯、克兰西、麦卡恩，你们几个家伙都一样。"他说。这个排的士兵如同受到打扰的土鳖一样活动起来。"我有一种恐惧的感觉，上尉今天夜里为我们安排了计划，我真有这种感觉。"他说。

---

①1853—1856年间俄国与英、法、土国之间进行的一次战争。

麦卡恩是一种安静的不动声色的人，来自格拉斯涅文，那张脸看上去像是撒上了一层煤烟，但那只是因为那张脸没有坚持不断地刮胡子。

于是，一个人坚守放哨，其他人绕过隔板上茅坑。茅厕里有四个结实的大木桶，上面架了木板当座子，士兵们急惶惶地等待坐上去。一泡屎离他们而去，好像吸了一次毒，浑身似乎一下子飘飘欲仙，无比幸福。一泡屎也许就是有毒的，但是原来却是寄予希望的营养物，装在铁盒子里的食物。

然而，克里斯蒂·摩兰却完全在遭罪。他坐在木头座子上像一个受苦受难的圣徒。他眉头锁紧，吭哧呻吟。红红的蓝蓝的细小线条好像积聚在他那瘦棱棱的脸上。他看上去像一个嗜喝威士忌酒的人，十几天都没有喝一次了。他完全一副受苦受难的样子。

“要是一个人能洗一个澡，在热水浴缸里把自己的可怜蛋子儿泡一泡，那才算得上是对这他妈的尿火一样的折磨的一点补偿呢。”

“是，长官。”克兰西深有同感地说。

“我他妈的什么都没有说。”克里斯蒂·摩兰说，真的吓了一跳。

“你说了，军士长，”克兰西说，“你说——”

“我根本就没有说。”克里斯蒂·摩兰说。

“你说了，长官。”克兰西说，口气很友善。

军士长摩兰看着克兰西，真的很害怕。实际上，这位军士长出了一点小麻烦。他以为他只是在想着他的各种念头，并没有把念头说出来。真是咄咄怪事儿。不过，士兵们开始给他们的军士长安把柄了。他们确实都很喜欢他，包括他的瞎扯和毛病。

“好耶稣的母亲嘞。”克里斯蒂·摩兰说，终于像一个自由人一样尿出来了，他的五脏总算松动了。

“哈利路亚[①]。”麦卡恩说，不动声色，把他那铲子一样的手举向天空。

终于，他们明白这次炮击的目的了。那天夜里，后勤没有给他们送上来一点新做的食物。

不知疲倦的德国人已经探明这些战壕的供给是从哪里来的，不仅仅因为这些战壕在过去就是他们的，而且因为一架侦察机昨天傍晚飞过去了。飞行员一定把这个情报返回给了他的炮兵，如同游猎向导给猎人带路一样。

这下，那些炮弹打过来，正好落在供应食物的小伙子们的头顶上。不仅那些小伙子被炸成了肉酱，在佛兰德斯的尘埃中粉碎，而且一锅锅汤也炸飞了，糟蹋了。朗姆酒燃烧掉了。烟叶被炸成了灰烬。

都是他妈的东巴伐利亚的臭小子们干的。

---

①犹太教和基督教的欢呼用语，意为“赞美上帝”。

第三章

在这些日子里，按照当时的形势，或者说将军们的决策，他们兴师动众，加高胸墙。

战壕挖到哪里，他们就钻到哪里，连上帝都不知道哪里是头，只有地图上的标记一清二楚，据说有条河就在不远的地方。不过，河叫什么名字，威利一点也不清楚。他的耳朵对那些陌生的难听的名字，听起来很不顺耳。他们的战壕叫萨克威尔大街，这就足可以对付下去了。

威利和别的伙伴们知道，这一带发生过一次很大的战役，因为前来这条战线的路上，他们路过了一处又一处小片的墓地，栏杆围起来的小地块，经常看得见小小的花束——士兵想出来的花束，由几支枯萎的野花捆扎起来——摆放在那些渐渐下沉的土堆上。因此，他们知道共患难的伙伴进行过简短的悼念，然后开拔了，也许他们自己也阵亡了。

由此，他们揣摸他们自己的脑袋里在想些什么。他们连队有自己的随军牧师，一个面色愁苦的长脸男人，名叫巴克利神父，在他们中间穿来穿去，像一只长毛垂耳狗，背驼得像一个上年纪的女人。他把他们当孩子宠着。

但是在这地方，悲伤的情绪像长箫的曲调一样呜呜咽咽。这种情绪不止在他们自己的连队存在。

威利知道，法国的士兵们为了保卫他们可爱的祖国，已经丧失了五十多万人的性命，年轻的小伙子们像他自己一样，冲出战壕，不顾枪林弹雨，满怀忠诚的激情，满怀青年的热血。他想，他们卧倒在了他们遭受蹂躏的家园上，如同田野里烂掉的甜菜根。他极力想象，这场战争如果发生在爱尔兰，横跨梅奥的黑土地，跨越勒格纳基利亚和凯阿迪恩的群山，那会是一种什么景象。

那天夜里晚些时候，威利·邓恩的手瑟瑟发抖。他打量它们，那是一双经历了十八个春秋的手。它们缓慢地抖动着，可是他并没有让它们发抖啊。

威利没有设身处地地去想那支被炸死的供给部队。但是，他的两只手想到他们了。

“天哪，”克利斯蒂·摩兰叫道，“我要是在金斯敦检阅台的纪念碑前遇到一个姑娘就好了。”

他点上了一支爱不释手的劣质香烟，吸了几口呛人的烟草。他希望明天某些讨厌的毬蛋儿们能把供给补救一下，因为他只有三十多支烟了，这还不够一个士兵对付一晚上呢。

“如果我在现场，我跟你们说，我根本不会在意老天下多大雨，地上有多少泥，因为我在想念她身上的裙子，是多么干净，多么合身，多么好闻，一切一切都好，姑娘们总是穿着整洁的外衣。”

接着他狠狠地吸了一口烟。

“我自己也会把靴子擦得亮亮的，就是说我会花上十来分钟，用胳膊肘在靴子上擦啊擦啊，你们知道吗？啊，就他妈的这样做。”

他专心致志地在大腿根儿抓挠好一阵儿。

“不是我反对当兵打仗，不是的。我喜欢这些白生生的杂种虱子在我的蛋子上爬来爬去，该死的每日吃喝都炸到天上去了，到处都是烂泥和炸烂的胳膊腿，撒泡尿都只能撒到臭烘烘的炸弹箱里。”

他身边的士兵大笑不已。

“不过，什么都比不上和一个姑娘约会带劲儿，在纪念碑奶品店喝杯茶，管住臭嘴巴不说脏话，在交谈中看见火候到了，及时亲个嘴儿。”

克里斯蒂·摩兰已经挤到了一个墙凹处躲避突然下起来的大雨。威利担心他是不是把头露出了胸墙，他会看见大雨横扫那些坑坑洼洼的田地，或者他会因此被枪子儿把脸打得稀烂？

大雨来得快，去得也快，帕斯利上尉从地下掩体里钻出来。士兵们立即站直了身体。

“晚安，军士长。”他说。

“晚安，长官。”克里斯蒂·摩兰说着敬了一个标准的礼，“我们能为你效什么劳，长官?”

“小伙子们都分到食物了吗?”

“食物根本就没有供应上来，长官。”

“啊，没有吗，小伙子们?”帕斯利上尉说，环视了一下士兵们的脸。但是士兵们的脸笑嘻嘻的，没有一丝责难。

“我们只有很少的罐头了，长官。”克里斯蒂·摩兰说。

“我打电话，明天要双份配额。”帕斯利上尉说。

“正合心思，长官。”克里斯蒂·摩兰说，吸了最后一口劣质香烟，把烟头扔到了无人地带。烟头像一个掠过空中的萤火虫。威利·邓恩一直担心敌方会打来一梭子弹。

“没问题，军士长。”帕斯利上尉说，“那边有什么动静吗?”

“一个鬼影都没有。”克里斯蒂·摩兰说。

帕斯利上尉大大咧咧地站上了射击脚垛，抬起戴帽子的头，临危不慌但是十分警惕，向外张望了一下。

“小心，长官。”克里斯蒂·摩兰说，自己难免惊慌。“你不需要使用镜子吗，长官?”

“我看得很清楚。”帕斯利上尉说。

这样一来，克里斯蒂·摩兰被迫站在那里，他的脑子嗡嗡响，生怕枪子儿打过来。

“多么美好的乡间。”帕斯利上尉说，“多么美好的夜色。”

“是的，长官。”克里斯蒂·摩兰说，实际上他过去特别不注意美的东西，不过他欣然同意到处有美的东西。

“你能看见那条河哗哗向右边流去。我敢保证河里到处都是鳟鱼。”帕斯利上尉说，声音像从梦里出来，显得很远。

克里斯蒂·摩兰说了些更令人扫兴的话：“我希望你别打算去河边钓鱼撞运气啊。”

帕斯利上尉走下了射击脚垛，打量了一下他的军士长。“你们还有什么想要的吗？”

“我们什么都想要，酒吧浴池。”克里斯蒂·摩兰说，感到了极大的痛快。“难道不是吗，小伙子们？”

“是啊，是啊。”小伙子们急忙附和说。

“真是一个可爱的夜晚，一个可爱的夜晚。”帕斯利上尉说，把他的帽檐儿往上抬了抬，向上望去。“你们看到那些星星了吗？”

“至少我们还能看到星星吧，长官。”克里斯蒂·摩兰说，幸福的感觉油然而生。

“我明白你话中的意思，军士长。我要是让你有理由担忧，是我的不对。”

他莞尔一笑。他，上尉，不是一个英俊的男子，可也算不上一个丑陋的男人，威利从哪方面来说都不会为难他，因为他身上有一种自信的神气，当你身陷外国的田野不能脱身时，这可是一种很好的神气，那里甚至鸟儿们都唱的不是一样的调子。

说实话，谁能出人头地都不会感到遗憾的，这是人的本性，威利明白这点。但是，出人头地的人需要帕斯利上尉那样的人品，因为这是有道理的。

你不能跟帕斯利上尉过不去。

“不过等会儿我们还得出击一下。”他说，叹了口气。

“嘿，是吗，长官？啊，我们早就想到了，长官。”克里斯蒂·摩兰说。“难道我们没有吗，小伙子们？”

“啊，我们早就想到了，我们早就想到了。”他们异口同声地说。

于是，他们像死人的鬼影，从夜色浓重的栖身之地站了起来，头上的星星构成耀眼幕布向四周延伸。

威利看见无人区闪现出了一道狭窄的色块，田野里黑黢黢的开阔地，旧围栏和天地的影影绰绰的影子。到处都是带刺的铁丝网，是一拨又一拨铁丝网小分队设置下的，像他们一样乘夜出击，像他们一样顶着星星，像他们一样，不管是德国人还是协约国人，心都快跳到嗓子眼儿了。

威利不知道敌人的战壕在哪里，但是他希望帕斯利上尉知道，他有地图，地图上写明了号码。

他们走上了潮湿的土地，帕斯利上尉领头，克里斯蒂·摩兰像一个夫唱妇随的妻子紧随其后，乔·克兰西、约翰尼·威廉斯以及名叫彼得·奥哈拉的红头发小伙子同在一个小组。

威利知道他们是要去检查四百码战壕沿线他们自己的铁丝网，因为上尉认为白天他看见了这里那里铁丝网出现了裂口。他们甚至不想让长耳朵野兔或者老鼠能够轻易钻过去。要不然，敌人会乘黑夜悄悄溜过来，潜伏到他们跟前进行可怕的偷袭，德国人身高马大，肌肉强健，会一下子向他们扑上来，把尖利的德雷斯顿[①]刺刀捅进他们爱尔兰人的胸膛。他们可不想遭受这样的袭击。

所以，他们现在不得不自己先潜伏夜行，稍稍拱起背，两只胳膊垂下，小心行走，如同他们的士兵手册里明明白白告诫的，绝不能踩住枯枝、咳嗽、绊倒在地，把自己暴露给敌人。

帕斯利上尉是一个矮小的人，在某些方面像一个浓缩的人儿，脑袋长得像一颗溜圆的萝卜，他走路身子挺直，步子有力，右手不停地招呼，要他们跟上。奥哈拉和威廉斯两个人抬着一卷用来修补的铁丝，一点也不重，威利·邓恩拿了一把大铁丝钳子，有点类似你想象的一个疯狂的牙医拿来给你拔牙的东西，还扛了他的来复枪。只有克兰西一身轻，小心翼翼地紧随上尉身后，窥视那些影影绰绰的

①德国一地名，以生产兵器出名。

黑影子，看上去像世界上为人共知的九月份从来不结莓子的可悲的黑莓丛。

与此同时，德国人时不时在发射可怕的照明弹，要不是他们在大半夜里发放，倒是很有节庆气氛。但是，当听到这些照明弹飞向了天空，至少他们小分队听见了嗖嗖的响声，会立即扑向草丛和泥土，帕斯利上尉也像一个游泳者从都柏林的三迪科夫游泳池四十英尺高的石头上扎猛子一样，消失在他们身后的世界里。

然后，他们起来继续前进，不一会儿他们找到了上尉看见的裂口，威利剪下一段铁丝，他们大家一起把那个弯弯曲曲像蛇一样的东西，好似希腊神话里一个神秘的怪物，往破裂的地方捆绑。克里斯蒂·摩兰把新铁丝往旧铁丝上拧去，奇怪的是没有人再听见他骂大街了，尽管这时也许德国的小伙子们已经听惯了他的咒骂，以为他的骂声是什么鸟儿在啼叫，那声音在比利时荒废的土地上回响。

“这他妈的玩意儿专跟我的大拇指过不去，扎破了，”他说，“这他妈的英国狗屎们弄出来的狗日破玩意儿。”

“摩兰，你行行好，不要再满嘴放炮了。伙计，认点倒霉好了。”帕斯利上尉说。

“认点什么，长官？”克里斯蒂问道，把大拇指上豆粒大小的血点吮吸了。

“别吱声，别吱声。你不会说爱尔兰话吗，军士长？”帕斯利上尉友好地说。

“我他妈的不会说爱尔兰话，长官，我连他妈的英语都不会说。”

“不管你会讲什么话，摩兰，都别说了。”

“好吧，长官。”克里斯蒂说。

“上帝保佑你，军士长。”上尉也许在玩幽默，可是他们不知道。“等等，等等，等等，”这时他赶紧说，蹲了下来，“有响动，小伙子们，趴下。”

他们全都立即趴下来，像一只只威克洛牧羊犬。泥泞的地上点缀了红色石子，威利能看见它们。他自己已经在小滴尿尿了；他并不想尿尿。这时他抬头看去，非常清楚，看见了几个身影在他们一百码远的地方走过去，像人们在星空下散步一样，漫不经心，但是悄无声息，威利感觉热乎乎的尿水流到了他的腿上，他骂自己是个没用的人。

他能感觉到克里斯蒂·摩兰紧贴他躺在地上，像一根干木头，老天知道，他随时准备跳起来赢得一枚维多利亚十字勋章，一种可怕的勇猛行为，却会让他们遭到杀身之祸，结果只是给他们留在饼干盒子里一枚铜片子，上面雕刻了一些怀念的废话。他也许一点都没有闻见尿臊味儿？

然而克里斯蒂·摩兰没有跳起来，还待在原来的地方，也许完全像威利一样胆战心惊，他们都听得见乔·克兰西轻微的胸腔喘息，仿佛小小的小猪崽儿钻进了他的嘴里，那喘息声听来一点不能让人松口气。然后，威利又一次意识到他手里有来复枪，于是紧紧抓住了光滑的枪托和油腻的枪管，突然间，尽管还在尿尿，却知道他不害怕了。他还忧心忡忡，不过他知道他现在能够站起来，面对危险，和敌人搏斗，拼命到死。

这是一种奇妙的感觉；他对这种感觉惊诧万分。他过去从来没有在野外寒冷的黑夜的土地上潜伏过，斑斑点点的天空悬浮着几许遗忘的寒霜，令人生疑的冷风在吹。他现在像一个真正的傻子在嗤笑，不过他是一个幸福的傻子。

那些神秘的身影走过去，走远了，他们也是受命运捉弄，在执行同样的任务，受命在危险的地段巡逻一两个小时，不顾一切危险，带着一卷铁丝，修补也许其他人刚刚弄破的一个被人发现的漏洞。

威利龇牙咧嘴，用手伸向泥土，抓起来一块，放在潮湿的脸上，感激地搓来搓去。泥土中那些小石子硌得有点疼。刹那间，他几乎不知道他是谁，他在想什么，他待在什么地方，他属于哪个民族，他讲什么语言。他忘掉了恐惧，感到很幸福，因为他曾经经历的那种恐惧让他说不出话来，让他麻木，而这时他像天使一样幸福，像一只自由的鸟儿感到幸福，像一个劫数难逃的人终于坐在基督的右边一样感到幸福，因为犹太王亲口说：因为他的善良，他将会得救，将会坐在天堂里基督的右边，尽管三个人会死，但两个人不会死，谁有善德谁就得救。

“你干吗念叨他妈的好基督的名字，威利·邓恩？”克里斯蒂说，这时侧过身来用胳膊肘支住身体，静静地面向田野，很是自在。威利知道克里斯蒂·摩兰很想取下耳根后面的香烟，惬意地吸一口过过瘾。他惬意地吸了一口，咒骂这个世界，咒骂这世界战争连连，咒骂这世界忧患不断。

“我不知道，列兵，我不知道。”

“滚他妈的蛋了，”克里斯蒂·摩兰小声说，“我以为我这下死定了，这些混蛋把我吓坏了。他们走动中有人向他们开枪，他们也不会出声吗？”

“来吧，小伙子们，我们溜回去，喝一听难闻的茶吧。”帕斯利上尉说。

“正中下怀，上尉，”克里斯蒂·摩兰说，“我们跟你走，太正确了。没事儿，长官。”

“大家跟好了吗？”

跟好了，都活得好好的。

第四章

威利现在打发走了好几个月了。他猜测都柏林还是老样子，不知道春天来了看上去是什么样子，坐在萨克威尔大街的那些树上和燕八哥打招呼，真正的萨克威尔大街，不是一条战壕。

他想象格蕾塔是那么漂亮，像梅里恩广场美术馆里的那个希腊女士[①]的雕像一样。但是，格蕾塔写信不行，这是肯定的。那个通信兵会带来信件，如果他走运，他会收到他父亲的来信。一周又一周，一周又一周，他等待格蕾塔的来信。可以说，他时不时因此很生气，很丢份儿。连克里斯蒂·摩兰的妻子都给克里斯蒂写信来，尽管克里斯蒂从来不声张，但是威利曾经看见他迫不及待地蹲下来看那些来信。乔·克兰西有一个姑娘总是写信来，还很有规律。

---

①指维纳斯。

他知道上尉要把他们写的所有的信看一看，因此信的内容要挨个儿检查，生怕信件一旦在攻击中丢失，有什么内容帮了敌人的忙。因此他给格蕾塔写信总是紧张兮兮的，害怕在人类所有的语言中无数次使用过的那几个词使用不妥。但是，害怕也还是要写。他爱她。而且他知道、他也希望，格蕾塔也爱他，因为他们离别时格蕾塔说过这样的话。尽管在那样的场合下这种话是被逼到嘴边的，可是他知道、他希望、他祈求这种话已经在她的心里开始了旅程，如同这种话在他心里那样。

有时候他能够对付一封长信，有时候不知什么原因他很想找到合适的词儿，却总是只有那么几个常用的。

他想到她实际年龄多么小，他自己也多么年轻，他们两个可能有很长的日子在前面等着，只要能牢牢抓住那些日子，他们就没有过不去的河。

不消说，他记起来，她没有答应要嫁给他。在她父亲租来的房子的楼梯井里，他觉得在黑暗中向她求婚很别扭，但是她回答时并没有觉得别扭。

“不，威利，我不能答应这样的事情。”她当时说，如同一个律师之类的口气。

他很理解她为什么不答应，正是她心中的大美大善不让她信口答应，战后和他在一起似乎是理所当然的。当时的隐情就是这样。

然而，他现在每天都很在意，为了她，为了他留在身后的一切。

她是多么美丽啊，他想，是多么美丽啊。

亲爱的格蕾塔：

我想你，想你啊，格蕾塔。到处都有中国人在挖战壕，还有黑人小伙和看上去很凶的廓尔克人[①]，整个大英帝国，格蕾塔。我不知道还有什么民族不在这里，只有霍屯督人[②]和俾格米人[③]待在家里吧。不过也许他们也和我们待在这里呢，只是我们看不见他们，在战壕里他们显得太矮了。我很想说说话！我渴望休假，回家去，把我在这里战场上看见的一切都告诉你。我爱你，格蕾塔。这是真的。

你心爱的朋友，

威利

皇家都柏林明火枪团

佛兰德斯

一九一五年四月

---

①尼泊尔的一种族。

②西南非洲的一部落。

③非洲的一种矮小的黑人。

他把信写好了。随后，他试图把“朋友”二字抹掉，换几个更好听的词儿。但是他抹成了一个黑团团，因此他又写上了“朋友”两个字，希望玩出点花样。他写这封信写得很紧张。上尉也许会认为信写得很愚蠢；更要命的是，格蕾塔也会认为信写得很愚蠢。

度过了一些难挨的日子，他们又拔营向前，开拔到了圣朱利安附近的乡间。他对这个新地名的叫法不习惯，不过还好，圣朱利安叫起来还算顺口，几乎就是一个英文单词。

一开始，他们认为各方面改善了不少。预备线附近有一条河，他们在这一带安营扎寨，等待向前线挺进；河岸上垂柳婀娜多姿，据说这同一条河弯弯曲曲在双方战线流淌，最终流经德国人的战线，因此他们来了兴趣，把小纸船放在水上，上面用德语写了激烈的教训话，希望在什么地方德国人会捞起小纸船看看。

他们推测他们不得不说夏天很快就到了，因为人家说夏天在这一带来得很早。

克兰西、威廉斯、奥哈拉和威利·邓恩，在一个暖洋洋的日子，请示允许他们到那条河里去游泳，帕斯利上尉没有断然否决，实际上他也愿意和他们一起去。

他到达选定地点，看见这条河是一处令人流连的乡间开阔地。翠鸟像一粒闪亮的蓝色子弹沿河岸俯冲，倏然飞进了阴暗的树丛之中。河水像深黑色的绸子。

军装一旦脱下，谁都看不出来是列兵还是军官。威利和他的伙伴们都感到新鲜，帕斯利上尉看上去竟然那么瘦小和年轻。

他们穿着长内衣裤，跑来跑去，踢一个很难看的足球，他们的欢笑声透出一种活力和兴奋，在树下回荡。

他们大笑不已，嗓子都笑疼了，柳树这时好像在微风中翩翩飘飞，如一团团绿云，而河水湛蓝，如同旧时记忆的蓝色，尽管他们很年轻，可是并不真的知道年轻的优势，即便受到艰苦环境的长期磨炼，他们的身体仍然感觉良好，热血在周身流淌，而且经过战争数学的可怕的计算，他们还活得好好的。

随后，克兰西跑起来一头扎进河水里，威廉斯箭一般紧随其后，然后是威利，最后帕斯利上尉扎进去把肚子拍得啪嗒响。

过了一会儿，他们就个个光鲜地回到了岸边，因为河水还很寒冷，而后在他们的军装上仰面躺了下来，胳膊枕在脑袋下。他们像光溜溜的婴儿。一阵微风在柳树间吹过。五个小鸟儿缩在阴毛窝儿里，如同虫子。威利想，这副景象好比格拉夫屯大街一家高价商店的橱窗，一个人驻足看去会倒吸一口凉气。

战争并没有减弱，他们还能清晰地听见战争的枪炮声，在这宁静的空气里传到了他们上方，剧烈爆炸的炮弹一阵接一阵，震撼人心，即使相距很远的榴霰弹都传过来难听的小虫子鸣叫的响声。

一架飞机从上空飞过，正在拍摄照片和收集情报。飞行员的头看得很清楚，正从飞机帆布罩里往外张望。“皇家飞行队”几个彩色大字让飞机平添了一种飞行表演的气派。

然而，在这些田野上飞行就是另一回事儿了。

“你认为战争还要持续多长时间，长官？”克兰西说，正用一只脚挠另一只脚腕子。他的脚指甲如同麦修彻拉[①]的一样长，黄黄的，看上去像骨头，开始向后弯曲，钻进脚拇趾下面了。

“反正我希望战争不要太长了。”帕斯利上尉说。

接下来一阵无言无声。

“我心心念念的就是农场啊。”帕斯利上尉说，仿佛这些话是从他的隐秘想法里冒出来的。“一想到家里的所有活儿需要人干，我就烦躁不安。”

他顺手揪起来一把草。

“我的弟弟约翰现在也在这里，南爱尔兰骑兵团。”他说。

“是这样吗，长官？”克兰西问了一句没有意义的话。

“我推测，我父亲总不会越活越年轻吧。”上尉说，“你知道，他真的需要我们在身边，教我们往田地里掺石灰，

① 《圣经》中人物，以长寿著称。

现在这活儿是大活儿。我们只有一两个劳动力留在家里，其他人都参军了，比如休姆伍德和库拉丁以及别的农庄上的劳动力。天哪，伙计们，我一想到这里，就感到烦躁不安。”

奥哈拉煞有介事地点了点头。他们喜欢上尉谈论他的家事儿。

帕斯利上尉安静地待着，尽管他内心像他说的一样烦躁不安。

翠鸟从另一个方向倏然飞了回来。

“往地里掺石灰是重活儿啊。”他闷闷不乐地说。

然而，很快，他们就又钻进了战壕，感到厌倦——厌倦，因为他们接管了二十码战壕，那原是愁眉苦脸的法国人坚守的，老天爷，他们关于好战壕的观念可是少见。至少，他们在战壕里配备了像样的铁锨，还有标准的军用铁丝网刷，用来刷掉像咖啡一样粘在他们军靴上的泥块。

守在战壕里，弄出叮叮当当的动静是很愚蠢的。从这个位置看，敌人正好在三百码远的地方，把他们惊动了开枪动炮是很不上算的。威利·邓恩用铁锨不声不响地插进了参差不齐的战壕墙上。铲下来的土顺手向后面挥上去，把后墙过道堆得更厚实一些，那是一溜堆起来的土，防止从背后猛不丁地射来的子弹。其余的土装进袋子里，在前墙上摞起来构成像模像样的胸腔。胸腔下面垫起一个射击脚垛，以便士兵可以站上去向无人区成功地开枪射击，或者，最不济也能把脚垛当梯子，爬到战壕顶上去。

阿尔及利亚人就在他的右边。阿尔及利亚人唱歌唱得好，整天怪声怪调的歌声不断，到了夜间他还能听见他们哈哈大笑，兴奋不已，话说得没完没了。

战壕很快看上去入眼了。

“这才他妈的像那么回事儿。”军士长认真地说。

他们把这些活儿干完，然后龟缩在无可挑剔的战壕里，像老拳击手一样闷得满身潮乎乎的。可怜的人类的脑子净玩些奇奇怪怪的花招，你能转眼就把自己的名字忘掉，甚至把待在这里的具体位置都忘掉，更别说把大炮连续不断的轰击忘到脑后了。经常哪天是几号了，威利都会忘掉。

后来，一个截然不同的日子到来了。大家都在抢茶水喝，因为十二点左右送上来的那些大黄豆吃过后，个个都在不停地放屁。一如往常，他们吃饱喝足了，便开始你瞧瞧我，我瞧瞧你，心想他们到过的地方，就数圣朱利安这地儿不赖。肚饱心喜欢，他们因此有了这种起码的憧憬。

微风整日都在高高的草丛里吹动。到处都长满黄灿灿的花儿，绽放的小花朵数以百计。毛毛虫爱恋黄花。几百万条毛毛虫与花同在，如同黄花儿一样是黄的。这是一个黄色的世界。

帕斯利上尉待在他的新地下掩体里，填写表格。每样东西来了，每样东西去了，都要记在本本上。条目和人员。帕斯利上尉，当然，还需要把士兵们寄往家里的信全部看一遍，而且他还需要一个词一个词地看。他觉得，有时读这些信也许会把心弄碎；有些士兵的信写得非常令人心酸。他们没有打算把信写得让人心酸，只是要努力表现得像男子汉，把郁闷的生活写得快活一点。但是，生活就是这样，只能面对。上帝在帮助他们，他们有时就是快乐的力量。有些人把信写得像主教一样正经八百的，有些人则努力把脑子里想的东西写出来，比如年轻的威利·邓恩。真是无奇不有啊。

黄色的云雾是克里斯蒂·摩兰首先注意到的，因为他站在射击脚垛上，利用一面比较好用的镜子装置，观察静静的战场。微风刮得更起劲了，把一些乱七八糟的毛发刮到了克里斯蒂·摩兰的帽子上，满帽子都是。微风已经转成了小风，冲着克里斯蒂的帽子和镜子吹来，但是风就是风，没有什么值得注意的。

值得注意的是，一种奇怪的黄色云雾刚刚不知从哪里冒出来，如同海上的雾气。但是，又不像雾气；他知道团团大雾是什么样子，老天爷，他就是在该死的金斯敦海域一带出生长大的。他在镜子里观察了几秒钟，使劲儿看，使劲儿捉摸。那是四点钟的样子，万籁俱寂。连大炮现在都不攻击了。毛毛虫在那些黄花上涌动。

野草在那黄色烟团路过的途径上死掉了。那也许只是克里斯蒂・摩兰的印象；他利用瞬间把镜子拉下来，用干净的袖子赶紧擦了几下。镜子又竖起来了。那黄色烟团看上去不浓厚，但是如同目力所及那么宽阔。克里斯蒂・摩兰这时非常有把握，认定他看见黄色烟团里有人影在活动。这一定是某种方式，用来掩护前进的士兵，他心想，是战争使用的某种新式手段。

“你快去把上尉叫来吧。”他对奥哈拉说，“听着，伙计们，快站起来准备战斗。把枪拿起来。机枪手，开始向那团黄色烟团射击。”

于是，机枪小队扑向他们的机枪，乔・麦克纳尔蒂和乔・基尔蒂一直是装弹手，梅奥一块儿来的表兄弟，不知在什么地方串联起来，不顾他们的父亲所表示的愿望参了军；子弹开始从他们身前嗒嗒喷射出去，浇水手不停地浇水冷却枪管，机枪手稳稳地跪在地上，生怕射击的同时他们的天灵盖会被射穿。

但是，这是一种非常奇怪的先发制人的做法。帕斯利上尉走出地下掩体，心思重重地站在克里斯蒂・摩兰身旁，而克里斯蒂・摩兰已经离开镜子，站在射击脚垛上，一副迷惑不解的样子。

“出现什么情况了，军士长？”帕斯利上尉问道。

“我跟你说不清楚，要我的命也说不清楚。”克里斯蒂・摩兰说，“五十码远的地方刚刚出现了那种他妈的黄色烟团，顺风飘了过来。那看上去不像是雾。”

“也许是德国人烧火起的烟吧。”

“也许。”

“你能看见德国人往这边移动吗?”

“我原以为我看见了，长官。但是，现在看来没有人。没有喊叫，没有嚷嚷。战地安静得像幼儿园，长官，所有的婴儿都睡着了。”

“很好，军士长。停止射击，伙计们。”

右侧的阿尔及利亚人比他们靠前一点，因为战壕在稍微突出的地方就拐了弯。所有的爱尔兰人现在都站在射击脚垛上，沿战壕一溜排开，一千五百名士兵面向那个气候形成的不明怪物，或者别的什么东西。有人给指挥官打通电话，汇报了正在发生的情况，但是指挥官也不知道下达什么连续的命令好，只告诫下面小心警戒，有爬上来的敌人格杀勿论。

没有令人警觉的掩护炮火打响，那浓浓的烟雾看上去也没有什么太大的威胁。从某个角度看，那黄色烟团看上去还很美，黄色好像还在沸腾，碰上炮弹坑就沉落下去，然后又弹起来，汇合到了黄色烟雾的主体之中。黄色烟雾后面，鸟儿还在鸣叫，但是黄色烟雾前面原本鸣叫的鸟儿这时却安静下来。帕斯利上尉脱下帽子，抓挠自己的秃脑壳，然后把帽子又戴上了。

“我不知道，”他说，“像伦敦的雾，只是更浓密。”

大蛇一样的黄色烟雾翻腾到了右侧战壕远处阿尔及利亚人坚守的胸墙边，这时奇怪的声音传过来。士兵们似乎偶然间乱动起来，仿佛看不见的士兵已经扑向了他们，拼刺刀拼得格外眼红。这可不是一种好听的声音。那些殖民地士兵这时号叫起来，还有其他一些吓人的哭叫，仿佛隐而不见的游牧部落正在扼住他们的脖子。不消说，爱尔兰士兵没法去看看这样的战壕发生了什么情况，但是在他们心中看来，气势汹汹的屠杀正在进行。从乡下来的士兵一定想到了人头马怪和游牧部落，因为只有这些童年故事和篝火边的故事才和这样邪恶的怪事不差上下。恐怖的哀叫从前面的阿尔及利亚士兵的战壕蹿出来。眼下他们爬上了战壕背墙，好像是要向后边逃去。那黄色烟雾在步步为营地向前滚动。

“是黄色烟雾搞的，”帕斯利上尉说，“黄色烟雾里有什么毒物，伙计们。”

且说在威克洛家乡他的老房子里，有七个壁炉，其中两三个如同旧木桶一样有漏洞，把这些壁炉点上后，浓烟会钻进壁炉上面的卧室。那是一种很呛人的烟雾，但是它不会把你当牛往后面驱赶，就像阿尔及利亚那些可怜的士兵正在面临的情况，这会儿不知什么原因他们都撕开军装，倒在地上打滚，号叫；用号叫来形容很恰当。

都柏林明火枪团在与阿尔及利亚右侧那边接壤的端部，与黄色烟雾相遇了。一模一样的情况发生了。那些士兵们看到这种凶险的魔鬼似的东西滚滚而来，感到极度的害怕，它似乎把野草都熏得吱吱作响，让鸟儿鸦雀无声，把人呛得像嚎叫的魔鬼。出于本能，士兵们沿着战壕拥挤过来，如同任何人在这样的情况下都会有的反应一样，突然拥挤到了邻近的战壕端部，这样一来那里的士兵一时间还以为他们正在遭受战壕拐弯处的袭击。那些士兵反过来也害怕起来，纷纷向下一段战壕拥去，而且因为战壕和黄色烟雾之间只有很小的角度，士兵们不得已越跑越快，赶在烟雾的前面。很快，第三和第四战壕段也陷入了不可救药的混乱，黄色烟雾一下子向他们扑上来。他们一下子陷入黄色的浓雾中，可怕的声音蹿上来，如同绝望的哭叫连成了一片。

奥哈拉开始向战壕后面的背墙上爬，却听克里斯蒂·摩兰一声吆喝，把他唬住了。军士长向上尉看去。上尉帕斯利的脸变了色，像削下来的土豆片；上面也有湿漉漉的水汽。

“我需要给司令部打电话，问问他们怎么行动。这魔头般的鬼东西到底是什么呢?”

“来不及打电话了，长官，”军士长说，“我能让这些士兵后撤吗，长官?”

“我不会为这样的事情下命令，”帕斯利上尉说，“我们要守住这个位置。死守在这里就行了。”

“你和一股烟雾作对，什么都守不住，长官。最好是后撤到预备战壕吧。有些东西会要命的，是错误的。”

但是，这样一场理智的谈话还没有展开，那股黄色烟雾就溜到了胸腔深处，只见它如同无数根蠕动的手指，气味刺鼻，威利·邓恩立即紧紧抓住了胃部。乔·麦克纳尔蒂从他的阵地滚下来，紧紧抓住了他那梅奥人的喉部，像一条误吃了老鼠药的狗一样挣扎。

“撤出他妈的去吧。”克里斯蒂·摩兰说。

“好吧，”上尉说，“我在这里坚守，军士长。”

“你坚守他妈的吧，长官，对不住你了。跟我来。”

威利·邓恩和他的战友纵身跳上了战壕背墙，大伙儿开始跌跌撞撞地向后跑去，穿过弹坑累累的地面。猛然跳出了战壕，在正常的平地上奔跑，令他们感到惊诧。成群的士兵穿出那股黄色烟雾，向右边跑去，深一脚浅一脚的，一路哇哇乱叫，有的双膝跪地，有的两只手揪在脖子上，如同那些音乐堂里的小丑，假装要被憋死了，用自己的两只手在脖子上做出乱扯乱拉的样子。这时，命令和后撤都不在话下了；那些没有和黄色烟雾一起舞蹈的士兵们，慌慌张张地向一边躲避，向他们希望安全的地带跑去。跑出几百码时，他们赶上了一个前进的炮兵连，炮兵没有询问就从他们脸上看见了恐怖，立即开始吆喝马，拉拽马，驱赶马，要马拉起大炮快跑，因为一旦让大炮被敌人俘获，那将是灭顶之灾。但是，这只是一厢情愿，成群结队的士兵痛苦不堪地从眼前经过，摇摇晃晃地向他们奔来，都像发疯的敌人，炮兵们也拔腿就跑；别无选择。谁有些犹豫，谁就会尝到黄色烟雾的厉害，立时觉得嗓子无比刺痒，哇哇乱叫，大口喘气，只有等死的份儿了。时不时，一个士兵奇迹般地从浓烟里穿出来，没有吓倒，加快速度，夺路而跑。枪支这时乱扔一气，坑坑洼洼的田野上比比皆是，仿佛一场殊死的战斗刚刚打完。

威利·邓恩和别的士兵一起逃跑。前面是一个瓶颈地段，几个星期以前在这里进行过一次地面作战，士兵们只好拐上一条崎岖不平的路，能躲多远躲多远。当然，这又会因为不能继续逃跑而产生慌乱的惧怕，毕竟那股黄色烟雾还在后边紧追不舍。士兵们跳进了臭水坑，力图游泳过去，却无法到达幸运的对岸。没有可靠的行动，没有救助的希望；人人自顾不暇。

现在，三四个大队似乎混合在了一起：阿尔及利亚殖民兵的残余、部分正规的法国士兵、都柏林明火枪团本身，以及一些来自林肯郡兵团的同伴们，他们一定是从左侧被驱赶过来的。每个人都被同样的无情的紧张情绪牢牢控制着。如果发生了一场正当的战斗，这些士兵谁都不会临阵脱逃。他们会坚守战壕，战斗到最后一个人，与阵地共存亡，诅咒命运不济。然而，这是一种他们全然不知道的力量，驱赶着他们仓皇逃跑，躲避那个穿了黄皮的长长的、长长的怪物。

沿路逃跑的队伍中有军官，自己一副迷惑不解的样子，却拼命劝阻士兵们返回去。他们也不知道究竟发生了什么事情，他们看见的只是士兵们好像在弃盔丢甲地逃跑。这样的溃败前所未闻，只有老兵在战争的最初几个月经历过从蒙斯到马恩的大后撤。预备线上的队伍不得已得出结论，认为德国鬼子进行强大的突击，可是这样结论又根本说不通，因为没有人得到这方面的一点消息，没有听见大规模的炮轰，也没有挨过炮轰。更有甚者，后撤和仓皇逃遁的士兵身后没有子弹追踪。

这时，臭气的减退现象似乎处处可以感觉出来了。臭气钻进了犄角旮旯，窟窿缝隙，钻进了耳朵和眼睛，钻进了老鼠洞和耗子窝里去了。

危险这时终于渐渐过去。士兵们就地倒了下来，汗淋淋的全身湿透，已经筋疲力尽的士兵，经过这样在弹坑累累的地面拼命地奔跑，耗尽了体力。威利·邓恩已经累得头晕眼黑，就地倒下后很快就进入了无梦的睡眠。

他醒来时眼前是一个黄色的世界。他的第一个念头是他已经死了。凌晨四五点钟的样子，火炬和灯光还在亮着。士兵们排成的长队正在沿路返回，个个面目狰狞，他们的右手搭在前面那个士兵的右肩上，四十来个士兵有的拉着一条链子。他想起了圣约翰的《启示录》，不知道他是不是到达了现世尽头的那个无名的日期。

一张张脸上抹了黄色的油泥，士兵的军服也变成了特别的不合要求的黄色，天地间的所有土地都枯萎了，被生生地破坏了。甚至前一天还鲜活的树叶子也全都蔫蔫地挂在自然的树枝上，痛苦地卷曲着，一路上两旁的白杨树不像平常一样发出令人放心的音乐，而是一种发潮的、死沉的、金属似的沙沙声，仿佛每一滴树液都被致命的毒汁取代了。

花费两天时间，佛兰德斯这片受到惊吓的土地才恢复到了常规战争状态。第一天一整天，七英里长的战壕里没有一个士兵。预备兵团尽快开上前线，活下来的士兵回到后方，看看能不能重新组织起他们的连队。威利·邓恩吓坏了，觉得神情恍惚，在所有这些阴郁面孔的士兵中只剩他孤单单一人了。这时候，他才感到他在这个世界上轻如鸿毛，一个微不足道的可怜虫。他想他的军士长，想他的上尉，想他的伙伴们，如同小孩子想念家，不管多么临时的家。他觉得这种情感很愚蠢，但是他就是有这种感情。

他晃晃悠悠地沿着那条恐惧的道路往回走，没有一个人和他说话。很快，遍地尸体出现了，埋葬的清单把尸体分配到了突然出现的小墓地。他走过了那个凶险的瓶颈之地，淹死的士兵脸朝下漂浮在臭水坑上，尽管他害怕他所能找到的场面，可他还是催促他的两腿走到了他的战壕的口上。他不敢指望看见理想的场面，但是希望看见他的伙伴们蹲伏在战壕里，有些散漫，正在喝茶，或急慌慌地排队上茅坑解大便，有人在放哨，有人在唱歌，然而他所看见的却是一个已经变成死人坑的地方。

战壕里填满了尸体，在他看来好像是几十尊公园雕像——那种在他祖父曾经干活的休姆伍德可以看见的雕塑——如同某个消失的帝国倒下的人物，思想家、议员以及无名的诗人，举起双手，独特的姿势，他们的石头身体因为一些原因穿上了这场现代战争的一半军装。他们的脸像一本告诫书里的魔鬼一样狰狞，仿佛真正堕落了，遭罚了，遭谴了。噩梦挂在他们的脸上，好似最恐怖的梦魇紧紧附在他们身上，冻结在亡灵上，清晰可辨。他们的嘴边涂满了斑斑点点的绿色的黏液，仿佛他们就是过去穷苦的爱尔兰乡民，在极度饥饿时到田地里寻找荨麻吃。那股强烈刺鼻的臭味还无处不在，迟迟不散，臭不可闻。

那个人倒在了战壕豁口上的一个射击脚垛上，几乎裸体，军装像撕碎的花瓣一样扔在他的身边，因为最后的挣扎，面孔歪扭得和别人一样，这个体面的男人不希望离开他的岗位，和随处都是的阿尔及利亚人和爱尔兰人堆积在一块儿，一个十分清楚所面对的艰难任务的男子汉，躺在石灰里：帕斯利上尉。

“愿上帝安抚他的灵魂。”威利·邓恩小声说。

然后，威利找到了约翰·威廉斯、乔·克兰西、乔·麦克纳尔蒂。十来个士兵被一种他不清楚内容的契约捆绑在了一起。威利的肚子被痛苦撕裂开，他的眼睛被痛苦灼烧得难受，仿佛痛苦本身就是一种瓦斯。他恶心得简直受不了，他觉得自己会像一只狗一样呕吐。恶心袭来时，一种恐怖的愤怒难以遏制，让他不堪承受。他像一个老人，往回走了几步，傻愣愣地站在了上尉的尸体前。

巴克利神父也来到了死人堆里，从一颗僵直的头颅走向另一颗僵直的头颅，黄色烟雾的残余把他呛得够呛。现在，他们知道黄色烟雾是毒气瓦斯，歹毒的日耳曼人对他们进行的毁灭性打击；据说，这是一种战争条例禁止的手段。任凭什么将军，任凭什么士兵，都不会对这种手段感到骄傲；任凭什么人都不会对这种成功地将人折磨死的手段感到喜悦。巴克利神父对着每双不再聆听的耳朵快速地嘟哝几句；他有点着急让他们的名字进入获得救赎的亡灵簿里，在经历了这样惨绝人寰的劫难后，把他们带往可能存在的天堂。

“是你吗，威利?”巴克利神父问道，这时也赶到了帕斯利上尉的身边。

“你见过的最可悲的事情莫过于此吧?”

“是啊，神父。”他说。

“这个人是谁?”神父问。

“帕斯利上尉，从蒂纳赫利来的。”

“没错，威利。”神父说，跪倒在那具裸身的尸首旁。他不是要想办法把裸体盖上；也许他就尊重这个死人的赤身裸体的形式。“我不知道他的小本子上写着什么宗教。”

“我想他是天主教徒，神父。威克洛地区强壮的农夫多数都是天主教徒，那里属于爱尔兰教会。”

“你也许是对的，威利。”

巴克利神父就近跪下来。当然，你无法从一个没有声音的人那里听到最后的忏悔。然而，可以提供的小小仪式是必须的，因为神父要用他那小声吟唱的声音说点什么。

“你知道他的家在威克洛什么地方吗？”神父念叨完，费劲地站了起来。

“我想我认识他家。那里叫蒙特山，我想是的。他过去经常谈论那里的农活儿。我想他对他们家的土地很热爱。我祖父和他们很熟，这我知道。”

“他是那里的农夫吗，你祖父？”

“他是休姆伍德庄园的管家。他现在一百零二岁了。那一带他什么都知道。”

“哦，如果你有机会到那里，威利，你要去告诉他们他是怎样死的，好吗？不是说这种可怕的死法。就说大家都知道他选择了留下来，别让人说他没有命令就离开了阵地。”

“我要是去了，会告诉他们的，因为实际上就是这样的情况啊，神父。”

“没错。”

“你自己怎么样？”巴克利神父问。

他们漫不经心地站在那里，并不真正在乎他们的安全。他们知道日耳曼人今天不会向他们开枪射击。克里斯蒂·摩兰认为，瓦斯也把他们自己吓坏了。对方感到羞耻，他说，会让他们掩埋死者的。瓦斯造成的战线上那个可怕缺口，据说，不会再次被他们无端蹂躏了。他们不会乘机进攻了。看样子，在这次战争悲剧的沉重的篮子里，这次行动具有巨石般的重量，人的力量无法承受。人人感到惊愕，人人感到害怕。

“你自己怎么样，威利?”神父没有听见回答，又问道。威利想说，他威利为他的第一个上尉的死感到钻心的疼痛，这疼痛过去之后，别的都容易对付了，但是他什么也说不出来。

威利找不到可用的词表达自己。他想说点什么，至少让神父看见他懂得礼貌，并不粗鲁。

他们两个站在那里，两脚叉开，眼泪止不住地往下流淌，一个男人问另一个男人怎么样，另一个男人问对方怎么样，一个男人不知道这世界究竟怎么回事，另一个男人也不知道究竟怎么回事。一个男人向另一个男人点了点头，没有理解却表示理解了，张口却不知道说什么好。另一个男人冲对方点了点头，什么也不知道。不了解这个置人于死地、令人胆寒的新世界是怎么回事，不了解战争的苦难是如此极端的破坏和夸张。巴克利神父什么都不理解，只有悲苦，而威利·邓恩同样面对黑色的日子。

威利所在团的五百多士兵死去了。

他们两个站立的时候，一阵奇怪的直流雨从天而降。雨唰唰地下着，打在他们人性的肩膀上，唰唰之声响得真真切切。

那天晚上，巴克利神父到处走动，询问大伙儿想不想领受圣餐。他带了一点旅行的圣餐礼的用物。神父问威利是否想领受圣餐，威利说他不想，随后神父握住了他的右手，摇了摇，握过手后巴克利神父径自走开了。

这次战斗结束后，敌人没有再向他们开火，也没有再向他们发射炮弹，活下来的人在他们的脑子里有了各种念头。

威利不断想到一个奇怪的念头。那就是他只有十八岁，这个生日到来才十九岁。

“他应该像我们大家一样跑掉，”克里斯蒂·摩兰发表看法说，“不是跑掉——我是说，撤退。”

“你这话什么意思，长官?”威利·邓恩说，表示怀疑。

“他那样守在那里是一个傻子，威利；他就是一个癔症[1]，一点没错。”

威利对这种说法感到很生气。他受不了他的军士长说出这样的话。帕斯利上尉做出了他自己的决定，他们做出了他们自己的决定。那是真正神圣的决定。

---

①原文eejit，爱尔兰俚语，类似中国的二百五、十三点儿、杠种、半吊子、傻子、白痴等等多种意思，但是有相当的褒义成分；另有爱幻想、不切实际等意。很难找到相对应的汉语词儿。我的老家说一个人，尤其男性，有上述一切毛病时，使用“癔症”这个词儿，而这一俚语和“癔症”有更多的相似之处，发音也近似，且暂借用，希望以后会有更好的词儿取代。

威利想恶狠狠地说出这番话。实际上，他想亲自把军士长暴打一顿。不过转念一想，军士长不只是一个有点毬毛蛋的毬毛蛋样儿，而是一个彻头彻尾的毬毛蛋子。他从来没有想到，军士长那样说不过是表达他自己痛苦的一种方式而已。

他们无可奈何，在另一个新墓地，埋葬了五百名士兵，五百颗消失的心脏。

他们把所有的阵亡士兵掩埋起来，费了不少工夫，因为德国鬼子很快振作起来了，他们只得想办法对付。皇家军医团的小伙子们无所畏惧，掩埋尸体可不是一件轻松愉快的事情。随军牧师来到墓坑前念叨他要说的话。巴克利神父说了同样的话，新教牧师也说了相同的话。犹太教教士也来了，为都柏林来的犹太教士兵和一个来自科克的名叫列文的士兵说了些希伯来语。威利·邓恩和他的朋友们唱了赞美诗："啊，我穿过了死亡之谷。"克里斯蒂·摩兰的声音听起来真像一只挨了踢的狗的吠叫。挥动铁铲的人们非常感激夏季就要来了，土很干但是并不硬。他们都是矮小的中国人，留了小胡子和小辫子；他们被叫作苦力，是天生善于挖掘的人，他们自己三五个人一组，也许是被迫分成小组的吧。这些中国人把墓坑挖开，五百多个死人的墓坑。墓坑里填上了天主教徒、新教教徒和犹太教的爱尔兰人。

很快，各个连队都会由来自家乡的新士兵填补。威利想，来了一拨又一拨又一拨。乔治王的羔羊。这是一种有点模糊的想法。

夏季到来，军队趁机整编，建设他们的队伍——不管怎样，这是官方的计划。他们的防区平稳下来。他们把他们旗帜的蓝色烟云向天空吹去。他们像狗一样吃，像国王一样拉。他们袒胸露怀，晒得黝黑，如同沙漠里的阿拉伯人。白白的肤色在消失。梅奥来的，威克洛来的，都无关紧要。他们现在也许就是阿尔及利亚人，幸运帝国的一点外围而已。

他们知道，激烈的战斗在战线的其他防区进行，他们全都听到了爱尔兰士兵在达达尼尔海峡浴血奋战的故事。四月份，小伙子们一直试图从克莱德河的轮船上抢占沙滩，一次又一次强行登岸的恐怖不断上演，只要他们从船艏凿出的毛糙的窟窿里钻出来，成百士兵就会倒在枪口下。都柏林的小伙子们从来没有见过战斗，见到的那一刻就死掉了。故事的结尾总是有这样的细节：大量的伤亡把河水变成了淡淡的红色。

“死了，你就能在这世界的任何角落安身了。”克里斯蒂·摩兰说。

“这话对吗，军士长？”威利·邓恩说。

“啊，是啊，不只是在这里，威利，伙计。现在你肯定有选择了。”

“哦，那倒是方便得多了。”彼得·奥哈拉开心地说。

“你瞧啊，”克里斯蒂·摩兰说——他正好在努力从军上衣抹掉一个很大的旧茶渍，却反而把茶渍弄得更大了——“你很难对爱尔兰人保守消息。过去，一支新歌能够一天一夜就从伦敦传唱到戈尔韦[1]。”

“这是真的吗，军士长？”彼得·奥哈拉过了一会儿追问道。

“不管怎么说，”克里斯蒂·摩兰说，疑疑惑惑地看着奥哈拉，“一支好歌总会从伦敦传唱到戈尔韦的，因为旅馆里的侍者都在唱，唱来唱去就记住了。传到戈尔韦也就是黄昏时分吧。不过现在不是歌儿，而是坏消息了，满世界都在传播坏消息，从爱尔兰人传到爱尔兰人。他们的英国军队里都是我们爱尔兰人。应该叫他妈的爱尔兰—英国军队才对。”

出现了很长时间的静默，因为听众都在领会他话中的意思。

“哦，你说得有道理，军士长。”彼得·奥哈拉说。

冬季说来也就来了，如同一只在田野里盯上老鼠的鹰，又如同一只检验脚力的狼。像一个旅行推销员，冬季带了

---

①戈尔韦位于爱尔兰的最西边，而伦敦则在英格兰的最东边。

白外衣和白蕾丝，把它们铺展在广阔天地，铺展在污秽的战壕两侧，铺展在坑坑洼洼的路上，铺展在远处多茬的田地上；冬季还在倒霉的矿穴、土地的边角里藏匿了冰霜；冬季试图比春天表现得更像一个季节，给窈窕淑女般的树木穿上了银光闪闪的素装，精心地蓄意地给万物裹上了百合花，秋天的野花勇敢地竖起了几支红红的黄黄的发狂的旗帜。连声轻轻的招呼也没有，冬天迅雷不及掩耳地把每样绿色东西的汁液吸干了，比如战争武夫长期破坏后的残余物。

这下，威利的命运差不多回到了正常世界的边缘，这里有和平景象的农场，森林覆盖，月光下美不胜收，如同在分秒必争的日光下爱尔兰中部延伸的土地那么新鲜和熟悉。就是树木也令人难忘地站立着。道路铺满了你在威克洛院子里可以看见的田间沙砾，都是些带铁钉的靴子走上去咔咔响的粗糙路面。不过，他们分三个阶段在这些道路上行军，尽管从战壕的延伸区走来很疲劳，但是他们在行军路上获得了一些自豪。精疲力竭的男孩们被他们的伙伴搀扶着，没有影响行军的速度。让血液循环起来是好事儿，要比坐在冷得冻手冻脚的战壕里好得多，脚指头和鼻子尖儿不再挨冻了。一切都按时间表行动，这让士兵们很开心，不知不觉地走完了行程。

莫德为了他的十九岁生日，早给他寄来一件羊皮袄，威利在寒冷的天气里穿上御寒，心下感激。他的两条腿在路上走得发木。他时不时就会想到那些往路面铺这些石头子儿的一拨又一拨的人们。他不大清楚，他们是不是捶打起一层混合灰土，如同他们自己在家乡所做的那样，然后再把砂浆铺上一层，高出要求的水平两英寸，接着跪在地上，把石头压进去，再用合适的地面横杆把石头缝隙里填塞上黏土？他认为干这种活儿用不着一百种办法。于是，他开始真的想到，修房盖屋的方法，在什么地方都是一样的，蚂蚁掏窝的方法蚂蚁清楚，蜜蜂筑巢的方法蜜蜂明白，不管它们在什么地方都万变不离其宗。他看见，道路都修筑得中间略略凸起，雨下在路面上会很快流走，不会造成水坑之类的麻烦。道路延绵无数英里，往往一路两旁高高耸立了无数英里的白杨树。

农场上的人们似乎对他们漠然以对。

奥哈拉在他身边行走，奥哈拉从哪方面衡量都不是一个坏人。他的红头发在他的钢盔下热烈地燃烧。

谢里登上尉是帕斯利上尉阵亡后新上任的，身上有股快活的劲头。要不是他长就了两块看上去奇怪的火红脸颊，他会被认为是一个英俊的男子，只是他的红脸颊上纹理断断续续的，这让他一眼看上去像是马戏团里的小丑。但是，他喜欢听士兵们唱歌。

只要威利·邓恩张开嘴，敞开心扉，唱一曲《蒂珀雷里》[1]，长长的队伍跟着吼叫起来，那就比吃饭还来劲。

士兵中个个都晓得《蒂珀雷里》，唱起来仿佛他们多数都不是城市男孩，而是来自乡下绿油油的田地的农人。也许，军队里的每个人都知道这支歌，不管他来自阿伯丁[2]还是拉哈尔[3]。甚至苦力们也在一边挖掘一边唱《蒂珀雷里》。

威利周围的人都喜欢听他唱歌，因为他的嗓子使他们想起了音乐堂。那音色如同他们在音乐堂聆听过的任何男高音。人们发现，彼得·奥哈拉也有一条好嗓子。

然后，他们一起唱《你这老行军袋》。他们又唱《夏洛特这只野鸡》，这是一支好歌儿；他们还唱《把我带回亲爱的英国老家》，尽管他们都不是从亲爱的英国老家来的，可就是喜欢唱这支歌。

《让家里的火烧起来》是最受欢迎的歌儿，但是在行军路上不能唱；这支歌是在预备战壕里静静的夜晚唱的。

接下来，在上尉的要求下，他们唱起了《你的子弹挂低了》。一个意外而且特别开心的是，谢里登上尉不像一贯在唱唱跳跳这种事情上很拘谨的帕斯利上尉，他对这支行军路上的歌儿特别喜欢：

---

①蒂珀雷里是爱尔兰的一个郡。

②澳大利亚、美国、印度、南非等地均有这个地名。

③巴基斯坦一地名。

你能把子弹挎在肩上，
像一个该死的当兵样
你的子弹低垂乱晃荡？

如同丹·莱诺[1]跳起了那该死的木屐舞，威利唱起了这支歌便会激情四溢，特别来劲儿。谢里登上尉骑在马上，只见他把头向后仰起，朝着低垂的冬天的天空，把那些歌词儿吼叫出来，看上去是一件妙不可言的事情。在谢里登的军帽下，他看上去像一个男孩子，真的还是一个男孩儿。唱着这支歌儿，一两英里路不知不觉就走完了。

现在只有一件事情不一样，那就是威利敞开喉咙唱歌时，会觉得着急咳嗽。他认为，这都是瓦斯残留在胸腔里的缘故，一些冷酷的该死的瓦斯在窜来窜去，与他唱歌的器官捣乱。不过，当兵的人们不在乎吐几口痰，而且在多数情况下他能够不受干扰地把一支歌儿唱下来。

在唱歌的时候，他感到很快活。然而，他还是无法摆脱那种任人宰割的感觉，这种感觉深深地埋藏在他自己身心的什么地方——什么东西在最最中心的位置出了问题。在他的目光的角落里，现在总是有一个黑影子，某种东西，某个人，某个痛苦的身影在那里若隐若现，像一个天使或

①原文Dan Leno，无考，应为爱尔兰人熟悉的当代艺人。

者一个瘦泠泠的幽灵。他怎么也无法把这个幽灵的面貌弄清楚，但是他相信就是帕斯利上尉。这让他浑身发冷。一般情况下，他总觉得无法获得真正的温暖，他知道，这是死去的士兵对他的影响。

他的上尉死了，威廉斯和克兰西死了，他感到很痛苦，那种痛苦在深化。他觉得，这种痛苦在他的身上腐烂了；这种痛苦还原成了某种他不理解的东西。这种痛苦的根源和死亡这粒小种子结合在了一起。

有时，他想和他的军官、伙伴甚至他自己的心灵大哭一场，他不知道什么东西能阻止他，他真的不知道啊。

第五章

他们遭受了一次瓦斯袭击，上级认定吃了点苦头，接下来便让他们留在战壕里休整，在亚眠彻底休息一下。总共不过几天时间，他们一定要充分利用一下。

威利·邓恩和奥哈拉一天晚上从他们的营房出来，看看能有什么见识。太阳像一个燃烧的火人，正在世界边沿缓缓下沉，军士长好好地叮嘱了一番，他们还得到了一张小纸条，上面写着一条街道的名字，他们按纸条说的来到了亚眠最好的小酒馆，至少对一名列兵来说算得上最好的。小酒馆里挤满了士兵，来自不同的兵团，威利和奥哈拉看见他们都很眼生，不过从身影看来显然都在参加同一场战争，又不算是陌生人。这地儿供应的饮料是一种屎黄色啤酒。

在威利短短的生命中，他还算不上一个会喝酒的人，不过他最近几个月每天都会领取他那份呛人的朗姆酒，因此喝起啤酒来好像白开水。

然而，他像其他士兵一样，他喜欢借酒浇愁，缓解心头的块垒。他喜欢啤酒那种温乎乎的大口痛饮、下到肚子里的灼烧以及喝酒引发的思绪。

“哦，彼得，挺不赖!”他冲奥哈拉嚷嚷说，压过了小酒馆里的喧闹。

“什么?”奥哈拉问道。

“挺不赖呀!”威利嚷嚷说。

“挺不赖!”

不过，这个地方，他是不能把格蕾塔带来的。他从内心深处希望格蕾塔能够经常拿起笔来——哪怕一次，为了耶稣的爱——给他写一封信。也许格蕾塔已经写信了，可是都丢失了，不管什么信都可能丢失在那些战壕的陌生的“街道”和“林阴道”上的。他第一次看见她，就看见她在写东西，因为他知道她在认字，在学习；当然她会写信，她的脑子很好使。

“多喝啤酒，威利，多喝啤酒!”奥哈拉嚷嚷道。

“多喝啤酒，多喝啤酒!”威利回应道。

帕斯利上尉那张变形的脸高高悬起来，像一轮月亮。月亮里的那个人就是帕斯利上尉，扭曲的胳膊，晃动的手。

威利的头在往前旋转。

也许这种温乎乎的酒水中有毒药。也许有比毒药还糟糕的东西，也许死去的士兵们被摧毁的梦磨成了粉末，撒在了这些苦涩的玻璃杯子里了。

现在，屋子里有一层颜色，仿佛这屋子本身就是一杯令人怀疑的啤酒。那些咔叽军装涂上了长长的拖尾形，狂笑的嚷叫的脸上也有拖尾形，好像彗星的球体预示不好也不坏的东西，空空的兆头，可怕的空心人。

这小酒馆怎么旋转得像一个巨大的轮子呢？歌放了一轮又一轮，笼罩在星星和颜色组成的巨大的彗星拖尾光里。这小酒馆还算是有味道的。奥哈拉正和一个妞儿在跳舞，跳得很带劲，很尽兴，接下来威利也被拽起来跳舞。“不，不，我不想跳，我不跳，要不得，要不得。”但是他大笑不已，真实情况必须说明：他体内激情澎湃，表面便又笑又叫，格蕾塔在他疯狂的脑海里和帕斯利上尉跳舞，笼罩在星星的银闪闪的光辉里，笼罩在彗星的拖尾光里，对这世界承诺天堂，对万物承诺美好目的，对上帝承诺热爱的吟唱。

他们跳舞，奥哈拉和他自己，旋转进了一间里屋。威利一下子躺在了一个使用多年、有些破烂的床垫上——床垫上有一些可怕的裂缝，大把大把的马尾毛钻了出来。屋子里一股浓烈的扑粉味儿，有点像油脂掺和了其他奇怪的味儿，多种很冲的味道。

不过，拉他跳舞的那个姑娘倒是够漂亮的。说实话，她确实很美。他躺在那张陈旧的床上，打量她。她穿了一件宽松的衬衣和一件像怪怪的铁片儿的裙子，他匆匆瞄了瞄她那丰满而硬挺的奶子，生怕她会因为他多看几眼而感到生气。从她的头上掉落下来的头发，像黑暗的角落一般漆黑。是的，她长了一头又浓又黑的头发，比夜色还浓，一双清澈的、机灵的眼睛，仿佛喜鹊身上的深蓝色羽毛。我的老天，威利想，这妞像一尊女神。在威利看来，她是他长了这么大见过的大美妞，比他见过的任何女人都美。

“有钱打洞吗？”她说。

“嗯？”他反问一声。不过他知道她在说什么，因为她咧开小粒的尖利的牙齿，把话说得非常清楚。

“先令，”她说，“该死的先令有吗？”

他朝那边看奥哈拉，看见奥哈拉一点时间也不浪费，已经爬到那个妞的身子上了。他那裸露的屁股一进一出地撅，可是他的贴身格子呢裤只脱到了膝盖上。他的屁股蛋看上去像两坨小猪油蛋蛋。另外两个角落里，也有两个士兵在一片模糊中干同样的好事。眼前这个妞弯下身体，用她那棕色的手把她的裙子边儿提起来，又慢慢地站直身子，她的奶子活蹦乱跳了一小阵子，一下子把威利的鸟儿刺激得硬撅撅的，不停地在他的内裤里乱动。她站直了，裙子边儿也撩起来了，她的大腿裸露出来，皮肤白白的像鸡蛋，然后她两条腿中间的那团沥青一样黑的阴毛也暴露出来了。

“乖乖。”威利说。

她微微一笑，把裙子放下，威利立时感到一阵热气向他扑过来。她把威利的裤带解开，把裤子松开，随后把裤子和衬裤三下两下拽了下来。威利向下瞄去，他那扁平的阴毛露了出来，他那鸟儿歪向一边，不过毕露无遗。他突然害怕奥哈拉看见他赤裸裸的样子，可是他大可不必担心奥哈拉。奥哈拉沉潜在深度的快感之中，呼呼喘气，还小声地喊叫着。眼前的姑娘美艳，罕见，像一朵黑玫瑰，又一次把她的裙子提起来，一骨碌趴在威利的身上，把脸贴倚在威利的脸上，软软的脸颊把威利贴得紧紧的。她把威利的鸟儿捏住塞进她自己的身子，威利一下子感觉到了软酥酥的热流。

他想，他感觉对这姑娘满怀柔情，刻骨铭心。他一时间对她产生了爱意。他试图目不转睛地盯住她的两只眼睛，但是她似乎不是那种盯得住的姑娘。他来了高潮时，他觉得好像脊梁骨里噗噗遭到点射的那种滋味。

那姑娘完事后待在角落里，叉开胯对着一个豁口的搪瓷盆撒尿。威利觉得仿佛他的脑子在脑壳里不知去向了。奥哈拉看上去非常阴郁，疲惫不堪地坐在那种可怕的垫子上。他现在盯住威利看。

“我们走吗，威利?”他问道。

“你干吗叫威利?”那个美艳的姑娘问着，咯咯笑起来。

“我们回他妈的营房，忘掉这破地儿吧。”奥哈拉说，“到处破破烂烂的。”

奥哈拉身边的那个女人的大腿内侧有一条粉嘟噜的皮

疹。威利从她那撕裂的袜子看见了。她冲威利浪笑一下，仿佛在打主意：他是不是下一轮的小伙儿。

“好吧，彼得。”威利说。

他们冲出小酒店，走进了寒气逼人的夜色。亚眠大雨如注。叮叮当当的战争物资在路上一步一步前进，军队的士兵像河流一样行军。军车后面露出许多新面孔，从海上一路过来仍然白白的，对战争无知而傻乎乎的。他们的眼睛在车篷下闪着棕色、蓝色和绿色的光。

他们回到营房时军士长醒来了。他对他们俩没有说什么。他躺在自己的军床上，向窗子外张望。

亲爱的格蕾塔：

我希望这封信能找到你，发现你很好。我希望圣诞节期间你过得幸福，安宁。一年又过去了！我坐在预备战壕里，风刮起来，在佛兰德斯上空呜呜地鸣叫，像一大群古老的幽灵。我们前方有一个非常平静的战区，很少炮击或者没有炮击，我想这是因为大家都开始厌战，变得死气沉沉了。不是我们想听炮响，而是我告诉你一听军用罐头不像一个朋友，一天接一天地吃这玩意儿，闻到那味儿就让人倒胃口。不过，我们在这里至少有像样的茅坑，我们在战壕里习惯的那套节奏因此发生了变化。但是，你不会想听我说茅坑。我希望我能给你写信，说玫瑰，说花朵，说爱情，告诉你我会永远回到家里。我们都希望这场战争赶快结束，尽管我们面对德国鬼子的疯狂进攻无论怎样都不能犯错误。我真的觉得我把战争看透了，在这里要像一颗干果那样挺得住，一好百好。替我向你的父亲问好。今天夜里风呜呜地刮。我希望你能看见这里随处可见的冰冻的雪，不经意间从胸墙抬头望去，那是另一番景象，当然抬头是非常愚蠢的行动，因为狙击手无处不在，不过我们前面还有前线的保护。不管怎样，我们好像要过一段相对和平的时间了。土地在冬季被冻得硬邦邦的，将军们按规矩等待春天，设想进一步的攻略。我们一天接一天地打发日子，我的朋友奥哈拉和我像神经病人一样瞎聊，打发黑夜的时间，而当我们不得已在无人区在黑夜里干这干那时，我们俩总是尽量摽在一起。他是一个很好的伙伴，来自斯莱格，你要是见了他会喜欢他的，我希望战争结束后你可以见到他。他是我们原来那个小分队大难不死的一个。他有一条很不错的嗓子，在白天他喜欢和我一起唱歌。我们不放哨的时候几乎能够睡着，但是实际上不能整个白天都睡觉打发时间，我们醒来时就修补战壕，这是我在战壕里唯一喜欢的事情，因为干这活儿让我想起我和邓普希在一起的日子，为安装管子刨沟什么的。有时我们挖战壕，奥哈拉阅读他的士兵手册，还喜欢在他的军锅里煮东西，一直把所有东西都煮得没有了颜色。我都不好意思告诉你，我一个星期都没有好好洗个澡了，老天都不知道我们什么时候能洗个澡，因为听说再过一两个星期就要上前线了，那时我们就彻底远离洗涮了。连前线的军官都满身怪味儿，像那些旧衣服一样。这一带都是农场，这里那里看得见石头农舍，我们在战壕的拐角和裂缝处驻扎。我挖出来一个温馨的小龛儿给我的姑娘写信。那个姑娘深深地藏在我的心里。我希望，格蕾塔，我想起你来就有词儿表达出来。你好像很高很高，如同高高的蓝天上的一个天使。好走运啊，我在梦中能看见你，那么鲜亮，就是你本人。我感觉你梦中亲吻了我，经常亲吻，我是多么高兴啊。你梦到我了吗？我现在要停下了，我就是让你知道我总是在想你。

你的威利
皇家都柏林明火枪团
比利时
一九一六年一月

他觉得“你的威利”听起来不够好，于是画掉，写上了“你亲爱的威利”。然后他又画掉，写上了“你亲爱的，威利”。当然，他总是在信的结尾遇到麻烦。

这是一封长信，每写几句话他就想到是不是应该说一说亚眠那个堕落的女孩。

过了几天，威利和彼得·奥哈拉一起上茅坑。可怜的奥哈拉一边撒尿，一边嗷嗷地叫。

“天爷，天爷，老天爷啊。”奥哈拉嚷嚷道，脑门上立时出现了一层油亮的汗点子。

“你怎么回事，彼得?”威利问道。

“这就像——哦，妈妈的——就像有人把一把剃刀忘在了我的肚子里，那狗杂种一直试图把那把他妈的剃刀通过我该死的鸟儿取出来——啊，妈妈的老天爷，救救我吧。哦，妈妈的老天爷啊。”

“你需要请准假去看看治病的护士，彼得。”

“啊，是啊，非去不可，威利，我带这病去见那些护士啊。善良人家的爱尔兰姑娘。她们只会耻笑我。一定的。我早想到这个了。”

“哦，彼得，那你可怎么办呢?”

“我得跟军士长说说，让他帮我把这事搞定了。”

“帮你搞定了?”

“他帮我把需要的药物搞到啊。”

军士长听了大笑不已，说这些女人都是些很危险的妞儿，从巴黎和鲁昂以及别的地方因为这样那样的理由被赶出来。“不过，她们不是非常漂亮的姑娘吗？”他说着，哈哈大笑起来。

“行了，”威利说，“哦，这就好，彼得。”

“他妈的小母狗们。我非回去亲手把她们的喉咙割断不可。不用说，不用说，他妈的好运威利长了个好运鸟儿①，你就一点事儿没有。”

“啊，别把我也卖了。”

“我朝我他妈的长内裤里看了看，看见我的腿上长了一片皮疹，那形状像他妈的英格兰地图，知道吗？”

“啊，天哪，”威利说，“真够倒霉的。”

战事在继续，因此士兵们只能好自为之。

威利的连队按照规定不久便开到了前线，不过在冰天雪地的世界里，一切都很安静。一天有四五个士兵会被狙击手暗算。

刚刚进入阵地的一天早上，一个来自奥格利姆的小伙子把鼻子露出了胸墙，离威利只有三英尺远。威利·邓恩正在喝军用铁杯里的浑浊的茶，因此也没有在意，他正试

①原文willie，再次提及，小说中多次利用这层意思写作，无论少校、朋友还是妓女，都对这个名字津津乐道；如此隐蔽的物件儿，在阵地上没有安全，在平民百姓中似更有危险，不仅是幽默，也是一种象征写法。

图把幸存下来的茶叶精髓喝进肚里。想象茶叶来自中国，却在佛兰德斯煮得烂熟。奥格利姆来的小伙子和他们在一起刚刚一天；他是从增援部队里过来，补充战争中所谓的自然消耗的。威利印象中他的名字叫伯恩，还打算过一会儿向他打听帕斯利上尉家庭的消息，因为奥格利姆距离帕斯利上尉的家所在的蒂纳赫利只有几英里。

威利喝茶的工夫，对面一颗子弹射过来，列兵伯恩顿时原地待着不动，然后倒在了战壕的地上。威利瞬间停下来喝茶。接着他看见那小伙子的左眼，好像是眼睛的正中间，一片血红，好像玫瑰的花骨朵。然后，那个红骨朵开始往外猛烈地喷涌，好像一个画家试图涂抹视觉效果，一个殷红的圆锥形状呈现出来。

皇家军医团只能缓慢地到来，一两个小时后，那个男孩仍然躺在他倒下的地方。他还活着，不停地尖叫。但是，威利一时没有对眼前的事实反应过来。他一开始仍然待在他的小龛儿里。过了一会儿，他才对那种尖叫反应过来，赶到那个小伙子身边，跪了下来。但是，谁都没有吗啡，那只受伤的眼睛一定疼得像火炭烧灼。威利能做什么呢？他倒希望他还平静地待在他的小龛儿里，喝他的茶。他一点帮不上那个小伙子的忙，他当然也救不了他自己。

茶早已经冷了，记不得喝进了他的肚子里，只是看见那个军士躺在担架上，消失在战壕的拐弯处，抬担架的人一路走一路骂。这个来自奥格利姆的小伙子将被一路颠簸地抬到救助所，如果还活着，然后再抬到医疗后送站。然后才能到达医院，如果那颗子弹还没有要他的命，再转移到英国的医院，成千上万的伤员和断胳膊断腿的士兵都这样转移到了伦敦。士兵们有的掉了半个脸，有的掉了胳膊腿，有的成了不折不扣的废人，然后那些受伤比较轻的士兵回到了他们温暖的老家，他们因为受伤会暂时躲离战争，也许永远离开战争。

但是，威利目送那个担架消失，只有冰冷的绝望。现在没有了痛苦，同情帮不了任何忙。现在需要那些带枪的人，把受伤极为要命的士兵打死，如同把废马打死一样。你永远不会把一只眼睛的马留在这个世上；你也许觉得难过，难过得要命，但是你会把马打死，免得让它受苦受难。威利想，战壕里应该有一个新的前线指挥官，如同一个兽医，因为这样的痛苦尖叫和煎熬太让人受不了。太让人受不了，受不了啊，眼看一个人在地上尖叫三个小时，这不是爱，沾不上爱的边儿。这不是爱，也说不上参战，这他妈的就不对。

克里斯蒂·摩兰后来的几个星期里喜气洋洋，表现奇怪。他们回到了预备线，在一所又冷又破的农舍的某老汉家驻扎，而不像在亚眠驻扎在他们很喜欢的老妇人家。

“我想他们计划放你几天假，威利。正当的假期，探亲休假。”他说。

他说这番话时兴致勃勃，好像在谈论他自己的休假。

“天爷，什么时候，长官？”

“一两个星期之内吧。”

“哦，那是天大的好事。”

“那就尽量活下来，威利。”

“尽量，尽量，长官。”

第六章

城堡大门的守卫用守卫应有的眼神目送他走进去，好像他是战争的幽灵。不消说，守卫穿了同样的军装，不过干净得不知多少倍。

威利敲响了他父亲住宅的那扇熟悉的门。等了好一会儿，莫德才把门打开了。莫德看上去情绪很不好；她的脸没有因为看见他而喜形于色。

“什么事儿，你想要什么？”她问道，威利见了大笑起来。

不消说，莫德没有认出他来。

“是我，莫德——威利。”

“哦，我的天，可怜的小威利啊，哦，快进来，快进来。”

一副喜出望外的样子，莫德把他拉进了冲洗过的屋子。到处都是擦洗过的地板，有一个蓝白色相间的食具柜，他想，屋子真的非常整洁，完全算得上井然有序。

在预备线上走了很长行程，穿过英格兰，越过爱尔兰海，即便他出发时身上干净，眼下也一副邋遢相了。但是，他出发十天前在战壕里的状态，仍然会留在身上。

“我想在你亲吻我或干别的什么之前，莫德，你最好还是为我把澡盆添满水，给这身军装好好处理一下，如果你有什么东西把它们消消毒，那就更好了，我也不例外。”

莫德吓得直往后退。

“安妮，安妮!”莫德喊叫起来，“安妮会帮助我们的。别着急，威利，我们会把你彻底清洗干净的。”

莫德卷起袖子，走下那个后楼梯去取下面楼梯平台上摆放着的锌皮澡盆。她在门口差一点儿和安妮撞上。

“安妮，亲爱的，你赶快去烧些洗澡水，我们立即把威利洗一洗。”

“威利，威利。”安妮叫道。她冲了过来，伸出两臂要拥抱威利。

“别碰我，安妮，我脏死了，只有老天爷知道脏成什么样子。”

“哦，我们赶在多莉下学前把你洗干净，要不你就不能把她抱起来了!”

“我说也是这样才好。”他说。

安妮还是小女孩时患上了脊髓灰质炎，留下了一点驼背的影子，但是这点毛病算不得什么，大家都希望她能够嫁一个好丈夫。

“就让你像那样站在那里，”安妮说，很失望的样子，“也不能亲吻。不过我会到洗涤室烧热水的。你想要一个莫德做的面包夹上一大块可口的乳酪吗？”

“我要，正求之不得呢！”他说，哈哈大笑起来。

“哦，天哪，你回来才是求之不得的事情呢，看你笑的，你今天晚上要唱歌儿，唱那些战争的要命的歌儿，不是吗？”

“我不唱，安妮，”他说，“那些歌太糟糕了，再说你也听不懂。不唱也好！”

“谁来给你搓洗呢？我的天，我得让人去叫爸爸来，还不知道能不能叫来呢。你身上那些脏东西，你自己搓不下来啊。他对付那些虱子虮子可是高手。”

“他多会儿都是虱子虮子的大王。”

“没错！”安妮叫道。

很快，水烧热了，浴缸拉到了那面大窗户那边，正好看得见警察署署长办公室的那面无窗的墙，不过他家这面大窗户透进来一片阳光，像火炉一样温暖。他想，幽暗，深邃，丰富的都柏林阳光，如果你逗留，就会把你的后背烤得热乎乎。因为玻璃窗不能把四月的轻风放进来；玻璃只认阳光。那个盲目的行星高悬在都柏林城的上空，你千万别凝视它，这是他父亲多年前教给他的，那时候他常常对太阳是什么感到费解。但是，他父亲的想法却是平常而固执的，充满活力的，他认为用科学的态度看，太阳就是也许会伤害他儿子小眼睛的光芒。

威利站在那里，各种他不欢迎的念头开始让他感到不安。

他的脑子不由得回到了一九一三年，那时候他的父亲面对着萨克威尔大街的游行人群。

他的父亲走进了萨克威尔大街的一家商店。他让他的警察集中在奥康奈尔纪念碑前，他打电话给总部，请示应该采取什么措施，因为成百上千人从各条后街走了出来，到处乱转，其中有几十个颇有身份的人物，还有儿童，试图从那些陌生的人群里走过去。总部告诉他，街道实行戒严。

哦，威利了解整个过程的细节，它们像火炭一样在他的脑子里烧燎，让他备受伤害。更深入的细节是他从格蕾塔的父亲那里得到的，不消说，已经相当糟糕的、黑暗的、生硬的细节不仅进入了他的脑子，而且后来不断成长，蔓延。

拢共四个人遇害了。不可思议的，拢共四个人却意味着很多东西，可现在他已经看见很多很多别的人阵亡了。但是，拢共四个人却意味了很多东西。

泥水匠邓普希不消说从来不雇佣工会会员，他们在大罢工期间一直在干活儿，因此可以说他们具有工贼的种种性质了。现在，回首往事，这也成了威利的一桩闹心事儿了。

威利记得那天夜里回家，进了这间屋子，他父亲一个人坐在黑影里，还穿着警服。威利走到他跟前，问他怎么了，却没有得到回答。黑黢黢的屋子的寂静让他感到迷惑。这寂静让他心里害怕。

他私下琢磨，他站在父亲的住宅里，不可能不重温这段往事。他觉得，他真是一个叛徒[①]。

这时，他的父亲从院子里走来了，手里牵着小多莉。

多莉挣脱了父亲的手，什么话也不说，朝威利跑过来，紧紧抱住了威利脏兮兮的两腿。威利抚摸着多莉的头，轻轻的，深情的。多莉又把她那两只幸福的耳朵贴在了脏兮兮的军装上。

“你回来了，多莉，”威利说，“你终于回来了。”

“啊，威利，威利。”他父亲说，还是那样高大伟岸，宽宽的腰带系得紧紧的，一如往常，“真正的英雄回来了。”

“你好吗，爸爸，我很想念你。我希望你收到了我所有的信了吧？”

“我也希望你收到我所有的信了吧？”

“我收到不少，估计全部收到了，你想到给我写信，想得真周到。”

“啊哈，威利，”他说，“给你写信是我的荣耀。”

“威利，威利，”多莉说，“你给我带来什么好东西了？”

---

①这里指他背着父亲和格蕾塔热恋，对父亲是一种背叛，因为格蕾塔的父亲是参加罢工的。

“我看他一定没有机会干这样的事情吧。”他父亲说，“快放过这个小伙子吧。”

“我们等一会儿就到杜菲的商店去，多莉，看看她有什么大个儿的棒头糖卖给我们。”威利说，有点难为情。

“你们当然要去。”他父亲说。

然后，他把两个大姑娘赶了出去，威利脱下军装和长内衣裤，他父亲把它们装在袋子里，打开后门，扔给了莫德和安妮，让她们用生姜煮。多莉坐在一把旧椅子上。那把椅子雕刻得很漂亮，只是椅子很细长，那是他母亲在卧室里专用的椅子，一把化妆椅子。多莉开心地看着他们忙乱，两条小腿摆来摆去，如同一只钟表在疯走。

“我们还不能进去吗?”安妮故意逗弄道，父亲向她吼了一声，好像她是一只要赖的母鸡，不顾主妇的反对要硬往家里闯去。

于是，詹姆斯·帕特里克[①]，一个六英尺六英寸的男子，站在他儿子威廉，一个五英尺五英寸的男子[②]跟前，帮他跨进热气腾腾的锌皮浴缸里，这自然是威利小时候母亲干过千百次的事情。一件十分罕见的事情，瞧瞧那个警察把一条现在还专门用来给多莉洗澡的斜纹布围裙围在身

---

①如前提及的，威利的父亲名叫詹姆斯·邓恩；帕特里克是借用圣帕特里克的名字，是爱尔兰历史上影响最大的传教士，素有“爱尔兰的保护神”之称。因为威利的母亲去世早，他父亲把他们兄妹一手拉扯大，自然是这个家庭的保护神。正因此，威利最后一次探家被父亲拒之门外，才更有深意。

②父亲约两米，儿子约一米七，父子在个头上确实有差距。

前，把一块大海绵和肥皂拿到浴缸边上。他用肥皂往海绵上使劲打呀打，然后把自己的儿子从头到脚用肥皂沫打了一遍，再用水把上上下下冲洗得干干净净。虱子一定从威利·邓恩身上飘落了，如同萨克威尔大街上那些穷人躲避警棍那样溃逃；很快，洗澡水上漂了星星点点的虱子，小小的蠕动的白色寄生虫。威利透过肥皂液或者虱子看见他的皮肤到处都是红红的圆圈斑点，因此他猜测也长了金钱癣了。那些虮子一定还在他的头发里，因为待在这热腾腾的水里，他的头现在奇痒无比。头发刚刚理过，如同总督府的草坪上的草一样短，因此那些虮子没有多大机会和他父亲的篦梳对抗，只见父亲像一个医术精湛的外科医生一样挥动篦梳，把那些虮子刮了下来。

然后，他客客气气地要他的儿子跨出浴缸，自己赶忙去洗涤室的架子上取来那条大单子，把儿子一圈又一圈地围起来，把他身上的水吸干了。

然后，威利的父亲为他取来了一套他自己的干净的长内衣裤，他穿上不得不把裤腿和袖子卷起来；然后威利把以前他去修房盖屋时穿的工作装穿上了。他的军装晾干需要时间，毕竟是用厚厚的布料做成的。

接下来，他完全拾掇利落时，他的父亲伸出两条长胳膊，搂住他，把他紧紧地抱了好一会儿，好像演员在舞台上演出。

这样的事情在实际生活中确实不多见，他父亲的脸上有一种恍如隔世的表情，如同许多年前别的场合下那样，也许他们仍然住在达尔基，他还是一个小孩子呢。

但是，他现在是一名士兵，很快就十九岁了，尽管如此，他依然高兴他父亲的胳膊把他紧紧地抱住，那感觉很奇怪，奇怪而舒服。

“来吧，戴上一顶帽子，威利，我们走，我们走!”多莉·邓恩说。

他的休假一天天过去了，好像只是几分钟的时间。他和格蕾塔在一起度过了几个小时，找地方散步，格蕾塔对他真的非常友好。格蕾塔的父亲想从军队逃走，这是格蕾塔亲口说的。反正格蕾塔的父亲不想去法国。

威利的最后一个晚上和自己的父亲坐在火炉边。他本来打算到路那边去约会格蕾塔，但是他更渴望和父亲高大的身躯多待一会儿。不管他对父亲有多么想不通的念头，但是他对父亲的爱没有减少一丝一毫。眼下，他简直有点喘不过气来。两把椅子都对了壁炉；火炉里四五块木料慷慨地燃烧着。那是一座石板砌的壁炉，通体深蓝。

“木柴是从休姆伍德弄来的，”他父亲说，“老爷子给我送来一大车，这是最后一批了。”

想到火炉里的木头是在休姆伍德的树林里长成的，威利感到很舒心。

父子俩一时间没有话说。一股安闲的热气儿蹿出来，钻进了他们的骨头里，尽管已是四月天了。壁炉右边那片旧墙纸上，仍然看得见量体高的旧记号，那时候他父亲经常把他推到墙前，好像一个士兵在黎明前被枪决那样，把爱尔兰轻歌剧的小册子压在他的头顶，虔诚地用警察用的铅笔粗头把高度的记号画上。在他的脑海里，他仍然能看见父亲用舌头舔一舔铅笔芯，瞄一瞄新的记号，高兴或者不高兴，全看量的高度的增长速度。现在，就是在这昏暗的火焰下，他仍然能辨认清楚那些记号，即便墙纸的颜色发黄了，可铅笔的画痕看上去是使了很大劲儿画出来的。不过这是好多年的事儿了，不消说，他们放弃了这种仪式。最后几个记号看得很清楚，两三个记号是在不同的时期画上去的，但是有一画最终压在了另一画上面，威利的生长停止了。最后那几画，有一种愤愤不平的样子。

“我再有几年就要退休了，威利，因此我们在这城堡住不了几年了。”

威利想到父亲用不了几年就要退休，感到不可思议。人要老去也许是自然规律。但是，威利还无法想象。

“还有多少年干头①，爸爸？”

“四十年，威利。直到近些年，还是一种很好的生活。”

---

①原文是...in the force...，意思是“在部队里”、“服役”等；这里是将来时，全句的意思是：在警察署还要干多少年？但是，...in force...少了定冠词the，则是“有效”、“在有效期”等意，意思是一个人精力充沛有多少年；做父亲的借用后一种意思，因此这里的对话有些所答非所问的东西，反映出来的却是两代人对生活的理解和无奈。

“什么意思，爸爸?”

“唉，现在情况大不一样了。现在出现了各种各样新鲜的腐化堕落现象，你怎么都适应不了。”

“你会回基尔特根吗，爸爸?”

“回去，当然。”

“姑娘们会喜欢的，安妮尤其会喜欢。”

“她会的，除非我把她抢先一步嫁出去!”

“你会吗?”威利问着，笑起来。

“哦，一定，为什么不呢?她也应该嫁出去呀。”

的确，的确，你永远不要对驼背这点毛病在意，永远不要挑剔。

“等战争结束了，你自己也会喜欢去那里的。”他父亲说。

“啊，那是。”他说。

接下来，又是一阵长长的沉默。威利几乎用怀疑的眼光打量自己的父亲，打量那张严肃的大脸。父亲两眼突然盯住威利看时，威利不由得挪动了一下。

“那里很苦，是吧，威利?”

“那里吗，爸爸?”他说，“你是说比利时那里吗?”

“是，我是说那里。”

“很苦。”威利承认道。

“我听说了，是啊。大家都在说那里很苦。”

接着，一时间无语。

“我总想这事，威利。我总想这事。我想了很多很多的事情。我为你祈祷。”

“我会没事儿的，爸爸。”

“当然你会没事儿的，当然你会的。”

“我希望你做的唯一一件事情是写信。”第二天上午他和格蕾塔说。他陪着格蕾塔向开普尔街走去，格蕾塔在那里上班，做缝纫工。

“我写信不行，”她说，“我现在进步不少了。我时时刻刻都在想念你，威利。晚上下班回家我很累，还得做晚餐，然后我坐在椅子上像一个幽灵，要不就躺下睡了。”

“我要是能睡在你身边该多好啊。”

“哦，有那么一天，也许，威利。”

“我们之间，应该达成一种理解，一种约定，格蕾塔，你明白吗？”

她在桥边站住，也把威利拦住，然后把他转过身来面对着她，令人意外地冲他摇了摇手指。

“我们不得不等待，威利。”

“等待什么呢？”他问道，有点沮丧。

“等待战争结束，你回家来，你知道了你的想法。士兵的婚礼是没有什么意义的，威利。”

“我知道我的想法。什么事情都没有这件事情重要，格蕾塔。我愿意做你的丈夫。”

“我也愿意做你的妻子，都柏林所有的小伙子我都不稀罕。全爱尔兰的小伙子也不稀罕。就送到这桥边，威利。”

“为什么？”

“我不想让老板凯西先生看见我们。他看见他的女员工谈情说爱，会变得像一个主教。”

“好吧。”

“别看上去一副苦巴巴的样子。我今天夜里去兵营大门前看望你，祝你一切平安。”

“我真的很爱你，格蕾塔。”威利说，一时间觉得郁闷，不开心。

“我也真的爱你，威利。”她说，不消说他瞬间又变得很开心了，他怎么能不开心呢？

晚间，格蕾塔说话算数，来到了兵营，在大运河沿岸那些大杨树下亲吻他，这里是兵营的大门。那一刻像在天堂里休假，他也亲吻了格蕾塔。然后，格蕾塔把他拉到了更加黑暗的地方，直到他听见了河水哗哗的流淌声以及河水散发的轻微的臭味。他们像幽灵一样一起躺下，像漂流的灵魂一起躺下，在发绿的暗地里，格蕾塔把她的裙子撩了起来。

第七章

在黑夜和清晨交接之际，威利醒来了，很安逸，很精神。他的身体暖和，四肢不酸不疼。那种感觉很奇妙。

他脑子当然还是常人的脑子，最初的几分钟，他没有弄明白他身在哪里。长长的房间可见铁柱子一根接一根延伸出去，护窗板不严实的地方，都有一缕模糊的光亮映进来。

屋子里一片呼吸声，人睡觉时自然而然的呼吸声。他的伙伴们都躺在铁床上，如同大牢的囚犯。他们在梦中发出好听的愉快的嘟哝声。他的鸟儿硬撅撅的，憋了一泡大尿。倘若不是憋了尿，那就是想干另一件事情。

然后，他明白过来他身在哪里了。他躺在该死的军营里。他的假期到了。他必须归队。

他向床下看了看，把尿壶拿出来，对准尿壶撒尿。

“怎么回事?”一个南爱尔兰声音说；他身边躺在床上的士兵猛地扫了一下胳膊，他的旅行版《圣经》从枕头上掉到了地上，正好掉进了那个倒霉的尿壶里。

“哦，我的天。”那个士兵说，显然不知道是怎么回事。“上帝的话竟然放在该死的篮子里。谁把篮子放在那里的？那些篮子不是应该挂在钩子上吗？”

他长了一张眼睛不对称的凹陷的脸，鼻子歪扭得像一个损坏的插销，那两只奇异的小黄仁眼睛毒辣辣的，像蛇眼。

“听好了，”威利说，深感难堪，“我给你拿起来。”

那情形非常遗憾。《圣经》的纸张是印制经文的那种薄纸，适合把所有内容都印在一本书里。

“瞧瞧，我把我自己的给你吧。”威利·邓恩说，尽管他自己的是莫德送的礼物，纸张也很薄，寄给他的信他都掖在里面，最宝贵的是一张照片，是他母亲去世前在格拉芙顿大街的一家照相馆里照的。

“啊，别在意。”那个士兵说。

“什么？”威利说，“你还要这一本吗？”

这时，威利·邓恩多此一举，右手拿起来那本泡了尿的小《圣经》，尿液滴滴答答往下流。他能看见每页纸都被尿液泡湿了。这时，那个士兵也在瞪着眼睛看，仿佛在思考怎么采取行动。这个老兄的第一反应还是很随和的，因为当兵的生命是不确定的，这位老兄也许是一个新兵。然而，他的《圣经》那明明白白的惨状似乎突然间征服了他，他一下子从床上坐起来，两条粗短的腿踹开了被子。

“你这个侏儒，你……”他说。

“什么？”威利·邓恩反问道。

“啊，你这没用的侏儒，你……”那士兵说，这时变得凶巴巴的，而且因为他嘴里的牙齿不好，说话唾液四溅。他说一口科克地方话，好像有病在身。他竟然敢叫他是侏儒？他自己比威利高不了多少啊。

这个矮小的人从床上跳起来，用两只手卡住了威利·邓恩的脖子，使劲掐起来。来势太猛了，威利要不是被卡住了喉咙，一准儿会大笑起来。

这下，大多数可怜的士兵都醒来了，有几个人并没有把一天中看见的第一件事情当回事，都在按部就班地摆弄刮胡用具，门一扇接一扇打开了，不一会儿营房勤务兵就会把洗脸水送来。威利·邓恩没有进行一点反抗，他的脸现在憋得红彤彤的，他的对手正在起劲地掐他的喉咙，要他的命。

突然，这个科克人住手了，看着威利·邓恩，仿佛他们两个人坐在酒吧里，分享一杯啤酒。

“怎么啦？”威利又问，憋得半死。

“我要是掐死你，他们就不会让我去法国了。”他说，微笑起来。

“绝对不会让你去，不会，他们不会的。”

“那么你会把你自己的《圣经》给我吗？”

“我给，只要你要。”

“那就拿给我吧。”

于是，威利俯下身体，打开行李，很不情愿地取出他的好《圣经》，打量了几眼，递给了那个科克人。

“唉，你还行，”科克人说着，大笑起来，“我不会要你的《圣经》的，尽管你把我的《圣经》糟蹋成夹心面包了。”

科克人用手把他那凹兜脸抹了几下，四下张望，看看热水来了没有。威利把自己的《圣经》放进了行李里。

“你没有下一注吗？”科克人问道，这时他已经平静下来，穿上了衬衫，把袖子卷起来。“我在‘全活儿’身上下了点赌注。”

“怎么回事儿？”威利问道。

“野外障碍赛马[①]呀。”科克人说，一副吃惊的样子。

“哦，这样啊，没有，我没有下注。”

“野外障碍赛马是穷人的朋友，”科克人说，“我是一个穷人。”

威利·邓恩笑了。这是一个很好的玩笑。

“我叫柯万，杰西·柯万，科克城人。”

“我是威廉·邓恩，都柏林来的。”威利·邓恩说，他

---

①原文Grand National，指英国利物浦每年举行一次的野外障碍赛马。后文还会提到这事儿，不过那时这个科克来的士兵因为不服从指挥，面临军事法庭的处决。这里的下赌注，与其说是赌野外赛马，不如说是赌出国征战的士兵的命，很有象征意义。

们握了握手，威利满手的尿液两个人都没有在乎。

“都柏林人，你本人真像。和我一起来的差不多都是都柏林人。我们本来可以参加曼斯特[①]的明火枪团，但是我们觉得有些别扭。”

“来吧，参加都柏林明火枪团，”威利愉快地说。

“得了，还是爱尔兰明火枪团。”矮小的科克人说。随后，他把一枚六便士旋转起来，说：“爱尔兰明火枪团过去干得咋样？”

威利·邓恩笑起来。这笑声中含有苦涩的味道。

“在蒙斯[②]阵亡了很多小伙子，就这样。”威利说，“后来在伊普雷，再后来在马恩[③]。成堆成堆的年轻小伙子都死了。近来，这就是我们爱尔兰士兵的命运。”

这时，热气腾腾的热水送来了，他开始动手往腮帮上涂肥皂沫，把自己的脸颊好好收拾一番。

“哦，好啊，”列兵柯万说，非常开心的样子，“爱尔兰明火枪团我去定了。”

这时，营房门砰砰地响动，士兵们大呼小叫的。

柯万列兵还时不时地看几眼威利·邓恩，仿佛再想和威利说点什么。

---

①法国一地名。

②瑞士一地名。

③伊普雷是比利时的地名；马恩是法国一地名。一战期间，爱尔兰士兵在这些地方损失惨重，据记载，先后有百万士兵阵亡。

不管怎样，都柏林的姑娘们还是都出来了，如同一年前一样，晃动着英国国旗。转运中的士兵们拼命地笑啊，叫啊，很开心。

威利·邓恩从比他高的同伴中间使劲往高抬头，试试能不能看一眼格蕾塔。在人群中看见格蕾塔是困难的，但是她曾经清清楚楚地告诉他在哪里寻找她的，如果她想法子找个借口从工厂脱身出来的话。老板凯西先生是一个不折不扣的杂种，如果他知道她要去和一个士兵挥手告别，那就彻底没戏了。

他的新伙伴杰西·柯万碰巧上了同一辆卡车，可是他好像对一路两旁的热闹景象不想张望。他蹲在卡车车帮边，甚至没有把屁股放在车厢里那些粗糙的板凳上。

“你为什么不看看这古老的都柏林城呢？”威利·邓恩说。

“哎，又不是我自己的城市。”

“就算不是吧，你也不至于不想看上几眼吧？那些浪声浪气的姑娘俊俏得很。”

“现在就有吗？”杰西·柯万终于勉强直起身，透过卡车车帮板往外窥视。“嘿，天哪，威利，你说得没错。”

“知道了吧，你错过了很多好看的东西。”他说。

“没错，伙计。你们可好，姑娘们？”杰西·柯万嚷叫道。“别理睬这些丑小伙子啊！你们要是想看更英俊的小伙子，你们去科克城呀！”

这样的挖苦声根本听不见，因为卡车的引擎在隆隆鸣叫。黑烟噗噗地从焦急的引擎往外冒，十分难看。谁都知道，转运中的士兵只要有卡车坐就行了，哪顾得上什么型号的引擎。

唉，威利没有看见一个他认识的人。不消说，他父亲已经跟他说过，不会让他的姐妹们冒冒失失出来送他。他说，这些日子不平静。春天的日头照在利菲河上，映照出来数不清的跳跃的小石头。

接着，他看见格蕾塔了，就在格蕾塔说过的地方，就在通向渡船的那些台阶上。格蕾塔，格蕾塔！威利这时像疯子一样挥手，大叫她的名字，格蕾塔，格蕾塔。天哪，她四处张望，但是就没有看他的卡车，他想到格蕾塔不会看见他，心情一下子难受起来。

“快看，快看，”他对杰西·柯万说，“那就是我的姑娘！”

“哪里，哪里？”杰西问道，“让咱看一眼，伙计！”

“那里，”他说，“那里，那个黄头发的！”

但是，怎么看都没有用了，他们过去了，格蕾塔没有看见威利，杰西也没有看见格蕾塔。哦，天哪，他想，不如死了算了。但是，就在格蕾塔几乎要从眼前闪过去时，格蕾塔看见了他，穿着她那件灰蓝色外衣蹦啊跳的，也许还在喊他，可他拿不准，不过他又赶快挥手，挥啊，挥啊。

不过，幸福是普遍的。这些新兵中间洋溢着一种幸福，他们终归从枯燥的日复一日的军营生活中释放出来了。现在，他们像演员首夜登台演出一样感到扬眉吐气，一切希望和努力都写在他们的脸上。威利·邓恩闻见了他们靴子上的唾液味儿和上光剂味儿，他们的军装大多数都由他们细心的母亲洗了，熨了；他们的下巴不管要求没要求都刮了，他们色泽各异的头发都整洁光亮，准备好上路。这些士兵中的许多人就是在这些街道上出生和养大的，就在这些街沟边玩弹子，也许还亲吻过姑娘们呢。

格蕾塔溜出来送他走，这像一封信一样美好——像十封信一样美好啊。

“听我跟你说啊，威利·邓恩，你们都柏林城真有漂亮姑娘呢。”

“都柏林城的姑娘漂亮是有名的，”威利说。

“应该的，应该的，”杰西·柯万说，“老天在上，她们很美丽。像诗神和维纳斯一样美，”他唱道，“你知道这支歌吗？”

“我不知道，”威利说，“不过我知道很多很多的歌。”

“也像海伦一样美，无法比拟，帕里斯王子把她从希腊偷走……”

“一支好歌啊，”威利叹道。

“我说不准，伙计，这是我父亲特别爱唱的歌。”

“啊，你一定抽时间教会我。有些老歌的歌词非常有味道，一点错没有。”

“啊，这歌儿不是顺口唱的歌，不是唱给士兵听的，我这样认为。”

“你家大人是干什么的，杰西？”吵闹声很大，谈话很难进行，但是威利被这个和他自己个头差不多的人逗起了兴趣。

“嗯，你家大人是干什么的？”杰西反问道，但是卡车把他们两个摇晃得东倒西歪，让威利把舌头都咬了一下。

“警察。”威利说，忍住了心头的痛。

“那是一种很奇怪的工作。”杰西·柯万嚷嚷说。

“怎么奇怪了？”

“我父亲对这个差事会有很多想法。我父亲对法律、警察之类不怎么感冒。”

“那他究竟是干什么的，响马吗？”

“石印工人。”

“看在老天的分上，这是什么差事？”威利嚷嚷说。

杰西·柯万随后拍了拍威利的肩膀，他们大笑不已，像十足的癔症，对这种屡见不鲜的恶作剧很享受。

开阔的海洋展现了海洋固有的起伏不定的景象，一会儿是河流喧嚣中的木质灯塔，一会儿是如同海水泡胀的死人的霍斯[①]半岛。威利为杰西·柯万感到很是遗憾，来自

①距离都柏林不远的一个海滨小镇，以海鲜和海景闻名。

区区科克那样的城市。

但是转念一想，威利的脑袋砰砰作响。他害怕，他害怕告诉杰西·柯万什么在等待他。他连自己都害怕告诉。

值班军官是一个脸上很热闹的上尉，一只眼睛上戴了眼罩，他让他们排起队伍，准备登船。

威利记起来他很小的时候和他父亲来过这里，观看爱尔兰羔羊装船让英国人去做生意，他父亲检查船货清单，核对数量。这是针对走私活动的谨慎之策。

一只眼军官非常不满意。他这时对下士和军士长大喊大叫，仿佛一切都是他们的错。爱尔兰的小伙子们愿意登船，但是把所有物件拖上道板[①]是相当麻烦的。哨声和嚷叫此起彼伏，那些平民码头工用手抓住绳索引导，轮机舱里嗡嗡地响个不停，仿佛成千上万只巨大的蜜蜂在那里飞舞。

突然，威利感觉不难过了。万物都有定数；如果你改变不了什么，那么你不如听之任之。所有喧嚣和吵闹都奇怪地令人愉快了。大海的空气填满了他的肺，出乎他意料之外，他已经随时准备上船了。

一个军队通信兵骑马飞奔而来，看样子是从城里来的。

①船艏楼和船尾楼之间的狭窄通道。

他的马在码头上嘚嘚奔跑，好像造船工人在铆铆钉。无数眼睛都落在了这个匆匆赶来的士兵身上，瞧他一副迫不及待的样子，他的皮外衣上飘动着一个公文袋。

没过多一会儿，军官们从船内走出来，命令士兵们回到码头边。莫非最后一分钟他们被发回老家了吗？还是战争结束了？

“出什么事儿了？”威利问另一个一头雾水的列兵，是一个老兵，他的头像勺子一样光秃秃的——他把钢盔往后推了推，抓了抓头。

“不知道，天哪。”老兵说。

不一会儿，一支临时的急忙集合起来的队伍站在了码头上。

突然，威利的肋骨间挨了一肘子，不过是杰西·柯万不知从什么地方挤过来，插进来凑成了四个人。

士兵们都到了，原路返回！人家还以为他们终于到了法国了呢，威利想，一脸苦笑，自己也跟上队伍前进。

他们像幽灵一样到达都柏林城。街头很少看见市民，那些为他们欢呼送行的人群无踪无影了。

“到底怎么回事？”柯万列兵问道，仿佛威利·邓恩不是新兵而是老兵，应该知道一切。

“我也摸不着头绪。”威利说。

“你认为他们要把我们解散或者怎么样吗？”

“我不清楚。”

“我是雷德蒙的人，志愿兵[①]。你知道吗？”他说，仿佛志愿兵是另一码事，威利不会知道，如同他对石印术行业一窍不通那样。

“志愿兵不是兵吗？”威利说。

“战争结束了，我不会待在军队里。”杰西·柯万说，他的话音听起来气呼呼的，“我只是去当一个志愿兵。”

“敢情，我们都是志愿兵。”威利说，带有讥讽的口气。

这时，他们来到了奥康奈尔纪念碑前，三年前他父亲就在这里聚齐，随时准备冲散暴民。公假日的人群看起来很像当初响应拉金[②]的号召走上街头的人群。但是，人群又显得很特别。他们中一些人实际上是从罗屯达医院的方向跑过来的。与此同时，街头有十几个小群体，或者是在固定地点集合起来的，在街上往回张望。

他们的队伍遭到强烈的阻截，事情开始恶化，谁都不知道目的何在。

因为就在这时候，真实也好，做梦也罢，一小队骑兵队在帝国饭店的布篷下集合起来，队伍前面的军官一声令下，他们抽出了马刀，举在胸前，咔嚓咔嚓走上萨克威尔大街。

---

①志愿兵是响应爱尔兰政治家雷德蒙的号召自愿参战的人，他们的目的是战后根据英国议会的承诺，在爱尔兰实行地方自治。但是就在大战期间，爱尔兰国内发生激烈变化，另一派要求摆脱英国统治，彻底独立，局面因此变得很复杂，直接影响到了前线士兵的命运。这一背景是小说的重要元素之一。

②拉金（James Larkin，1876—1947），二十世纪爱尔兰著名工人运动领袖。

这实在是一件令人惊愕的事情，威利・邓恩怎么也想不到会在自己的城市看见。这是一支龙骑兵团，军装上佩戴了上个世纪的旧羽毛。但是，这是现代社会的都柏林，和平时期的现代气息在这个国家的主要大街上很浓，即便在英伦三岛帝国范围也算得上第二大重要大街。龙骑兵华丽的短上衣把他们的腰束得紧紧的，黑色的羽毛从明亮的盔帽上飘下来，他们看去像古老的希腊人，他们这时呼喊着战斗口号，军官在前，一副苍鹭专心致志的姿势，喊声响彻云霄。

成群的都柏林的市民突然爆发出欢呼声，仿佛在一场战斗充当旁观者感动得无法沉默一样。他们咔嗒咔嗒一路前进，如同一幅巨大的油画里的主角人物。

随后，更加奇怪的是，邮政总局响起了乒乒乓乓的枪声，一时间令人简直无所适从，接着马匹和骑兵开始冲过去，仿佛那里就是某个古老的战场，邮政总局的门厅里就是土耳其人和俄国人。骑兵痛苦得嗷嗷乱叫，受伤的马匹惊叫不已，皮肉和骨头震撼地撞击在街面的石头上，冲锋被打散了，活下来的骑兵拐向亨利大街或者发疯地钻进了阿贝大街，大概是去追逐马匹或者躲开火力的范围。

那个军官自管拍马冲过去，不管不顾，根本不向后张望，怎么也打中了三四发子弹，才把他从马上打下来，那匹飞快的马从他身下蹿了出去。[1]

“天哪，是德国人待在那个大楼里呢，还是出了别的事情？”杰西·柯万惊呼道。

“我不知道，”威利·邓恩说，“我猜测一定出了什么事儿。”

这时，威利·邓恩看见了一些都柏林市警察署的警察，这里那里都有，他向一个他认识的警察打听。

“喂，警员，是你啊！”

那个警员转过身来，看着威利·邓恩。

“哦，是威利，”他说，“小威利啊。”

“出什么事儿了？”威利问道，“我爸爸也在什么地方转悠吗？”

“我没有看见署长。”那个警察说。

“是德国人打进来了吗？”他问道。

“我不知道，威利。”

“看看这个吧。”另一个人说，却只是一个市民，向威利送过一张传单来。

威利向他跨过去一步，这下似乎激怒了带领队伍的那

---

①这里描写爱尔兰近代历史上著名的“复活节起义”。1916年复活节第二天，大约一千人占领了都柏林的邮政总局和其他一些大楼，由皮尔斯代表义勇军，康诺利代表市民军，宣布成立爱尔兰共和国。大批英国军队登陆后，起义军在遭到四天轰击后投降。皮尔斯和其他十四位起义领袖被判处死刑。由此，爱尔兰的局面大乱，是主人公威利的悲剧结局的最重要背景。威利最后一次探亲，在家里和都柏林街头都成了不受欢迎的人。

个上尉。

“退回去，列兵，”那个上尉喊道，“别跟敌人讲话。”

“谁是敌人?”威利·邓恩问道，“谁是敌人，长官?”

“快退回队列，否则我要开枪打他了。”

那个上尉三步并两步赶过去，把他的指挥短棍打在了那个可怜的市民的鬓角，看样子打得不轻，因为那个市民脑门上可怕的大汗一下子冒出来。不过，那个上尉看见威利立即退回队列，才算息事宁人。

队伍按命令继续向前走，他们绕过萨克威尔大街桥，向纳索大街方向走去。他们这时听见都柏林城别的地方也响起了枪声。威利·邓恩对城市的咄咄怪事怎么都弄不明白。

队伍秩序井然地前进，穿过三一学院，学生们趴在窗口看热闹，和他们打招呼。但是究竟是怎么回事大家依然不知道，他们继续向前，一直走到了梅里恩公园下角，然后才沿着这个华丽的广场向蒙特大街桥走去。

到了这里，来复枪子弹那种熟悉的声音从头顶上嗖嗖滑过，在石头地面上砰砰往上溅，威利·邓恩侦察半天，才看出来他们正在遭受大桥左边一座房子射过来的子弹的袭击。他们现在看见自己队伍的其他连队从鲍尔斯桥方向走过来。

他自己的队伍受命在大街上堆起一道障碍，士兵们冲进住宅，把好端端的沙发、大堂桌子、婴儿车、床垫，等等，都拉出来。他们尽量在这些物件后面让自己掩藏安全。然后，他们跪在有缝隙的地方，按命令进行射击。

与此同时，桥另一边的部队继续前进，那些房屋伸出来一挺机枪，开始向士兵们扫射。

威利·邓恩可以清楚地看见两个中尉在队伍前催促他们前进，而且他们打头阵。威利这下惊得张开了嘴巴。他自己的伙伴在他们藏起来时却正在开火，而且他相信一些火力直接打过桥来，使另一边正在遭受枪击的处境雪上加霜。上尉命令他们停止射击。

现在，他们躲在那些家具的后面。“纳万制造”，威利·邓恩在椅子的侧面看见了这样的字样。纳万确实以生产家具而闻名。他不由得纳闷：谁的屁股坐在这些椅子上呢？列兵柯万待在威利的身旁，躲在椅子背套的一个厚垫子后面。这样的背套倒未必是纳万生产的，威利想。不知通过什么手段，列兵柯万弄到了一张到处飘落的传单，正在专心地阅读。

实际上，他在专心地哭泣。

“你伤着了吗？”威利问道。

这个矮小的科克人抬头看他。他一时间什么话也没有说。

“你伤着了吗？你受伤了吗？我给你叫担架兵来行吗？”

“不，”列兵柯万说，“哦，天哪，天哪。”

“什么事?”威利问道。

“我们的命不好啊。”列兵柯万说。

“你什么意思?”

“是我们自己人啊。詹姆斯·康诺利出面了。还有那个教师皮尔斯。”

“我没有听明白你在说什么。他们是什么人?”

“这上面有,”他说,把传单甩得唰唰响,“这上面有,你这可怜虫,你算是什么人呢?这是公告。告人民书。”

“什么人民?”威利问道。四十多名士兵过了桥,不是被打死便是被打伤,剩下的人这时躺在那些运河那边的房子的花园里。

“喂,让咱看一眼。”另一名士兵说,一口很蹩脚的都柏林口音。他开始快速地浏览。“我们英勇的欧洲的盟友,”那个士兵念道,“他们是他妈的谁呀?这不是针对我们的吗?天爷爷这到底是怎么回事儿?”

现在一阵吵闹的安静渐渐到来了,威利听见了呻吟声和远处受伤的士兵的叫唤声。

“看在老天的分上,究竟是怎么回事?”威利·邓恩问道,“我家里有三个姐妹啊。”

他们接到命令,马上准备冲锋,增援桥对面的士兵。

“好的,伙计们,”上尉说,“我们很快就能收拾了这些家伙。”

威利的两臂发软,他的来复枪如同一根横跨巨大空间的铁大梁。他痛苦地把枪拿起来。他们蓄势待发，威利挑选了一个很方便的脚凳跨过障碍。

“好的，伙计们，现在就冲过去。选中你们的目标。瞄准对面的士兵。只向那座房子开枪。”

威利一点也没有注意到，一挺机枪准备好在他右边的一座房子里支起来，作为掩护火力，向一百多码远的那座房子射击。

就在他们准备出击时，一股力量渐渐回到了威利的胳膊上，突然间威灵顿广场一个马夫牵了六匹马出现了。威利看得见，它们是些美丽的马，他还能看见马夫脸上惊恐万分，不管有什么使命要完成，他都没有想到在运河和鲍尔斯路之间的地带会发生一场战争。

前面的两匹马腾向空中。不知什么原因，机枪开始向人和马射击。马夫立即倒在地上，他那金闪闪的行头溅满了红血，他的马受了惊，开始向威利和他的伙伴们冲过来。冲锋的命令再次传达，他们跨过障碍，向那座房子跑去，而房子窗户里正喷射着密集的子弹。

他身边的士兵纷纷倒下。他不得已半道返回来，钻进了一个门道，其他人也跟了进来。一百多号人和他一起冲出来，这时都躺在他的靴子周围，不死不活地摞在一起，他们惊恐地看着威利。一种绝望的神色。那个军官肩部受了伤，他的外衣里戳出来一根骨头。这次冲锋彻底泡汤了。

威利站在门道里，瞪起眼睛打量这座建筑物。他们需要比机枪更强大的武器才能反击。他对这座建筑物的奥秘所在很熟悉，墙壁下砌了两层花岗岩，面上全部用砖垒起来，如同中世纪的钟楼那样坚固有力。

他听见身后有动静，咔嗒一声。有人从暗地里来到了他的身后。他转过身来，来复枪端在手中，看见他面对了一个瑟瑟发抖的人，一个身穿礼拜服装的非常年轻的瑟瑟发抖的人，戴了一顶军帽，一把样子陈旧的左轮手枪握在手里，正对着威利的胸口。

“你是我的俘虏，”他用颤抖的声音说。

“我不是。”威利·邓恩说。

“我需要你这个俘虏，列兵。”毛头小伙子说。

“不行。”威利说。

威利身后受伤的上尉向威利的肩头凑过来，打响了他的左轮枪。子弹打穿了年轻人的脖子，他应声倒在了大理石地上。

“来复枪卡壳儿了吗，列兵？”上尉问道。

威利注视了他几分钟。“没有，长官。是的，长官。没有，长官。”

上尉发出了不屑的大笑，又离去了。

“哦，上帝。”地上的那个年轻人叹道。他还能说话，绝对是奇迹。他的脖子上有一个大窟窿，威利想象他发音的器官一定是那个血窟窿。

威利心想，对那个年轻人全然放松警惕，是心不在焉的表现。那支旧左轮枪从那个年轻人的手里掉落，滑在地上，那个年轻人还眼巴巴看着它。

威利在他身边跪下来。

“我没有开枪打你，”他说，“你是德国人吗？”

“德国人？”年轻人说，“德国人？你在说什么？我是爱尔兰人。我们是这里的爱尔兰人，为爱尔兰而战斗。”

深色的红血从那个可怕的窟窿流出来，流到了地板石头上，很快就会流出门口，流下那些花岗岩台阶。他的血还会溢过威克洛的花岗岩铺成的路，威利想，流进砌了石子的水沟，流进黑暗的污水沟。他的血还会流进维多利亚大水道，一路流去，流去，进入河流，进入大海。那是他的生命之血，威利知道，威利心下很清楚。年轻人就近抓住了威利的土黄色军装里的胳膊，不过那是因为疼痛促使他做出来的动作，一种肉体上的剧痛。

“哦，上帝。”那男孩子说。

“这里应该有医务人员啊。”威利说，但是他根本就没有看见医疗人员的影子。

“我不得不说几句忏悔的话，”年轻人说，实际上，鲜血开始从他的喉咙汩汩往外冒了，听起来令人毛骨悚然，“你是苏格兰人吗，列兵？”

“不是。”

“哦，不管你是哪里人，列兵，你能搂住我，听我说一番忏悔的话吗？”

“当然可以。”

于是，年轻人说出了他心里的忏悔的话。他的话很诚实，很有悔意，任何牧师听了都会满意。

“你的话听着很庄重。”威利说。年轻人的手紧紧地抓着威利的胳膊；他身上还有这么大的力量，真是令人惊诧。

“我上街来只是为了爱尔兰争取一点自由，”年轻人说，痛苦地笑了笑。“你不会反对我吧？”

“不，不。”威利说，实际上他觉得很难理解。

“我才只有十九岁啊，”年轻人说，“可是这有什么要紧吗？”

他的血活泼而丰富。他的血开始把他的喉咙灌满，呛住了，年轻人开始喷溅，堵塞，把威利的脸和军上衣溅得满处都是。他现在为了可爱的生命不停地咳嗽，为了可爱的生命啊。紧抓的手开始松开，松开，松开，手指头终于完全脱离开。年轻人的头歪向一边，咕咕发出声响，一种很难听的金属声，像一个悬吊起来的盖子。抽噎，抽噎，抽噎。他的血向威利洒了一次又一次，像渔夫的网，一次又一次，接下来年轻人像一条死鱼一样一动不动了。

他的眼睛里还有光，只是瞬间，一直瞪着威利的眼睛。随后，光没有了，眼睛和过道里的昏暗的阴影融合在一起。威利低下头，小声祈祷一句。

他们撤离了原来的地方，然后返回到那艘船边。他们在混乱的黑暗中登上了船，仿佛也许还有紧急的事情在别的地方等着他们去做。他们所有的人都受了惊吓，每个人都饿得要命，渴得要命。谁都好像不屑把情况完全弄清楚。威利走出门厅时没有看见杰西·柯万，哪里都没有，但是回到船上时他又碰上了他。船上差不多每个人都似乎被都柏林的经历所迷惑，交谈千奇百怪，人们都在互相询问这场骚乱是怎么回事，那些受了轻伤的人为什么还被护士看护着，过去究竟发生了什么事情。

威利找到了杰西，他躲在船的第二个烟囱附近，在一艘拥挤的军用船上尽可能躲在一个没有人的地方。巨大的烟囱高高地耸立在他身边，向渐渐黑下来的天空吐出去一道稀薄的烟迹。现在有了深海领域的感觉，冷气袭人，人们身置别有天地的氛围中。但是，杰西是否感觉到这些，威利说不清楚。

威利尽可能随意地坐在了他身边。深海的凛冽寒气把他的鼻子冻得流鼻涕，他把鼻尖儿上的鼻涕擦掉。杰西转过头来，直瞪瞪地看着他。

“鼻涕邋遢的混球样儿，不是吗，伙计？”

“很冷，不是吗？”威利说。

“想要一支烟吗？”杰西·威利问道，从他的军上衣里抽出一根香烟。

“不要。”威利·邓恩说。

杰西·柯万从他的裤子口袋里摸出一个漂亮的安全火

柴，用那新玩意儿划出火焰，把他那劣质香烟点上，用他的肺深深地吸了一口。他几乎一下子就把烟头上发红的那截儿吸没了。然后，他把浓浓的蓝色烟吐了出来。

“你提到的那些志愿兵，你那群兵，”威利说，“就是向我们开枪的乌合之众吧？”

“什么？不是，你这个没用的傻子，那些人是另外的志愿兵。你可要搞清楚了，我们中的一些人主张我们按雷德蒙所说的去做，作为爱尔兰的士兵去打仗，你知道，去拯救欧洲，但是他们少数人——唉，他们不想这样干。你知道。一小部分人。可是他们的名字，你知道，我很熟悉。是我们中间最优秀的。”

“我不懂这种志愿的事情，”威利说，“你说了，你是志愿兵——可是，你知道，我也是志愿兵——我是志愿参军的。”

“啊，天哪，威利。这完全是两码事儿。你们是为了混口饭吃的志愿兵。你们没有这样深厚的志愿情绪。你看嘛，伙计。北爱尔兰的志愿兵是卡森[①]组织起来反对地方自治的。于是，爱尔兰的志愿兵也组织起来和他们对着干，如果必要的话。后来，这场战争来了，这你都知道了，爱尔兰大多数志愿兵都按雷德蒙所主张的去做，上战场打仗，因为地方自治是可以争取到的好东西。可是少数人分裂出

①卡森，爱尔兰著名的政治家。

去，这就是你在都柏林可爱的大街上看见的！当然，威利，北爱尔兰的志愿兵也来打仗来了，但是他们不是为了地方自治的，老天爷。不过，也为了国王和国家的一切平安。你现在明白了吧？”

哦，这倒是一场志愿兵的真正大爆发了，这是真相。如果他从来没有听见过志愿兵这个词儿，接下来他很快领教了。

“那么你现在是什么身份呢，杰西？”

“哦，我不属于那些志愿兵的队伍。你知道，威利，我倒想问问你，因为我现在也给搞糊涂了，他们塞给我们的那份传单，是说他们的盟军是德国人，或者老天在上就是这样的意思吗？我们在欧洲的同盟。这话到底是什么意思呢？”

“你以为是什么意思呢？”

哦，威利不知道。天气很冷，但是辽阔的天空这时繁星点点，如同结婚的戒指，漫天撒开，钉在了某种像搪瓷盆一样坚硬的东西上。他还期望能听到它们哗啦哗啦的响声呢。船上到处弥漫着一种很重的嗡嗡声，是士兵们在交谈，引擎的隆隆声在船下轰鸣，但是周围却只是大海汹涌澎湃的唯一音符。黛青，黛青的大海，把所有的地方都涂抹成深色，以至黑色。

“英格兰的危机正是爱尔兰的良机。你听说过这种说法吗，威利？”杰西·柯万问道。

“没有，从来没有听说过，我也不这样认为。”

“英格兰是不是和法国打仗，和德国打仗，和幸运的霍屯督族[1]打仗，都无关紧要。你听说过法国人航行到过基拉拉[2]吗，威利?”

“哦，我听说过，也许听说过，是的，确实听说过。喔，很多年前的事儿了。在一本历史书里。”

“所以，那也就是你今天所看到的，大同小异。我父亲说这种事情经常会发生。他看事情眼光很远。我觉得我对他的看法应该更看重些。”

“爱尔兰的小伙子，成千上万，成千上万，在和德国人打仗时丢掉了他们的性命，杰西。”

威利说这话时，很奇怪，一股火气冒上来，在他的喉咙里灼烧，不过他拼命努力压住火气，不让它蹿出来。他对这个科克人很生气，不过这个科克人会很快发现他的错误。同样的德国人，他已经交过几次火了。这个科克人身上有些东西，你也不想和他生气，不值得。不管怎样，威利想，一个人首先应该听另一个人说话，先听清楚人家在说些什么。再说了，星光如此脆弱，如此悲情，他的火气也就熄灭了。更别说，杰西·柯万本来可以对他的话做出不客气的回答，但是杰西没有那样，一阵不带情绪的沉默后，他却说出一句非常温和的话。

---

①西南非洲的一个种族。

②爱尔兰一地名，意指法国在历史上也曾入侵过爱尔兰。

“当然，我知道的，威利。”他说。

到了找个栖身之处睡觉时，威利走到了灯光下，这才注意到他的军装被血溅得一塌糊涂。这是那个垂死的年轻人的血。威利在备好的洗脸盆里洗了把脸，然后用劲儿把军装上的血迹也擦了擦。士兵手册里有一些如何清洗土黄色军装上的血迹的说明。黄色肥皂和少量氨水在水里溶解可以用来清洗血污。他早上起来又使劲擦洗了一番，不过总的说来他还是把自己军装上溅染的那个年轻人的血，带往了比利时。

第二部分

第八章

如同打了盹儿，刮了一次胡子，转眼之间他就按时返回了佛兰德斯，过去的日子里他经历或者没有经历过的那些事件都是一回事，却都足以让他头脑晕眩。杰西·柯万被送往驻扎在别处的他自己的部队，而威利·邓恩见他离去心里很难受，可是还能怎么样？身不由己呀。

田野里的花儿刚刚出现；轻雨把心旷神怡的田野冲洗了一遍又一遍。在这一带，农夫们看样子已经拿定主意，他们也许准备播种一场丰收了。小小村庄似乎都不可思议地抱有乐观情绪；也许，人类的心灵和比利时的鸟儿所受到的影响一样吧。太阳把光线普照在物体上，一副满不在乎、一视同仁的慈祥，也惠顾到了枪管和犁头。在这万物复苏的景色的边缘，战争就像一场宏大的梦境，某种又远又近的东西可以把儿童的生命摧毁，也可以把老人的生命摧毁，一种可以把灵魂变成干燥的粪土的灾难。战争即将发生翻天覆地的变化，因此看样子只能无所作为，要么离开，要么继续。即使在伊普尔[①]，据说居民们都试图坚持下去，为每颗炸弹哀悼，为每家遭到破坏的花园的每一棵苹果树哀悼，为每一座修建良好的房子哀悼，为每一撮天生的爱恋之火的灰烬哀悼。这里什么东西都没有变化，只是他发现了自我——这是横跨大片平原的不折不扣的变化。什么都没有改变。然而，威利·邓恩内心发生了一些变化。

他发现自己现在渴望那些实在的词儿，渴望可靠的思想，渴望平实而率直的表达，克里斯蒂·摩兰能做到这些，因而渴望他对这些奇奇怪怪的事情谈谈看法，因为他也许渴望一个父亲来说说这些事情。他不得不和自己进行严密的交谈，应付他内心升起的恐惧，一种担心他的姐妹们也许会在谁都阻止不了的某种大灾难中被吞噬的恐惧。

他在一个名叫胡勒赫的地方附近，找到了他的驻扎待命的团，不过他听说第二天就要开赴前线，想到自己家乡城里已经发生的事情，这是一个让他很不受用的震动。

还好，他发现军士长自己就有冷嘲热讽的本性，尽管帕斯利上尉死了，不过这位新来的上尉是那种快活的卡文人，叫谢里登，经历过桑德赫斯特战斗，什么事情都见识过，但是他本人看上去不过区区十九岁。他高高的个子，一个面带笑容的人，带有很明显的卡文口音，不是那种完

①比利时西部边境城市，第一次世界大战中双方激战最凶的地方。

全英国化的类型，就是你在军队里有时碰上的那种叫了有出息的爱尔兰名字的人。

“他妈的奇了怪了，他得到了任命，”克里斯蒂·摩兰说，“在这个他妈的军队里，他们是不会他妈的任命天主教教徒的。他一定是一个皇族他妈的血统或者别的什么，威利。他妈的塔拉[①]的国王都姓他妈的谢里登吗?”

那天夜里，威利·邓恩坚守所谓的兵营，就是一所低矮的小土屋，屋后有一道高高的长满春天花朵的斜坡。路边很远的地方，爆炸的炮弹隆隆作响，清晰可闻，而且他还听得见大型迫击炮由日耳曼炮手推往卢斯，特大炮弹正在缓慢的转运中，因此第二天看来是有好戏看了。

威利也许不大容易向克里斯蒂·摩兰讲清楚都柏林发生了什么事情，而把他脑子里的东西掏出来就更难了点儿。那个科克来的伙计杰西·柯万竟然一直哭泣，真够要命的，让他的心上下翻腾，他亲眼看见成百号人死掉也没有这样难受过，他很希望克里斯蒂·摩兰能对这事儿做出一个冷静的判断。

这件事儿匪夷所思的那部分，其他爱尔兰小伙子谈论的人并不很多。威利估计，这消息还没有完全传开，也许会被认为是战争故意蛊惑人心的重罪中的不大不小的一种呢。

---

①爱尔兰一地名，中世纪多个王国所在地。

“一伙混蛋，”军士长说出了他的最初判断，“他们他妈的在干什么，在家里制造蛊惑重罪，我们却在这里他妈的为他们卖命。”

“我不知道，我真的不知道。对我来说这好像是一件特别可怕的事情。一件又坏又黑的事情。”

“事情现在到了什么份儿上了？”

“我不知道。他们在都柏林见空就钻，对士兵开枪，我们也向他们开枪，我在的那个位置，是一个……”

他真的无法向军士长描述蒙特大街当时是什么样子，他做不到。

“呃，老天爷，我来告诉你，威利，他们是要从都柏林他妈的母亲们那里得到短暂的忏悔，他们他妈的想得到的是当上都柏林或者别的地方的国王吗？”

“我不知道。”

“他们真他妈的混蛋。听我说的没错，没有什么大不了的。不过，威利——比如说，你在都柏林的时候，你没有在‘全活儿’身上下点赌注吗？”军士长说。

“为什么，军士长？”威利问道。

“因为他一心想在利物浦野外障碍赛马上赢一注子，就是那个讨厌鬼。”

“你支持他吗，军士长？”

“我不支持。”

“呃，我不支持他，不过我知道有个人支持他。”威利有几分高兴地说。

“呃，那就好，”克里斯蒂·摩兰仗义地说，“起码有个走运的杂种怎么想怎么做了。”

这一天，他们开往胡勒赫，那是个星期三，不过战争中没有哪天显得神圣，即便复活节的那周也一样。消息终于传开了，起义者遭到了利菲河上炮舰的轰炸，士兵们站成四列准备开拔时，谢里登上尉宣布了这一消息，多数士兵听了欢呼起来，甚至包括来自义勇军的士兵，比如杰西·柯万，他们也许听到这个消息犹豫片刻，也许掉下了眼泪，可还是欢呼了。

“你看看，威利，”近在咫尺的军士长说，“你看看，威利。”

“好样的，士兵们，”上尉大声说，“那就出发吧。”

然后，他们向胡勒赫挺进。

现在已是傍晚了，他们待在他们的新战壕里。他们在黄昏来临之际钻进了战壕，一点也不知道周围一带战况究竟如何，当然只知道战火很猛烈，战场上的声音应有尽有。士兵们一如往常，只是在交谈，而且吃了一顿不错的晚餐，可惜没有吃饱。威利坐在战壕的一个角落，是某个有想法的士兵铲出来的一个整齐的栖身之处。无论如何，这是他给父亲写信的一个好时机。

亲爱的爸爸：

你在这次大乱中过得怎么样，你们都好都没事儿吧？我希望你写信来，告诉我情况。我在都柏林亲眼看见那场骚乱了，就在我回来的路上。我殷切希望你多加小心，留心观察。这里的士兵们对整个事情都很有看法。我们听说德国鬼子在明斯特的战壕对面竖起了一个大牌子。牌子上说，都柏林交火激烈，一片狼藉，英国人在杀戮他们的妻子和回家的儿童。哦，明斯特这边的士兵没有多想这些，他们只是都在唱《上帝拯救国王》的歌，我相信昨天夜里或者前天夜里他们趁天黑爬过去把那个牌子拔掉了。我的军士长说许多人都是彻头彻尾的志愿兵，热衷于地方自治，他可不想让他们知道《上帝拯救国王》的歌词，更别说把歌唱给德国人听了。我在祈祷你和姑娘们都安然无恙。我们曾经有过多么美好的日子，那时候我们都很小。我不知道我为什么要说这些。全爱尔兰没有哪个男人像你一样为爱尔兰着想卖力。谁都不知道你付出了多少代价。我在想那些平常的日子，夜晚总是跟着你在城堡院子里到处走动。听我说，你像一个慈父把我们养大成人。虽说多莉没有母亲，可是她有一个比任何母亲都做得好的父亲，我真的相信这点。一有时间就给我写信来，告诉我情况到底怎么样了。

深爱你的儿子，

威利

比利时

一九一六年四月二十六日

第二天早晨做好战斗准备时，拂晓如同一排明闪闪的餐刀，一大片怪异的石板块灰色光亮和悄悄地透过一片片叶的树林映现的太阳光混合在一起，谢里登上尉宣读了来自司令部的一纸通讯，大意是说有根据怀疑一次瓦斯攻击即将发生。

这就是上级通报战情的措辞，不过后来上校亲临阵地，把战情讲述得更加清楚了。他说，敌人试图把他们像消灭老鼠一样赶出战壕，而且他们刚刚换下去的威尔士的男孩们昨天夜里也确实说过，几百只垂死的老鼠在他们执勤的时候跑进了他们的战壕，因此有理由怀疑一些瓦斯从敌方的储气罐里泄漏出来，那里恐怕就是德国人存放瓦斯、随时使用的地方。那些老鼠，成群结队地跑进战壕，如同人们期望得到救助一样，但是那些卡迪夫来的小伙子们把它们统统打死了，特别是用他们枪托打起来一砸一个准。这样看来，瓦斯就是另一种敌人了。

上校不是爱尔兰人，据司令部回忆，爱尔兰人数月之前在圣朱利安及时撤退，躲过了第一次瓦斯攻击。威利和他的伙伴们很久以前就配备了据说最好的防瓦斯面罩。枷锁一样的东西架在你的头上，如同一个大袋子，鼻子部分特别怪异，两个大眼睛窟窿。那玩意儿颇像爱尔兰乡间“白衣团员[①]”悄悄爬过去点燃干草垛时穿戴的那种装束，通常是去骚扰地主的。士兵们戴上这种装备，当然看去像鬼一样，令人害怕，不过戴上面罩的人并不觉得像鬼，也不觉得吓人。只是他的面颊会越来越灼热，脏兮兮的汗流进眼睛里热辣辣的。

但是，上校强调必须坚定不移，还说他知道他的小伙子们定会表现得坚定不移，不会让瓦斯恐惧再一次得逞。“再一次”这个词儿使聆听者感到毛骨悚然。谁都知道圣朱利安那次瓦斯攻击让多少人丧命，哪怕有些士兵是新兵，没有在那段地狱般的时间里亲临现场；在九死一生的严酷环境里，没有哪个兵会把这样的警告当作戏言。

恰恰相反，那些听进去警告的士兵——即便不是全部也算得上大多数——纷纷跪在巴克利神父跟前，作了一次短暂的祈祷。当然，哨兵们只是轻轻地点了点头，始终目不转睛地观察着那些在他们眼前折射出一片空地的镜子。因为他们待在战壕里，而战壕每隔一百英尺左右必会拐弯，呈“之”字形，除了巴克利神父下跪的地方，不可能人人

①十八世纪中叶爱尔兰乡间反抗租税什一税的地方反抗组织，以头戴白色的头罩为特色。

都看见他。然而，阵地上的一千二百名士兵却冥冥之中心心相通，有的下跪，有的低头，唧唧哝哝的祷告声升向天空。威利·邓恩祈愿上帝听见了士兵们的祷告。

巴克利神父只说了“我主在上万福马利亚”，一个字都没有多说。他没有打算布道，谆谆告诫，因为除了他身边那二十个人，谁都听不见他的话。

突然，敌人的大炮张开了肮脏的该死的大口，发射出来一批毁灭性的灾难性的炮弹。士兵们听见榴霰弹在四面八方燃烧，最大的炸弹一颗接一颗落下来，好像就掉在后边不远处的后备战壕里。但是，士兵们如针织的“万福马利亚”的祈祷，一针接一针般地连接在一起，安慰性的词儿说了一个又一个。

随后，每个士兵都神秘地知道巴克利神父祷告完了。也许，这一仪式是由一系列无懈可击的中国式悄悄话完成的，或者中国式眨眼示意或者点头示意完成的。然而，这是一件不同凡响的事情，威利心想，一件不同凡响的事情。

当然，即使傻瓜也清楚，随军神父一旦走进战壕，就不会是什么好消息。如果他们举行规范的仪式，他们应该在后备战线的某个阵地集合起来，接受一次像样的弥撒，由神父亲口布道。

并不是神父不受欢迎。他名声在外，因为他到处露面，尽管他有点怪，在某些方面离群索居，但是士兵们都很喜欢他，也许把他当成了他们的一位可爱的大妈。如果真有这么一位无所畏惧的女人气儿的男人，那就只能是他了。因为他性情温和，说话软言软语，文绉绉的。

他说话用词收锋敛芒之处，男人恰恰会锋芒毕露，而男人锋芒毕露之处，他恰恰要收锋敛芒，尽管他说话的确不像一个绅士那样有风度。有闲言碎语说，他被人看见私下里暗自垂泪，可是人们看见他在十几个战场上欲哭无泪地守护垂死的士兵，嘴在不停地默祷。他一向拒绝喝朗姆酒，但是他和大家一起吸廉价卷烟，因而廉价卷烟便成了他认识新兵的名片。他尽量避免讨论宗教，罪恶一类东西也不是他经常挂在嘴边的话，不过你要是选择忏悔，你尽管去找他，他会让你得到他力所能及的深入内心的悔过，而且理由充分——那就是战争的理由。他建议大家可以接受的正派的品质，不过仅仅是因为对年轻人来说，一次淋病就能让他们害怕得无地自容。

威利认为巴克利神父是一个见识过各种战争直接造成的伤残的人，因为他在怀里搂抱过各种受伤的士兵。他一定对没有头颅的士兵默祷过最后的仪式；也对只剩下脑袋、其余部分被炸成百万碎片抛向天空的士兵默祷过最后仪式；他真切地感觉过一副温暖的鼓胀的内脏流淌进了自己的怀抱；他绝不会对一个垂死的士兵撒谎，只会让他坚强起来，随时走上不归路，如同一匹比赛在即、关在马厩的易惊的烈马。毫无疑问，他相信一个男人的灵魂会像鸽子一样飞起来，飞向高高的天国的鸽子窝去。他告诉士兵，他们的守护天使从孩提时代就来到了他们身边，默默地悉心地看护他们。他忍受那些吓得大喊大叫的士兵；忍受那些因为心疼自己而吱哇乱叫的士兵；他忍受那些说过慷慨大度的最后遗言的士兵，这也许就是他事后想起来暗自垂泪的原因；他听见过也许能把一个人从地狱敞开的大门边上救回来的心脏突然停止了。没错，他会离开军队几个星期，人们悄悄传说，他得到了一个星期的回家休假，因为他的精神恍惚，摇摇欲裂。不过，你早应该预料到这点。一个男人，尤其是一个牧师，是不能目睹那些好像这个世界行将结束的场面的，仿佛西方的军队和东方的军队一决高下，如同在罗马人统治下，在那个消失的世界的帕特莫斯[①]岛上服苦刑的圣约翰见证过的那场狂野大决战[②]，如此这般，一个区区牧师怎么让平心静气的头上的那几绺头发不受干扰呢？

即便情况如此，威利知道，每个士兵都知道，无需说话，无需交换眼色，各种情况都不外乎一种严酷的实质，因为上帝已经挑选出巴克利神父来和他们共生死了。

瓦斯妖气骤起，威利差一点因此灵魂出窍，脱离他的皮囊圣所。他身边的奥哈拉像一条狗一样跳了起来。他试图阻止瓦斯妖气，然而这一冷飕飕的、不友好的恐怖很快

①希腊一地名。

②应指《圣经》中描绘的公元前200年至前150年的善恶大决战。

窜入他的脑子。一股甜腥腥的不协调的寒意在他钢盔下的头发里发作。每个士兵都手忙脚乱地戴上了那些讨厌的瓦斯面罩。这下有了设计制造的最好的防毒面罩，他们便一下子乱作一团，争先恐后地把面罩戴上，而且你还总会担心没有戴严实，让毒气钻进来。谢里登上尉和克里斯蒂·摩兰骂骂咧咧地从地下掩体钻出来，看上去好像故事书里的妖怪。不过，他们所有的人看去都是故事书里的妖怪模样。军士长背来一袋子战壕武器，和中世纪时期使用的武器相差无几，钉了钉子的棍子，铸造粗糙的铁疙瘩，军士长把这些武器分发到个人。威利分到了一个像印第安人战斧的武器，他把它掖进了腰带里。

"一切就绪，伙计们，"谢里登上尉说，不过这些话从面罩里传出来含糊不清，瓮声瓮气。他把面罩一把扯了下来。"一切就绪，伙计们，听我说，看看这个，我们现在能够稳住这个，我们可以做到。我要你们万无一失，戴好面罩，把各人的面罩检查好了，伙计们。坚持下去，让这种要命的东西过去。不管什么原因，都千万不能摘下你们的面罩。瓦斯会飘落在我们这里，在这里迟迟不散。瓦斯散去，一场来势汹汹的攻击就会发起。这才是重要的事情。所以，伙计们，看在上帝的分上，一定要坚守在比利时这个地点，别让那些狗杂种前进一步。好了，士兵们，只要你们把心肠硬下来，你们就能把那些卑鄙小人活活整死。"

这番话讲得很不坏，威利想。只可惜，上尉的声音有些发抖。可是，面对危境，你不得不对同伴们说点什么话。三个士兵站在了奎格利跟前，他今天上午刚刚报到，是和另外几个士兵一起来的。奎格利来自城市，一个高高的瘦瘦的小伙子。他长了这么大没有看见过真正的战壕，更没有想到经历这样他根本不知底细的攻击了。他怎么也系不上他那防毒面罩的带子，嘟嘟哝哝，摇摇晃晃。这时，一大片清晰的暗色的尿印子出现在他的裤子前面。

威利很高兴他把自己的防毒面罩戴好了，没有人能看见他的眼睛。那次在圣朱利安的记忆在他的脑子里一直吼叫。上百个画面在脑海里再现，令他胆战心惊。他痛苦得直摇头。老天啊，奥哈拉的腿碰到了他的左腿，也在瑟瑟发抖。他的整个身子都抖得像筛糠。突然，威利想起了那伙该死的人在都柏林干的事情，不由得骂他们，骂他们极端愚蠢无知，以解心头之愤。帕斯利上尉弯曲的身影分明在那里，却似乎躲到了他的眼睛后面。

透过面罩两个讨厌的黑乎乎的眼睛窟窿，他打量这个战壕里蹲守的二十来个士兵。机枪手随时准备把机枪架在战壕胸墙上，一共三个蹲守待命的士兵。四个士兵按分配做手榴弹手，每个人挎了一圈儿米尔斯手榴弹。相比过去那些随时会爆炸的豆子盒要好得不知多少，他们习惯在一起跳来跳去，向凶恶的敌人扔手榴弹。那种场面也许有些滑稽可笑。不管怎样，大家都在同一个方向蹲守，有些士兵的脑袋低垂下来，因为这时德国的大炮正好能打到他们跟前，榴霰弹就落在战壕胸墙前面刚刚一英尺的地方。他们看上去像星期天爱尔兰乡下教堂后面的男人，按男人的跪地方式跪下了一个膝盖，教区的女人们都坐在凳子上，各就其位。但是，他们这时顾不上谈论牲畜牛羊，他们不是在等待他们的上帝，而是等待死亡之神的朋友们的阴森森的长影子。这里没有伯利恒[①]的星象，没有圣贤也没有国王，只有爱尔兰可怜的士兵，街头巷尾的志大才疏的家伙以及微不足道的小人物。他们听说过英雄盖世的东西，因此他们虽然算不上也许在古希腊神话里读到过的那些英雄，可是不管他们多么微不足道，他们心里有英雄情结啊。男人来到战场，没有谁不想做出英雄的表现，暗暗企望可能做出如同他们小时候在故事里看到的英勇行动。眼下没有父亲，没有母亲，没有破破烂烂的衣服，没有乐此不疲的游戏，没有熟悉的教堂尖顶，没有一层一层垒砌的石头，没有圣帕特立克大教堂[②]，没有基督教堂[③]。只有一道厚实的农耕沃土挖出来的壕沟，他们毫无作为地蹲伏在里面。这不是英勇杀敌的场景，不过在威利看来，尽管他担惊受怕，却有一种真实。这种真实还没有被转化成笑话，还没万无一失地编撰成一则逸事，还没有在报纸上写成一个故事，还没有由哪个智慧的人写成一段历史。在它诞生的荒

---

①相传为耶稣出生的地方。

②都柏林城里最有名的教堂。

③都柏林城里另一所著名教堂。

凉背景下，包含了一种没有玷污的真实，这一微不足道的事件也许会让他成为一具僵尸，成为他梦寐以求的一切。

瓦斯像一个似曾相识的吃人妖怪腾云驾雾而来。威风凛凛的一副怪模样，滚滚烟雾扑向战壕胸墙的边缘，随后如同多头妖怪的脑袋，缓缓地漫溢过来，往下沉落，和那些等待的士兵搅和在一起。这些管用的防毒面罩，对奎格利列兵来说马上不管用了，因为他到底没有把面罩合适地戴在他那变形的脸上。面罩一边戴得很合适，可是他长了一个怪异的圆白菜脑袋，面罩的带子怎么都扣不好。巴克利神父赶过去帮忙，奎格利这时呛得咔咔哇哇直咳嗽，开始往下扯面罩。巴克利神父拼命地示意他别往下扯面罩。这时候，战壕另一头也有两个战士出现了类似情况，在他们的面罩后面咔咔哇哇地咳嗽，毫无疑问憋得满脸通红，像美好的八月里一个个熟透的苹果。

邪恶的瓦斯像床罩一样铺展在战壕里，而且瓦斯越来越多，终于把战壕填埋得满满的，然后漫过战壕向补给线和储备线蔓延，野心勃勃地进行各种精心的谋杀。奎格利已经倒在了肮脏的地上，像一条巨蛇又伸又曲，滚来滚去，面罩脱落了，他那圆睁的眼睛成了甜菜块一般的脸上的两粒黑黢黢的石头。他一边吭咔咳嗽，一边吱哇叫唤。他在呼唤，可是一张开口，威利便觉得自己首先尝到了那蜂拥而进的可怕的瓦斯的味道。一阵心痛袭来。是的，在所有的经历中，心痛袭击了上千次了，他简直对这样的心痛心怀感激了。巴克利神父还在手忙脚乱地救助，一副心烦意乱的样子，仿佛他自己的孩子在遭受折磨。这时候，至少六个小伙子完全瞎眼了，谢里登上尉把他们匆匆忙忙挪到了战壕的背墙一侧，迅速挨个儿检查留下来的士兵，尽力把一伙人稳住。威利·邓恩刚刚把屎拉在了裤子里，他怎么都憋不住，正如同吊在绞刑架上的人不能不把硬撅撅的阴茎翘起来，展示给看热闹的人群一样。

“呃，天哪，”他跟自己念叨，“呃，老天爷，保护我们吧。”

他希望他的父亲带领一批警察及时冲上来，拔出警棍，把这可怕的肆无忌惮的瓦斯驱散，把它从这个世界的表层赶走。

“爸爸，爸爸呀。”他说。接下来他脑海里浮现了一个画面：那是他祖父在莱萨里尔那座房子宅第的大门口，穿过两根粗壮的大圆柱子走进随时欢迎的院子，发疯的母鸡在铺砌的石头上走动，他的祖父留了一大把雪白的胡子，一个地地道道的威克洛老人。“爷爷，爷爷啊，”他悄悄地说，“保护我们吧。”

两名机枪手还没有受到瓦斯的影响，他们在战壕前面把机枪架在平地上，开始向瓦斯扫射。这是要让别的士兵放下心来。

这时，在消散开的瓦斯顶层，瓦斯弹壳在他们上面跳动，爆炸时发出瓦斯弹特有的令人揪心的声音。他们身后的炮兵也在开火，他们能听见他们自己的大快人心的炮弹飞向对方阵地，你能想象到它们敏捷得像圣马丁鸟儿一样，这有点振奋人心。空中无数炮弹在嗖嗖飞行，它们没有互相碰撞在一起让人感到奇怪。接下来，机枪声听不见了。他们看不见的什么东西已经让机枪安静下来。一名机枪手溜回战壕，手里还提着那个冷却机枪管的水罐子，如同一个快要死去的园丁之类。

然后，好像一声令下，德国鬼子那边的炮弹停止了轰炸，不过他们自己的大炮还在射击，一拨接一拨，一拨接一拨。在后来，不知什么原因，他们的炮击也停止了。即便在行动不便的瓦斯面罩后面，士兵们还是瞪起眼睛你看看我我看看你，想弄明白正在发生什么事情。一双双受到惊吓的眼珠从面罩往外张望。谁都不知道怎么回事儿。奎格利躺在地上，依然像一个沉睡的流浪汉。这次的瓦斯一定比上一次的瓦斯还厉害，威利很清楚，因为这么快就把一个大活人活活呛死了。另外那几个受到瓦斯攻击的士兵，正在从防毒面罩下面流淌罕见的黄沫子，在胸前沥沥拉拉弄湿了一大片。他们摇摇晃晃，七倒八歪，巴克利神父看上去像一个顾了东顾不了西的母亲，尽力照顾他们。他也许还在竭尽全力，让他们走上生存者的道路。上帝知道，一个可怜的杂种从你身后的上方跌跌撞撞地闯来，不是一件即将面对的好事情。

现在，战壕里出现了一阵不是寂静的奇怪的寂静，因为威利能听见他自己的呼吸，如同抽水机，他的心在跳动，抱怨胸腔里没有空气了。整个世界都在收缩，像一张大帆布在覆盖下来；他的四肢疼痛不已，简直就像一剂毒药本身。除了防毒面罩，这时到处都是一股恶臭，他的面罩里发臭，他的血液里发臭，他觉得好像眼珠子给剜出来了。他使出浑身解数往上看，只见战壕的墙直上直下。他的背上被捅了一下，他稍稍转过身来，看见军士长慌慌张张走过去，示意他们赶快站到射击脚踩上。克里斯蒂，摩兰一定看见战壕上方出现了什么情况，因为他刚才露出头去看了看那挺该死的机枪是怎么回事儿。他在这烟雾缭绕的烟雾中能看见什么呢？

一个灰色的大怪物戴了防毒面罩跳进了他们的战壕。他看上去是一个庞然大物。到底他是不是庞然大物，威利其实也不清楚，但是他看上去块头很足，像一匹大马。他站在威利跟前，威利一时发懵，只是想到海盗来了，就是那些袭击爱尔兰城镇的凶猛的海盗。那一定是学校课本里的一幅图画。他过去从来没有这么近距离看见过一个日耳曼士兵。有一次，他看见过三个垂头丧气的德国俘虏，脑袋压得低低的可怜兮兮的俘虏兵，正被押送着穿过预备区，前往战俘营去。他们看上去很凄惨，很瘦小，甚至没有人会想到嘲弄他们。他们倒是打扰了周围的安静。但是，这个家伙不像他们。他把两只手搭在了威利的肩膀上，威利马上想到他要把他的防毒面罩扯下来，赶紧本能地用双手护住了面罩。说时迟那时快，他自己实际上还没有想起那把好玩的战斧，他的左手却早已把它攥在了手里，他的手往上一抬，短把子头上那锋利的斧头便一下子气势汹汹地捅到了德国人的下巴里。这个家伙这时用手去捂自己的下巴，让威利大吃一惊的是他把救命的面罩掀下去了，那面罩看上去可比威利他们的设计得好看多了。这时，威利再次本能地用斧头照那家伙抡去，一下子把他的脸砍开了口子，从嘴的一侧豁到了眼睛上面。但是，这样一道伤口也许纯属多余，因为他们自己的瓦斯现在攻击了这个身高马大的家伙，这个硕大的士兵顿时双膝跪在了地上，因此他的脸距离威利的脸还不到三英寸。他在不停呜哇乱叫，喊叫的全是德语。

这时战壕里还有三个冲进来的士兵，和他们扭打在一起，仿佛受到威利制服德国兵的启发，爱尔兰同伙们都在短兵相接中试图把攻击者的防毒面罩扯下来。一个爱尔兰士兵用一把刀子捅进了对方的肚子里，那德国兵像情人一样抱住他不松手，军士长摩兰用一把铁锤一下子把他的后脑勺削下来半个。德国兵的两只手立即往脸上脖子上抓去。谢里登上尉早已被挤到了战壕的墙上，一个德国士兵赤手空拳地向他面罩后面的脸猛击，一拳又一拳。这个德国士兵被一个新兵在惊恐中用枪打中了他的后背。于是，德国兵直挺挺向后倒下，沉重的头颅正好撞在了威利的脑袋上，威利浑身冰凉，昏厥过去。

第九章

威利清醒过来时，一开始什么都看不见，因为他的脸罩已经歪到了一边，眼睛窟窿对准了耳朵，让耳朵往外张望。威利惊恐万状，赶紧调整脸罩的位置，以为瓦斯这下准会要他的命了。但是，他把眼睛窟窿调整好时，模模糊糊看见克里斯蒂·摩兰坐在地上，如同一个凌晨时分喝得酩酊大醉的醉鬼，脸上没有戴面罩。克里斯蒂·摩兰就坐在那里，不时地自己跟自己点头，仿佛他是在对自己讲故事，而且被故事的情节所深深惊诧。

巴克利神父在做战斗结束后的事务，跪在一个阵亡的士兵旁边祈祷。那个被干掉的德国士兵出现在威利的眼前，如同一个巨大的女人蜷卧在他的身边，不折不扣一个陪葬品。那张脸肿胀，开裂，下巴下面的那道伤口风干了，黑乎乎的。威利只是一个瘦小的人，像一只小灵狗。他按了按德国士兵的胳膊，那僵死的士兵好像全都是骨头和肌肉。奎格利正在被担架兵抬走，可奇怪得很，他看上去好像还活着，尽管他的肺脏一定如同某种稀烂的粥一样。

谢里登上尉站在那里纹丝不动，右手拿着他的防毒面罩，他那张英俊的卡文人的脸，如同一个精心装饰过的软垫，伤痕又红又青，对称得令人难以置信。随后，仿佛这些士兵在等待一道无声的命令，上尉自己先振奋起来，把军士长叫起来，冲他点了点头，钻进了地下掩体，无疑去尝试打电话，汇报战况。他很快钻出地下掩体，剧烈地咳嗽，两眼泪汪汪的，因为迟迟不散的瓦斯喜欢沉落在这样的地方。他草草地用铅笔在笔记本上写了一个字条，要威利跑回司令部把这封信送到，如果他能找到这样一个地方的话。威利·邓恩不是通讯员，可是眼下谁又是一个通讯员呢？

他发现交通壕里挤满了受伤的、残废的士兵，有的哇哇大哭，有的疼痛得大喊大叫，有的待在暗地里昏迷不醒，坐以待毙。威利爬上了战壕背墙，在空旷的平地上行走。他什么都顾不上了。

然后，他像罗得[①]的妻子一样，回头看了看瓦斯过来的方向。敌人这时很容易向他开枪。在无人地带，有几个倒地的士兵，看样子都是德国人。谁把他们打倒的，威利说不清楚。因为地面一溜下坡，他还能顺势看见他自己的呈“之”字形的战壕。那里也有一堆又一堆的死人。拥挤

①《圣经》人物，据传他在带领妻子逃离即将毁灭的城市所多玛时，他的妻子因为回头观望，即刻变成了一根盐柱。

的交通壕里，瞎眼的、受难的战士组成的森森可怕的队伍在走动，前面一个士兵把手伸过肩膀——一个还有视力的骂骂咧咧的人排在最前面——带领他们走出战壕。一千二百名士兵中，还剩下多少人？如果谢里登上尉的伤势允许，今天夜里他要写多少封通报阵亡的信？别的战线的军官又要写多少封这样的信？多少颗心脏停止了跳动？多少个灵魂回归它们指定的地方？这些人群里又有多少士兵也会拥挤到圣彼得[①]的门前？而这位圣徒怎能不纳闷儿，这些带有爱尔兰口音的人怎么突然蜂拥到跟前，祈求老天的怜悯？

威利·邓恩拉在裤子里的屎正在变硬，把他的屁股蛋子弄得奇痒难熬。

在亡灵成堆的国度，那是复活节的星期二。

部队指挥部设立在一个旧仓房剩余的房子里。仅仅相隔一英里远，你就很难知道曾经发生了什么奇怪而黑暗的事情。运输官在冲马车夫大喊大叫，这种人在哪里、在什么时间都是这个样子。运输弹药的大马车正由漂亮的夏尔马拉着行走，它们强健得如同引擎，硕大的智慧的马头高高扬起。它们像舞场上的舞者一样抬起前腿，一起一落步调一致，煞是好看。它们简直漂亮得有点滑稽，如同一则故事里的奇迹，围绕在它们身边的全是身穿制服的大兵。

威利·邓恩差不多依靠本能找到了那个遗弃的仓库，

---

①耶稣的十二门徒之一。

他心下寻思一定是顺这条路走，走到了头，说也奇怪，那仓房就在眼前了。仓房拆去的那面墙用一根支柱马马虎虎支撑起来，挂了一块帆布遮挡起来当屋顶。三个军官坐在桌子旁边，看样子一定是从小酒馆里懒洋洋走出来的，整个人都整洁干净。他们的脸刮过胡子，其中一个还有老派的连鬓长胡须，尽管年纪不算大，在耳朵一带还长得很旺盛。威利以前见过斯托克斯少校，但是另外两个人威利觉得眼生。他走进去，把那张草草写就的条子递给了他们，那条子和他一样沾满泥土和血迹，当然也胡子拉碴的。

“这是什么？”斯托克斯少校问道。

“四连的战况，长官。”

“谁在那里？”另外一个军官发问。

“帕斯利上尉——不，谢里登上尉，长官。”威利说。

“哦，是的，谢里登。没错，谢里登。”

“像马车弹簧一样弯弯曲曲的，谢里登，”斯托克斯少校说。

“什么，长官？”威利问。

“没有跟你说话，列兵。”他说。

斯托克斯少校看着短信，威利看出来信的内容让他不快。他看得很清楚。这个人瘦长的脸上有一百多个麻子坑儿，密密匝匝地挤在一起。他把手放在了脑门上，食指在脑门上一下一下敲击。

“又是一大批伤亡人员，”他说，“万能的上帝啊。”随后他的脸阴沉下来。“你们该死的爱尔兰人是怎么回事儿？你们连一点瓦斯都对付不了吗？”

“什么意思，长官？”威利问。

“看在天使的分上，斯托克斯，你悠着点吧。你没有看见他和敌人搏斗了吗？”

“我怎么能知道呢？”

“他浑身都是血迹。”那个军官说。他看上去像是一个你在银行柜台后面看见的职员，一半头发都白了，脸颊上有一片淡淡的灰斑，看上去好像把他的嘴唇挤成了两个鼓鼓囊囊的球体。

“我跟你说，你闻起来像臭粪坑，军士长。”少校说。

“别训斥这个可怜的家伙了。”那个银行职员模样的军官说。

这时，电话响了，第三个军官拿起电话听起来，只是含糊其词地回答着。

“请你别打岔了，波士顿，”斯托克斯少校嘟哝说，“你一直打岔，我还能和这个士兵交谈吗？”

威利·邓恩只觉得一阵麻木，四肢汗淋淋的。他在努力读懂那个军官的脸，没有听见多少话。这就发生在他的眼前，但是那个德国士兵的死亡过程也在同时发生着。眼下，威利开始浑身发抖，不是出于他知道的什么感情，可他的两只手就是瑟瑟抖动不已，他只好把手贴在外衣上，把手稳住。

“你这个该死的爱尔兰人是怎么回事?”少校又问道。

“我把屎拉到裤子里啦，长官，这就是你闻见的臭味。”

“什么?”少校说，仿佛被这句诚实的话横扫了一下。

“把屎拉到裤子里了，长官。”

“你怎么能干出这样的事情，列兵?”波士顿少校问。

“恐怖，长官。”

“恐怖?”少校说，“你说是恐怖吗?”

“怎么会不是呢，长官?”

“嗯，我看你倒是一个诚实的人。”波士顿少校说，“是的，很诚实。”

斯托克斯少校这时正在凝视前方。在这个被摧毁的仓库的角落，摆了一张小桌子，上面放了一个雕花瓶子，威利碰巧这时刚刚看见。瓶子里装了威士忌之类东西，还有三个小红玻璃瓶子放在旁边。那就像一股芳香从另一世界飘进了这种混乱状态。他搞不清楚那三个人之间在干什么，等他离去后他们会说些什么。斯托克斯少校把那封短信在手里搓得沙沙响，稍稍地挥来挥去。

“该死的讨厌的战争。”他嘟哝说。

第三个军官把电话放回了座机上。

“那边有什么消息?”斯托克斯少校问。

“如果你喜欢，你可以给司令部回一个电话。”那人说。

“说什么?”

“那边死了两百多个德国人。大部分都还待在他们自己的战壕里。他们看样子会在今天完成。没有迹象表明还有德国鬼子冲过来。”

“那就好了，非常好，太好了。”波士顿上尉说，看了一眼威利。

“在战壕里拉的吗?”

“是的，很方便的事情。”

“爱尔兰人就善于干出这种事情。”斯托克斯少校说，但是威利很难听出这话是对这个民族的恭维或是别的什么。“谢里登对伤亡估计得有点悲惨。他在信上说，他的连伤亡了一半。他想让他的士兵换防休整。”

“我刚刚得到阵亡的总数目。”第三个军官说。

“嗯?”少校轻描淡写地哼了一声，“不管怎么样，我都不能让他们换防休整。”

“八百。”第三个军官说了两个字。

“一千二百人中死了这么多吗?”斯托克斯少校问。

“是啊。”

“我的老天爷。”斯托克斯少校说。

那张麻坑长脸现在开始审视威利。不过，很难说这个人就是真的是在看他。他显然在流泪，不过不是一个真的在哭泣的人的那种哭泣——那是一种表里不一非同寻常的哭泣。

“那些医疗清理站怎么对付?”少校说，这时他也开始发抖了，像威利一样。不过不是因为害怕才发抖，也不是因为他刚刚感到害怕了，只是因为这个世界以及这个世界的交易把他们的心灵之摆拨动起来，让他们无论怎样都得前后摇摆了。

“他们只好穷于应付了，戴维。”第三个军官说，威利这时才注意到他也是一个少校。

“可怜的家伙们，他们只好应付了，”斯托克斯少校说，“瞎眼的该死的士兵排成了可怜的长队，更要命的是在整个足球场大小的地段长途奔跑。”

“你说什么，长官？”威利·邓恩说。

“回到谢里登那里，回到谢里登上尉那里，列兵。告诉他，我会给司令部打电话，请求将军为换防做点什么。不过，他不得不守住那条战线，等待事情理出头绪。我会给他送去一群该死的苦力，把他的死人埋了。我还会给他送去几桶该死的热乱炖或者别的什么。你们爱尔兰人不就爱吃那种乱炖吗？如果司令部能够调换出一两桶朗姆酒，他还能得到朗姆酒。”

“听命，长官。”威利说。

“把你那个该死的屁股洗一洗，列兵。这是该死的军队，你知道。不是该死的都柏林贫民窟。”

“是，长官。”

“你叫什么名字，军士长——要写在报告上？”波士顿少校说。

“邓恩，长官，威廉·邓恩。”

“小威利[①]，是吗？”斯托克斯少校说，还处在痛苦中。

“不是，长官。”威利说。

“那个该死的皇帝的儿子，是吗？小威利。”

“我不是，不是，长官。根本不是那个皇帝的儿子，长官。”

“啊，该死的，得了。没有人叫你小威利吗？一个像你这样的小伙子，叫了威廉这个名字。不是吗？”

“不是，长官。”

“啊，别说起话来好像受到了多大侮辱。你这是怎么啦？爱尔兰小矮子，满屁股都是屎。别这样看着我，好像你有一肚子该死的委屈。别这样该死的看我。”

“别烦他了，少校，看在老天的面上。”另一个少校说。

“是啊，是啊。好吧，列兵。对不起了。”

“没有什么，长官。”

他确实也感觉真的没有什么。就算这新的世界主宰了万物。就算他本人，威利·邓恩，已经干掉了一个德国人。可是，你总不能扇一个军官的嘴巴子啊。

“是的，”少校说，“当然没有什么。”

然后，威利转身准备离去。

---

①威利是威廉的昵称。皇帝在原文中大写，一般指神圣罗马帝国的皇帝，后来一些皇帝也用这个词儿。英国历史上有过叫威廉的国王，因此英语国家叫威廉的男孩很多。这里写英国军官对爱尔兰士兵的歧视，从一个侧面反映英格兰和爱尔兰之间不平等的地位，从而带给普通士兵的苦难。

“小威廉，”少校在他身后说，“这话可以吗？这话不是在侮辱你吧？你别在意啊，行吗？”

威利不管不顾地离去，没有回头，也没有回答。

“这些该死的爱尔兰人。”少校在他身后又嘟哝道。

“他们在那里遭了一天罪了。”他听见波士顿少校说。

他一路返回，穿过担惊受怕、越来越黑的夜幕，去和他的队伍的剩余部分会合。一颗灼伤的心在引领他，而且一个受到惊吓的灵魂，在这受到侮辱的地球的这些地区，看起来不是没有光亮的灯。

死人都清理掉了。因为瓦斯的袭击，机枪手又没有坚持够一个小时，无人区并没有几堆穿灰色军衣①的尸首，远处战壕里他们的兄弟士兵没有心情过来埋葬尸体。

斯托克斯少校说话算数。他派人给他们送来了一些令人生疑的食物，装在盖了盖子的木桶里，也许是某种很好的乱炖，可惜煮的时间太长，什么都往里边添加，结果成了黏稠的红不红黑不黑的东西了。

一个士兵小心翼翼地带来一小桶朗姆酒，尽管是酒都有邪恶的特性，可还是受到士兵如同孩子一般热情的欢迎。

答应派来的中国劳工也到来了，在剩下的四百多个士兵中清理出来一份清单，所有的死者——德国的和爱尔兰

---

①指德国士兵；德国军队一直是灰色军装，后面多处写到这种颜色。

的——都抬往战地后边，另外开辟出来一块小墓地。墓地上没有白色的灵棍、墓碑等等之类的东西。只有一排接一排的规则的小地块，如同一个穷人的蔬菜园，在这些肥沃的小地块里，躺下了那些死去的士兵。倘若他们僵硬了，活着的人们便把他们的一条腿或者一条胳膊打断，整理停当，嘴里念叨一些抱歉的话。他们全都装在深色的军用袋子里，所有的零碎物件，比如钱包啦、画片啦、信件啦，统统精心地从满是尘土的口袋里和沾满血迹的地方掏出来，所有连排的指挥官保存好这些乱七八糟的小东西，写上身份编号和士兵注册登记，最后把它们寄给他们国内的母亲和父亲。许多士兵都是都柏林城的，据说都柏林城还在燃烧。另有许多士兵来自基尔代尔、威克洛和韦斯特米斯郡，那里的小农场和农夫的茅屋会在家门口接待脸色黝黑的邮差，收到一个详细说明的邮包，牛皮纸包裹了一个软木板盒子，麻绳捆得很结实，用蜡封得严严实实，如同一分遗赠。这些邮件会被打开，检查，恭恭敬敬地重新包裹好，然后恭恭敬敬地存放在寒酸的房子里更安全的龛儿里。

威利·邓恩在成排成堆的尸体里找到了他打死的那个德国兵，为他挖了一个土坑。他在这个士兵的口袋里找到一本小小的破旧的《圣经》，当然是德文的，很精巧，密密麻麻的黑色字体；还找到一个棕色的马塑像，一定只是一个念想。马塑像是瓷做的，看起来不像是儿童的玩物，但是威利认为也许是出发前在家门口他的儿子或者女儿塞给他的。他还有一个皮夹子，威利打开时看到两小片方方的金叶。威利知道是金叶，是因为他在那些为城堡小教堂装饰的工匠的桌子上看见过这些东西，他们当时正在装饰会众面前竖立的爱尔兰历任总督[①]的盾牌和头盔。也许，他的德国兵认为这种金叶可以是一种很管用的货币，也许戴在身上作为和平时期的职业徽章。谁知道呢?

头顶上的天空十分豁亮。一股清新的风从西边吹过来，清新的气味闻得见风儿带来的雨的味道。然而，附近的田野和树林沐浴在阳光里。不消说，他的德国兵还有念念不忘的照片，一个紧锁眉头的女人，一头茂密的头发，一身品相粗糙的裙装。她的脑袋很大，显得与身子不相配，那样儿简直没法和格蕾塔相比。另一张相片上有一溜孩子，七个站成了规规矩矩的一排，威利突然把两张照片放回原处，把所有小物件集中起来，放在一旁以便交给谢里登上尉。因为，谢里登上尉说了，即使是德国死人的所有物也要上缴，不得私下扣留。但是，威利还是本能地把那个小瓷马顺进了口袋里。

七个孩子如同梯子的阶梯。

奥哈拉在二十码远的地方干活儿，口里吹着《哀悼的群山》。

威利只是在挖坑，一心一意，把土坑挖得见棱见角，

---

①原文“Lord-Lieutenants”，1922年前联合王国驻爱尔兰的总督的专有名字。

这下心里释放了很多。他好像在为一座房子挖地基。如同在邓普希指导下干活的样子，他还把石头分成堆儿，大一些的用来填墙，圆石头用来铺地面，小石头用来和泥浆填缝。不过，他知道这样做很可笑。这些石头到头来只会填进那些挖好的墓坑里，像一条凸凹不平的被子盖在那些尸体上，但是他知道他的德国兵不会在意这个，尽管他瘦骨嶙峋的样子。他把铲子插进土里，铲起半铲子土，像一个行家一样放在一旁。活像一个跳舞的人。城市的墙壁的根基要用各种各样的好石头铺成。他想到哪里去了？他想到，城堡的小教堂里一定是主日学校，他的父亲会把他和姐妹们送到小教堂，虽然教区长的妻子是一个新教徒。那十二扇门就是十二颗珍珠。她是一个慈祥的女人，名叫达芙妮。他不知道他的都柏林现在成了什么样子。他当然听说大炮已经调到了利菲河上，恣意朝倒霉的萨克威尔大街炮击。最近归队的士兵带来消息，说那些被炸毁的房屋，向天空裸露着，房屋里的一切都炸飞了，这个世界看到的只有山墙上的壁炉。那情景，泥水匠见了都会流泪，想到修建那些房子花了多少工夫，多么不容易。然而，威利想，工匠们还会再来修建它们的。都柏林还是不能和比利时的城镇相比。都柏林和伊普尔不差上下。我看见天堂开门了，看见一匹白马，那匹他骑上去的白马叫作忠诚和真理。这是整本《圣经》里他最喜欢的诗句。他并不认为这诗句有什么深刻的含义。

想来有趣，一个人想起了一件事情，随后想起了另一件事情。然后，又想起来一件事情。这第三件事情到底与第一件事情有什么关系？他停下手中的活儿，像一个磨洋工的工人依靠在铁锹上。邓普希的声音在他耳际响起来。矮小的邓普希先生长了一张娃娃脸。“鸭子”邓普希，他的绰号，因为他长了一双扁平的脚，一个摇摆的屁股。然而，邓普希是竣工的先知，是和灰泥、垒石头的诗人。他知道砖的硬度，能够准确无误地告诉工人砌地窖每块砖应该怎么摆放。边缘上使用柔和的砖，中间要紧部分使用硬实的砖。硬实的砖用在房子的外墙，柔和的砖用在房子的内墙，让墙壁看起来笔直，让门窗拱顶看上去坚挺。老邓普希年轻的时候是一个屋顶工，专门修建营房的屋顶，爱尔兰的士兵因此没有挨过风吹雨淋。他领工修建了布尔战争纪念碑，凡是需要修建纪念碑的地方都有他的身影，因为他的垒砖手艺是从别的农场锻炼出来的，一个建筑工一定要把屋顶修建得迂回曲折才满意，而邓普希要亲自清理地面，用钉子界定房子框架，再把钉子拆掉，然后在墙壁上把活儿干好。他七十岁了还在干活儿，风里来雨里去的。邓普希和他手下的工匠会把都柏林修建好的。威利对此深有把握。

“你那点活儿干不完了，邓恩，”克利斯蒂·摩兰喊叫道，“别像一个磨洋工的，在那里做白日梦啊。”

“是的，邓普希先生，长官！”

“叫我什么?”克利斯蒂·摩兰问。

挖好土坑后，他把他的德国兵拖进坑里，用一把斧子把他的胳膊从肩部和肘部砸断，尽可能把他的两条胳膊在胸部摆成一个十字。他知道巴克利神父会来到这个墓坑，来到每一个墓坑，履行他的职责，为德国兵说几句祷告，祝愿他的灵魂升向天国，不过即便如此，威利自己在预示大雨到来的阳光下，还是说了句“万福马利亚”。

以这种方式，他们把摆放了士兵尸体的坟坑填埋起来，然后拖着疲惫的身体回到了兵营，把那片丑陋的死者之地撂在身后。

第十章

鸽子在玻璃屋顶上散步，踩出了轻轻的啪嗒啪嗒的声音，且咕咕——咕咕——咕咕地叫个不停。不用说，一座玻璃建筑在这样远的地方存活下来，是一个奇迹。不过，这是一座很老的建筑物，经营很古老的营生，把过去创造熔炉渣的工人们身上的脏污清洗下来，因为他们把大地刨开，收获清清白白躺在那里的无烟煤。

二十个大白搪瓷浴缸排成了两排。他们站在绿色石板铺成的地上，黄铜水龙头都雕上了精美的花饰，又肥大又厚实。所有的热水都知道如何派上用场，哗哗地喷涌出来，流得飞快，粗绳一样的水柱像拧起来的布。水龙头被水烧得滚烫，你用手掌一摸就会落下红红的印子。威利·邓恩说不清楚他们从什么地方抽上这种神奇的热水。

他把衣服脱下来，如同造化把他降生在这地球上一样赤裸裸的，他的伙伴也纷纷脱下军装，克里斯蒂·摩兰紧挨着他，接下来是奥哈拉，然后是卡文来的德莫特·史密斯以及其他人。不消说，他们中间有几个士兵是新来的，史密斯便是他们中间的一个，过去是一个在基尔纳莱克干活儿的农场劳工，而麦克瑙坦是另一个，有点傲气，有点瘦削，这人长了一张怪怪的脸，好像一个装满了布丁的袋子。

他们都爬上浴缸，急不可待地进了热水里，一开始往回缩，因为滚烫的热水接触到他们的皮肤，热灼灼，火辣辣，咬啮一般，他们不由得左一脚右一脚地来回试水，麦克瑙坦被烫得受不了，一下子跳脚出来，暂坐在了浴缸沿儿上。没有多一会儿，他们全都习惯了热水，躺进了这肥皂泡沫的世界。只有他们的脸露在肥皂沫外面，因为浴缸很深，很宽。热水把他们暖暖和和地拥抱起来，把他们的身体最深处的骨髓都烫得热乎乎的，倘若他们已经忘记了洗澡是怎么回事儿，而且其中一些人也许自打出生以来就没有洗过一次地地道道的澡，那么，他们转眼之间就像受到了上帝的土地上可以经历的最高级的奢侈了。他们会在各自的脑子里深深地记下这次经历。热水像母亲一样触摸他们，抚摸他们的背和腿，像情人长长的头发在他们的鸟儿上轻轻拂动。

“老天，美死了。”克里斯蒂·摩兰说。

“他妈的没治了。”麦克瑙坦说。

“圣母圣明，垂怜她所有的圣徒。”史密斯说。

“爱耶稣，爱圣母，还爱圣灵。”另一个人钻进水里瓮声瓮气地说。这本是奥哈拉加入这场游戏的话音，不过威利的头已经沉到了浴缸的水平面下边，他什么都看不见，只看到了那些走动的鸽子。

“梵蒂冈的教皇，上帝的爱，乔伊·兰姆博特这个手球运动精灵。”

“谁?”克里斯蒂·摩兰问道，大笑起来。

“还有帕特里克·奥布赖恩那个手球投手大王，还有约翰·约翰逊那个拳击手，或有你们那个大名鼎鼎的木屐舞者。”威利说。

“呃，没错，一点没错，你们那个大名鼎鼎的木屐舞者，”克里斯蒂·摩兰说，“你是说丹·莱诺吧，你个混球。”

“还有波希米亚姑娘，奥赫里姆的美妞。”列兵史密斯说。

“啊，没错，噢，没错！”士兵们几乎异口同声地叫起来。

“谁有本事把奥赫里姆的美妞弄来，劳驾啦。”有一个心满意足的声音说，“这里有她的地儿，这里足够她用的。其实，我认为我在危急时候也对付得了波希米亚姑娘。”

“‘危急’这词儿说得好。”威利·邓恩说。

“‘危急’这词儿说得好！”史密斯说。

“‘危急’？咳，‘危急’就是牛肉汁的弟弟。”史密斯说。

“生意人的补药。”麦克瑙坦说，他那袋子一样的长脸咯咯笑起来。

“一点没错，”史密斯说，“是女士们的浪劲儿猛增的好食品。”

“这是真的，这是真的，”克里斯蒂·摩兰说，“做汤的顶呱呱材料。”

“病人康复的灵丹妙药！”另一排浴缸里有人喊叫起来。

“一点没错！”史密斯扬扬得意地说。

“谁能把这句金玉良言驳倒，给他一千畿尼！”连队军士长大喊起来，热水从他的浴缸里泼溅出来。

不消说，这些全都是胡说八道。这时，他们躺在浴缸里，安静得出奇，人人都表现得温和而平常，出奇的安静随之而来。他们都知道牛肉汁广告上写了些什么，这一事实似乎让他们感觉到了更加深层的满足。如果他们是在引用《圣经》的年轻牧师，他们也不会感觉到世界上万物中还有比这更需要的东西。

“要是德国鬼子在我们头上扔下来炸弹，那我们就有了快活的时间，把玻璃碎片从对方的浴缸里捡出来。”史密斯坐在他的浴缸里说。

“我不会给你的浴缸里捡玻璃，你这鸟人。”麦克瑙坦说，“你能够把自己浴缸里的玻璃捡出来。”

他们，他们所有的人，每一个人，都大笑起来。这倒不是因为这个笑话有多么可笑；这是因为过去的一个星期他们备受煎熬，实在是太过愁苦了。

他们哈哈大笑，上面鸽子似乎加快了它们走动的步子。玻璃上自然沾上了绿色的绿苔状的斑点，也许人们一抬头曾经可以看见蓝天，但是现在不再看得见了。他们待在一个有些黑暗的地狱，这是蒸汽完成的这个天地。

威利为了娱乐自己，在脑海里把那些浴缸重新摆放一下，把两排浴缸摆放成了一个圆圈，像一块一千多年前的爱尔兰墓石，这样一来浴缸里的人便像消失在水阀下的水。然后，他把他们安排成了一排缓缓游动的水池，这样一来他们又像一条河，他估计有一百四十码长，每一个水池里有一条大马哈鱼。

这时，万物的万能的主，挥动他那高高的钓鱼竿——足足有钓起一个人的功力，把鱼钩甩进人的嘴里——他在这浴缸的水域把鱼竿四下甩去，把每个人钓上来统统吃掉，威利担心，在这地狱里吃掉一个再吃一个。

“快唱《万福马利亚》吧，干吗不唱呢?”克里斯蒂·摩兰说。

“那是宗教歌，”威利·邓恩说。《万福马利亚》。他不想纠正军士长的错误。“《万福马利亚》是用拉丁文写的词儿。”

他们在参加一个聚会；聚会叫作音乐会，但是没有名副其实的演艺人员。他们得到了一个小小的能对付聚会的棚子，他们可以搭起演出台，摆放四五十把椅子。找不到座位的士兵，可以心满意足地站在后面，大多数士兵可以得到至少一瓶啤酒。

然后，置身突然形成而且好像很有爱尔兰观念的唱歌聚会的氛围和样式之中，一个士兵站了起来。大家马上安静下来。谁都不需要别人敦促保持安静。

这位士兵把头一扬，摆成一个角度，把手伸到了脸部。样子非常怪异。也许，他是那种一般情况下在门后边唱几嗓子的人，不愿意在众目睽睽下亮相。一些最优秀的歌手都是在门后边锻炼出来的，威利在生活中已经观察到了这点。

这个士兵开始吊了吊嗓子，激情满怀地唱了一首克里米亚时期的民歌。民歌非常苍凉、凄婉、残忍。民歌说的是一个年轻姑娘，一个战士，一次死亡。听众安安静静，因为民歌里有些东西唤醒了他们自己关于往昔色彩和生活火星的记忆。往昔是一种有价值的东西，但是在这战争的毒素的沼泽地又是非常危险的。它需要一个安全盒子把它罩起来，而这个小小的屋子用来开音乐会，是他们能找到的最好地方了。

每个士兵都唤起了自己内心的思绪，一张张可爱的脸都留在身后了，各种争辩没有完成，成为遗憾的影子，青春的感觉没有消失，却在一片杀戮的海洋里若隐若现，在炸弹和子弹的酸血中浴血之后，再也不会出现了。

爱恋的分岔的路在延伸，田野蜿蜒向前，一位妻子肩膀的可爱的回转，她的两脚跨过卧室的床板，她的衣服扔在了椅子上。唱歌的孩子的嗓子，一个孩子的声音，在尿壶里作响，儿子或者女儿无边无际的爱，柔软的头发，大大的眼睛，争抢着寻找肉食和点心。对单身男人来说，歌儿唤起了他们对格蕾塔们的记忆，骂骂咧咧，甜言蜜语，爱情和胜利的词不达意的语言。不管人性多么缺乏，但是人性还是能够被唤醒，照亮生命的黑暗的地段。活着的关键和困难，全在于身在和平的地方还是战争的地方。

这位战士唱完了歌，现场出现了另一种安静，安静的战士们脑子里浮现了往昔的画面，他们的心里回忆起了往昔的思想，接下来是一阵热烈的掌声。然而，正是掌声之前的那阵安静，让唱歌的人感到无比的高兴。

“这是一支美丽的歌，”克里斯蒂·摩兰说。“唱得好啊，列兵。”

克里斯蒂·摩兰自己渴望唱一支《游吟的孩子》，但是他被一阵恐怖和失控的惧怕紧紧抓住了。他长了这么大不知唱了多少次这支歌，这支歌十分和善，从来没有抱怨过他低沉沙哑的音色，也没有抱怨他经常忘掉歌词，唱得磕磕绊绊。

他想唱一唱这支歌，因为他突然强烈地渴望和他们的伙伴们交谈，渴望和这些受他指挥的士兵们交流他的感激之情，他的爱恋。过去，这种念头从来没有出现过。他想让他们站在他夫唱妇随的妻子立场上，看看他妻子棱角分明的修长的容貌和她那只毁掉的手，那是在他们家里的一次悲惨火灾事故中失去的。

他想到，因为他不能对付这样的麻烦才出来参战，如今感到万分内疚。他妻子的苦难对他来说更不堪承受，是德国鬼子或者瓦斯的攻击无法相比的。他无法展望这样的事情的模糊不清的前景，尽管他在内心深处非常敬重他的妻子，然而内心的敬重却怎么也容不得一种他不能忍受的生活。

他突然希望能放下他现在的身份，对他的士兵诉说这些事情，唱一支对他来说非常特别的歌。

“的确是一支非常美丽的歌。”奥哈拉列兵说。

奥哈拉有几分音乐家的身份，因为他的弟弟在斯莱格有一个乐队，名叫“奥哈拉管弦乐队”，他有空的时候就在乐队里充当钢琴演奏手，因为那个钢琴手患有肺结核病。斯莱格的海洋气候多雨而潮湿，对房屋不利，对患有肺结核病的人更不利。房间里总是湿漉漉的，像露水一样潮湿，患有肺结核的人会突然发作，咳血吐血。那个钢琴演奏手是一个身高马大的人，他能够走上马耶夫石堆的顶部，把他的石头放在别的石头上面，码放得无可挑剔，但是那些小小的病虫钻进了他的身体，让他患上了肺结核病，那些病虫就是喜爱潮湿的空气，寄居在一个身高马大的人的体内。这样一来，这个身高马大的人就不中用了，只能和他母亲待在家里，把自己的余生咳嗽掉，这样一来彼得·奥哈拉带着散页乐谱进了乐队，和他的弟弟演奏歌曲和民谣；他的弟弟是斯莱格郡最精明最活跃的人，头戴一顶草帽，一如一张饼子一样整洁。

于是，奥哈拉这时站起来，如同王子，走进了自己的王国，从他的军装里掏出来一份乐谱，对克里斯蒂·摩兰的表演怀着友好的妒意，痛苦的友好的妒意，在这佛兰德斯寻常的地点，他把乐谱摆放在钢琴上，用近视的目光浏览一遍，唱起了一支士兵们从来没有听过的新歌，尽管在英格兰所有的音乐堂里这支歌都是一种愤怒的发泄。这支歌名叫《皮卡迪的玫瑰》。这是一支由魔法师写出来的歌，威利想，能把单纯战士的心捅得粉碎。

玫瑰花在皮卡迪开放，
却没有一朵花像你一样，
所有的玫瑰都在夏天死掉，
而我们的道路也许万里迢迢，
可在皮卡迪还有一朵玫瑰没毁，
那是我在我心中精心栽培的玫瑰。

列兵奥哈拉唱得有板有眼，咬字清晰，歌词带着不温不火的强烈冲击撞击着他的伙伴们的心扉。他们过去从来没有听见过这样的歌。许多士兵在演唱结束时公开哭泣起来。

“我的天爷。”可怜的麦克瑙坦惊叹道。他用袖子抹掉他的眼泪，如同一个蹩脚的演员。他那面团似的大脸盘泪水涟涟，红通通的像一个红屁股。

史密斯打量一番麦克瑙坦，然后拍了拍麦克瑙坦的肩膀。这是一件不同一般的事情，威利发誓要记在心里。那情景，仿佛在听歌的时时刻刻他们感觉到了非同寻常的正当宣判，所有的怀疑和愁苦都烟消云散了。这个夜晚，奥哈拉干了一件难得的好事——就在皮卡迪。在皮卡迪，有一朵玫瑰没有死掉。

屋子里又出现了一阵长长的安静。这里也许有六十多个士兵，全部都是爱尔兰兵营来的。皇家都柏林明火枪团。许多士兵都看见过数百人阵亡，许多人已经阵亡；威利自己也杀过人。这支歌让他们想起了他们的出身吗？这支歌告诉他们仍然可能是平常人吗？到了和平的环境里，他们又能成为有爱心的完美的人吗？

“呃，老天爷，”克里斯蒂·摩兰说，“我不知道我能不能经受得了，也不知道我们大家伙儿能不能经受得了，伙伴们，不过威利·邓恩，看在上苍的分上，把你的《万福马利亚》给我们唱一唱吧，请了。”

“来吧，威利，”奥哈拉说，“如果你喜欢，我会把钢琴的演奏降低一些。”

“好吧，”威利说，“不过这是一支宗教歌。”

“是的，还是拉丁文的，我们都知道，”军士长说，“可是做该死的弥撒不也是拉丁文的吗？我们都多少知道一点拉丁文，不是吗，小伙子们？”

“是的，来吧，威利，好伙计！”史密斯喊叫起来，也许是要转移一下他自己的感情状态。

于是，威利开始唱《万福马利亚》。这支歌就是他参加歌咏比赛曾经唱过的那支歌，他的父亲亲自观看了他的演唱失败。但是，他已经听出了现在那种歌词中的委婉所在，他知道他准备好了，可以唱了。

“万——福——马——利——亚，”他用舒伯特的大长调开始唱起来，“无上荣耀。”

这确实是他母亲对他满怀信心的东西。他唱歌的样子像一个天使，如果有一位天使蠢不可及，会给临终的人唱歌的话。他的嗓音很脆很高，但是算不上男声最高音。那似乎就是把一把刀子捅向了天空，音调非常清晰，非常强烈。像一个真正的歌手，他可以用力把歌唱得温柔，可以唱得高亢而不刺耳。然而，《万福马利亚》是主调，始终如一，坚定有力。拉丁文本身又让士兵们在始终听歌时紧紧抓住了记忆的纷乱缠绕。歌是全新的，是当下的。它似乎就是歌唱他们的勇气，他们的孤独，他们在艰难困苦环境中努力建造一座把一个灵魂和另一个灵魂连接起来的桥。这些桥是架在空中的桥。他们熟知“马利亚”这个名字，因为这个名字就是主的母亲。从母亲的膝盖前到现在，他们一直受到殷切教诲，听到的都是天主教信仰的各种许诺和告诫。他们的宗教信仰远比学校的教学更深入，他们的信仰深入骨髓，强过一切。他们把天堂当作下一站，毫不含糊。他们知道这点，是因为他们的母亲、父亲和神父们告诉他们的。

威利一次跳跃，跨过歌词之间的空白，没有一点磕绊。奥哈拉也没有听出来。如果当初那个狠心的评审现在能听到他唱歌该多好啊！一等奖，一条证明获奖的该死的缎带。

“万福马利亚[①]”，无上荣耀，母仪天下，士兵中许多人都明白，就是用另一种语言唱出来的万福马利亚，是他们孩提时代的祈祷，是他们国家的祈祷，是他们内心世界的祈祷；这祈祷不能被分开，不能被亵渎，即使屠杀也不能让它变得没有意义，因为它是不能亵渎的核心，不可扑灭的火焰。

威利唱啊，也许他真的就是个业余歌手，奥哈拉注意到他的气息起伏不匀，连接不畅，但是歌声里蕴含了对亡故的母亲的尊崇——的确，威利的脑子现在一闪，想起了，记起了，在达尔基一间屋子里对着他母亲唱歌的孩子的调子，那时母亲生下了让她难产而亡的妹妹多莉，他的父亲在洗涤室后面呆呆地坐着，而后突然走出家门在黑地里乱走，老天爷不知道去了哪里；十一岁的威利悄悄进去看母

①原文为拉丁文。

亲——直到唱歌的这一时刻他已经忘记的东西——和母亲待在一起，对着母亲唱这首歌，看见母亲的眼睛上面放了便士硬币，接生婆在前起居室清洗婴儿，卧室里没有别人，只有远处涌动的达尔基的大海，还有他的歌：“万福马利亚，母仪天下，主和你在一起。”而他母亲的脸没有聆听，没有聆听啊；他现在同样地在为这些毁坏的士兵们唱歌，为这些厄运临头的听众唱歌，而这些倒霉的傻瓜士兵背井离乡来参战却没有以他们国家的名义，只是英格兰的奴隶，一无所有的国王——用克里斯蒂·摩兰私下发狠的话说。

第十一章

亲爱的爸爸：

谢谢你写回信，爸爸。我非常高兴大家都平安，非常高兴啊。这下总算松了一口气。都柏林市警察署接管了街道！读来令人不寒而栗，马季耶维奇伯爵夫人①竟然在斯蒂芬公园向手无寸铁的新兵开枪射击。想到萨克威尔大街炸得一无所有，我心里难过。这里士兵轮流看那些报纸，我们都争着抢着看那些报纸，尤其现在我们回到了预备线，感谢上帝。在家乡，一些小伙子也许在与你和你的警察作对，找麻烦！这里，我不得不说，他们都争当好战士。对他们来说，没有什么艰难困苦对付不了的，他们整天都在挖战壕，你

①马季耶维奇伯爵夫人（Constance Gore-Booth Markievicz，1868—1927），爱尔兰革命家和政治家，1916年复活节起义的主要策动人，被判死刑，但侥幸活下来，后又参加了很多政治活动，是爱尔兰著名女性人物。

可能想不到城市孩子能够长途跋涉，可他们都是长途跋涉的好手。他们都是了不起的小伙子。他们说，长途跋涉不过就是在都柏林城里散散步而已，夏天走到谢里河岸游游泳而已。近来，他们经历了很多，很多。他们真的都是了不起的士兵。我先写到这里，明天再加几句，然后和别的信件一起邮走。

皇家都柏林明火枪团

比利时

一九一六年三月

“他们正在都柏林扫射那些混蛋呢。”奥哈拉说，一边浏览一张报纸。有趣的是，在爱尔兰的报纸上看那些广告，什么马鞍啦、肥皂啦、假发啦、猎枪啦、家禽啦、家具上光剂啦、洗涤室女佣啦、马夫啦、苹果啦，一成不变的爱尔兰生活的一切用品。新鲜东西就是阵亡名单，那些战士再也不会回家使用马鞍、肥皂、假发等等物件了。

“那是什么?”奎格利列兵说，一个奇人，当初人事不省地离开，进了一家英国医院，又像及时雨一样回到了部队。他在和乔·基尔蒂玩扑克游戏，而乔·基尔蒂是一个再温和不过、再友好不过的人，至少在威利看来是这样的；只要是他力所能及的，他可以为你做任何事情。他是连队里最好的修建防弹墙的能手，有一手绝活儿，只要是乔·

基尔蒂修建的木头防弹墙，除了炸弹轰炸，别的枪弹一概奈何不了。这些梅奥地区来的士兵像干果一样香甜。即便他在第一次瓦斯攻击中失去堂兄乔·麦克纳尔蒂后，他也表现得非常严肃，为他赢得了好评。但是，威利看见他在墓地里守着乔·麦克纳尔蒂的墓堆，念叨一些别人听不懂的话。他也是一个矮小的人，和威利一样，长了一脑袋黑头发，看上去像一顶王冠；他这个人过去不管风来雨来，都在外面活动，只因他是一个小男孩，总是跟在父亲身边，在卡娄湖区的梅奥一带的几英亩薄地上劳作。

现在，乔听见奎格利开口说话，开始审视自己手里的牌。他们总是形影不离，因为他们两个都是奇人，乔·基尔蒂也吸进了他的堂兄吸进去的那种黄色烟雾，可是他的肺就不把那玩意儿当回事儿，他的肺一定十分罕见，十分少有。现在，按照军队的交往，他们是患难兄弟。

“枪崩他们。”奥哈拉说，理所当然的口气，但是心下并不认为理所当然。“军事管制要了他们的命，所有的头头都签署了不够神圣的文件，几十份文件呢。他们会被军队统统枪崩，昨天早上已经拿其中三个开刀问斩了。我猜测，他们都是一些社会地位很高的人呢。”

“哎，他们够幸运的了，”奎格利说，“我很担心妈妈会在双方交火时被打伤。不管合适不合适，她都会不管不顾地外出。”

“我们都很担心啊。”威利深有同感地说。

“他们当时有军官的什么吗？”奎格利说，口气轻松多了。

“天哪，他们有的，”奥哈拉说，“有排，有连，不知道有没有团。”

“得了，彼得，他们只有少数几个人，”奎格利说，“一小撮人，你怎么能说组成一个团呢。”

“不，不，说得对，可是他们开火打仗了是真的吧。嘿，我是说，他们原来都是爱尔兰志愿兵，是从雷德蒙那里分化出来的，然后和别的派别联合起来，比如民兵团，原本是詹姆斯·康纳利训练的。我是说，老天爷，斯莱格当初到处都有志愿兵在军训，身穿曲棍球运动衣和他们母亲给他们缝制的制服。他们当时看去没有什么威胁。斯莱格的小混混还嘲笑他们呢。可是他们有三个人被枪决了。还有一百多号人在交火中被打死了，大约两百名我们的士兵和警察也被打死了。”

“耶稣·基督。”威利·邓恩说。

“是啊，威利，”奥哈拉说，“你父亲手下的几个小伙子给打死了，还有一些皇家爱尔兰警察部队的士兵也给打死了。我在报纸上看到，在蒙特大街有几十名普通英国兵被扫射，被扫射。瞧，就刊登在这里呢。肩并肩前进，像什么一样被扫射来着？一捆一捆的玩意儿。”

威利不知怎么回事儿，就是不想说话，把他在蒙特大街亲身经历的场面描述一番。他也不知道究竟怎么回事儿。

仿佛他希望他从来没有到过那里，亲眼看见那些事情发生。他不愿意随时回想那些肮脏的事情，这本身够肮脏的——乱七八糟，可怕的事情。他很肯定他已经和奥哈拉讲过这件事儿，但是也许没有。经历了这么多事情，即便说过，也从奥哈拉脑子里跑掉了。他们的脑子里的各种思绪还很平静，真是不可思议。脑袋被轰鸣、恐惧和可怕的死亡搞昏了，搅乱了。

“像小麦。”乔·基尔蒂说。

“对，乔，像小麦一样被扫射倒了，”奥哈拉说，“谢谢你，基尔蒂先生。总之，他们要在基尔门哈姆枪决最早的三个人。行刑队，短麦秸，蒙上眼睛，等等。我跟你们说，写文章的这人可真逗。你想不起来说他什么好。不过他是对的，我认为他是对的。”他停下来一会儿，“这件事情很好玩。”

瞬间，谁都没有说话。乔·基尔蒂和米拉库勒斯·奎格利又专心打扑克了。

“我想我老妈的心都操在外面，坏就坏在这里了。”奎格利嘟哝说，“你没法让她待在家里。”

威利从营房的窗户往外望去，远处的田地和树篱历历在目。树篱生长得蓬蓬勃勃，现在周围一带没有人能给他们理发。

“皮尔斯、克拉克和麦克多纳，”奥哈拉几乎在自言自语，“真想不到。”

过了很久，乔·基尔蒂说一口梅奥地方话，“彼得，但愿处决三个就行了。”

“三个怎么行。”奥哈拉说。

那天晚些时候，在小卖部里，只有奥哈拉和威利两个人。

“荒唐不过的是，”奥哈拉说，“荒唐不过的事情是，他们希望他妈的德国人会帮助他们。”

“谁，彼得？”威利问。

“他妈的起义者啊，威利。”

“呃，是啊，我知道，”威利说，“我知道。这点肯定要写在他们的报纸上。听说是欧洲勇敢的协约国，不是吗？”

“就这个意思，不管受得了受不了，我们成了他妈的敌人了。我是说，我们都成了他妈的起义者眼中的他妈的敌人了！”

“可不是吗，多少都是了。我正是这样理解的。”威利说。

“你看，我认为这真的是荒唐至极。”彼得说。

“是的，很荒唐。”威利说。

“我是说，不管你怎么拐弯儿，我都还会相信，我无论怎样都会相信，我们在这里所干的事儿，是有道理的，把德国鬼子赶回去，哪怕是没有道理也应该赶回去。”

“我知道。”威利说。然而他并不完全知道。

“所以呀，我们怎么说好呢?”

“我不知道，彼得。”

“可是，我们的位置放在哪里呢?”

这正是杰西·柯万曾经问过的问题。威利当时不知道怎么回答。他认为，他现在知道怎么回答了。

“待在这里，彼得，就是我们的位置。”他说。

“像一个个癔症。”接下来，彼得·奥哈拉很长时间没有说话。“不过，我希望他们不要把那些人统统枪崩了。”他几乎是小声嘟哝了一句。

“和你说实话，我也希望他们不要滥杀，彼得，”威利说，很吃惊这种转变，“可是，这会让我们有什么下场呢?”

“充当更大的癔症吧!”

有点晚了，爸爸。我们现在得到消息，那三个头头被枪决了。有些士兵认为这是件好事情。我自己呢，我说不清我到底是怎么想的。我多么希望现在就回家，能够和你说说这些事情。我希望他们看出来枪决他们并不合适。这事儿怎么感觉都不合适。我不知道为什么。约翰·雷蒙德对这事儿怎么说?我走过都柏林时，亲眼看见一个年轻小伙子在门口被打死了，他是一个起义者，我为他感到难过。他和我年龄差不多，大不了多少。我希望他们看出来，枪决那三个头头是不合适的。我在都柏林也是这样想的，尽管那里不是发生坏事情的地方，我为此感到不高兴。看在老天的分上，爸爸，我希望你看了这封信不要生气。我为穿上这身军装感到自豪，更为皇家都柏林明火枪团感到自豪。请把我的爱转告莫德、安妮，并且告诉多莉我看见了一只黑鸟，也许是一只乌鸦，就在昨天，看见它正在一个烟囱上搭窝。烟囱直立在空中，就它自个儿！那座房子就剩下一个烟囱了，那鸟儿仍然不离不弃地收集小树枝，小绳头还有别的什么，为它的妻子搭窝。我希望我那天没有以那种方式穿过都柏林，一直待在佛兰德斯就好了。

你亲爱的儿子

威利

五月四日

亲爱的格蕾塔，谢谢你善意的有趣的明信片，画上萨克威尔大街破败不堪——谁能想到这种事情啊——想你——这张明信片上是画家笔下穷苦的伊普尔——我们都喜欢叫它“抹布儿”——布塔等等——我全部的爱——很多个吻——威利最后几句话，他几乎没有地方写了，这让他很惊慌，不过他总算把它们挤进去了，还希望它们很清楚。

那天夜里，躺在狭窄的床上，他睡着了，梦一个接一个，都是幸福的明亮的童年的梦。

他们驻扎在一个小工厂的遗址上，工厂是用来制造工作服的，那些早已消失的工人穿上这种衣服干他们的脏活儿，工作服用三层亚麻布缝在一起，阻挡过去炼钢炉前溅出来的火苗和钢花。他们的床安排在一间又长又窄的接待室里，在隔壁屋子里，工人们能够窥见一个奇怪的景致，一百多张薄纸图案，成排悬挂起来，形状就是工人们自己、上衣和裤子，一阵柔和的风穿过这无名的商号，从毁坏的窗户刮进来，吹拂和鼓动了那些形状，如同活生生的人影在游动。

军队没有把这些东西清理出去。也许，尽管它们一声不吭，却把过去的生活和过去的日子讲述得很清楚了。

在这个临时过渡的地方，威利·邓恩找到了一种和平。是的，远处狂轰滥炸的大炮让他们难以忘怀恶仗还在继续，一如恐怖的城市里的声声嚎叫。沉睡在英格兰沿海各郡的一颗颗心灵一定也听见它们了。不过，他在记忆的墙板之间躺下来，在陈旧的地板上睡得像一枚便士。他躺在满地的灰尘中，孤单单的，睡得很沉。

在梦中，他发现自己真真切切的，简直如同在一个正常的梦中。他回到了什么地方的战壕里，没有使用折射镜，只用裸露的眼睛，看见炮弹炸得坑坑洼洼的田地。他软软的脑袋伸出战壕，看见了他自己，像一棵萝卜一样拱出了地面，但是他无法把它拔出来，它死死地陷在那里。近在咫尺，十分荒唐的是，一个德国士兵站在他们自己的战壕里，正在搬弄一个小盒子。德国士兵在往小盒子里放一些颗粒，或许就是运气不好的草籽儿。他把那个小盒子放在胸墙上，一束宽宽的、热热的、黄黄的太阳光洒满世界；一幕沉甸甸的暗灰色雨帘在远处地平线上泻落。微风在小块林地上吹拂，在那些树上挂了死去的士兵的纸尸体，那是他们耗尽的灵魂的图案。斑尾林鸽发出了熟悉的欢叫，一口气在林中发出十六个音符，威利小时候在基尔特根和凯尔莎的树林里扳着指头数过。咕——咕——咕，咕咕，咕——咕——咕——咕咕，咕——咕——咕——咕咕，咕。总是，威利，总是威利，总是，威利，鸽子一路叫去。他过去一直认为斑尾林鸽就是这样叫唤的，那时他待在祖父的领域里，七岁。怀特·麦戈本人，那些树林过去的管家。现在，这些鸽子在比利时这些树林里鸣叫，想象它们也许就是斑尾林鸽吧，还在梦中呢。在睡梦中，他的身体上出了一层汗，湿透了他的长内衣内裤。虱子在他的胳肢窝里跑动，尽管美美地洗过多次澡。然而，他感觉不到虱子。他现在在梦中瞭望呢。一只鸽子扑棱棱落在了那个德国士兵的小盒子旁边，在胸墙上歪歪斜斜地走动，把头伸进了那个盒子里。鸽子啄不到里面的颗粒，拼命地往里面拱，正拱得起劲时，那个德国士兵猛然站起来，用手把那只鸽子挡进了盒子，一把将盒子拿了过来。威利·邓恩差一点欢呼起来。他确实弄出了某种声音，因为那个德国士兵立即停了下来。那张长长的脸扭了过来，专注地张望着无人地带，一下子看见了威利的傲慢的脸。

威利知道那就是他的德国人，他杀死的那个小伙子。他想和他打招呼，跟他说他保存着那个小瓷马。那个德国士兵把鸽子从小盒子里取出来，两只手捧着。威利想，莫不是他要把鸽子杀了，吃掉吗？鸽子是小瞧不得的，如果他把鸽子在他使用的随便什么家什儿里炖上一两个小时，肯定不会为这种劳作感到后悔。只要把鸽子脑袋狠狠甩一下，那细细的脖子就断了，比杀鸡还要利落许多。

威利一心指望那个德国人会这样做。他可以尝一尝鸽子的深红的肉，品味肉中的林地气息和天气。杀死，吃掉，杀死，吃掉。

但是，他的德国人把胳膊伸向威胁的天空，把两手松开，那鸟儿像天真的天使一样飞了起来，如同一块灰色的碎布。

总是，威利，总是，威利，总是，威利，鸽子一路叫去。

鸽子和它的伙伴鸽子们在树林里鸣叫。那是一种不和谐的叫声。他的德国士兵的两臂还高高举着，仿佛他把自己的胳膊忘掉了，而且他的德国士兵的脸还一直盯着他，雨中的光亮泻在他的脸上，把那一长溜阳光取代了。

第十二章

在那个罕见的星期里，预备区出出进进的道路的沟沟坎坎边上鲜花盛开。威利和他的连队遭受了无法诉说的疲劳袭击。壕沟挖掘出来再也派不上用场，他们像疯子一样从一个地点赶往另一个地点，聆听讲座，如何保护他们的脚，如何避免战壕足[①]，如何在他们的野战锅里煮蔬菜，尽管他们已经很长时间都没有看见过真正的蔬菜了，以及敬军礼的深层知识和站岗放哨的紧张仪式。他们已经知道了一百种事情，如果他们现在还不知道，那么他们认为不需要知道。

同时，路旁长出了新绿的枝叶，生长得简直过分艳丽，记忆中的颜色应有尽有。傲慢的日头洒向路边，来去不定的春雨见缝插针地落下来，在田头、小径和道路被忽略的边缘地带，留下了无数个清洗过的痕迹。甚至在某种灾祸

①士兵因在潮湿的战壕里蹲守，脚上会出现不同的疾病。

极有可能已经把那些小树毁掉的田野里，漫山遍野的花儿也已经长出来了：一群群黄黄的花骨朵，金黄的花骨朵以及蓝、红和艳绿的花骨朵。那景象如同一个突然降临的天堂。鸟儿欢快地追寻这些去处，它们会在整个夏天把它们的力量奉献出来，英雄一般的马丁鸟和燕子从它们了解的葡萄牙和非洲飞回来了，又把它们的信仰留在了佛兰德斯，在佛兰德斯寻找安全。威利不知道整个冬天一所所房子了解它们多少，家庭和孩子是不是把它们当成了自家人。它们离开受到侵扰的男人、女人和他们的孩子，到荒凉的沼泽地和贫瘠的林地求生了吗？现在，它们回来了，不消说，它们不会打听战争的消息；它们在屋檐下用唾液和泥，筑起泥窝，在黄昏的天空倏然掠过，像没有箭棍的旧箭头。他想起了许多没有看见的动物在树林灌木丛中互相寻找，蝌蚪在每一个狭窄的水塘里抖动出了成群的黑乎乎的小逗号。

那些名字从爱尔兰源源不断地传来了，每隔一两天至多三天，就枪决几个，把一些都柏林人送进了异常焦虑之中，他们不由得想到哈米吉多顿[①]会降临他们没有保护的家乡。士兵心烦意乱，他们六七岁孩子的面孔以及他们的孩子们所有的运气和宝贵的货物，折磨着他们，呼唤他们回家。然而，他们不能回家。

---

①《圣经》里描写善恶大决战的场所或者时间。也当“大决战”讲。

被枪决的人或者受到诅咒，或者受到赞扬，或者受到怀疑，或者受到蔑视，或者要他们承担责任，或者遭到诽谤，或者受到责疑，或者为人哀悼，在战场这边，一切都陷入混乱，纠缠不清。

不过，也许哈米吉多顿不像爱尔兰那样遥远。

英格兰年轻人的床空了，他们都出来参战了。那些鹅毛被子、素净的浆洗过的床单、北爱尔兰农舍的羽毛枕头，现在没有人躺在上面做梦了。北爱尔兰的城镇把它们生龙活虎的儿子送出来了。都柏林那些老旧的肮脏的居住区也把好好的儿子送出来了。不消说，这两派儿子正好在路上擦肩而过或者营房里不期而遇，免不了因为各种结果争论起来。北爱尔兰的一派认为南方的孩子们都值得怀疑，都是地方自治者或者更坏的人，咄咄逼人的说法多不胜数。然而，大批的军队到处集结，大批集团整装待发，因此一个人只是繁星当空中的一闪即逝的亮点。前线一定有重大行动，所有的士兵都同意这点。法国的男孩们在凡尔登的大洞穴里淹死了。成千上万的士兵把成千上万的士兵往回驱赶。德国皇帝把他的大量男孩儿送上了战场，英格兰的国王把他的大量男孩儿也送到了战场上。大批妇女也接踵而来，包扎伤员，增援军队，掩埋尸体。整个英格兰，所有的老牌帝国大英帝国啦，奥匈帝国啦，普鲁士帝国啦，贫困的、饥饿的帝国啦，悲伤的国王们和平民百姓啦，等等，统统走进了这同样的迷雾之中，渴望消息，群山躲开，爱尔兰成千上万的寡妇在胳膊上系上了黑带子，人们都好心地对待她们，小声地表示同情，说一些离谱的话。这是因为智慧语言的盒子正在清空。

“你是说他们把柯万军士长捆到了大炮轮子上了吗?”威利问道，“要让他在野地里待一个月吗?”

“可不，按我们的正确理解，这就是一级战地惩罚啊。好在一天就只有两个小时，连续三天。我说只有两个小时，可是我体会得到那种耻辱。”巴克利神父说，“威利，这还只是已经发生的，他面临的情况更坏。”

入夜很久了，巴克利神父来到军营找到威利，进行了这番私下交谈。他问了问威利他父亲过得怎么样，威利说他父亲很好。随后，他问威利是不是还记得一个从科克城来的名叫杰西·柯万的人，威利不得不想了一会儿，那个矮小的人才浮现在他的脑海，他想起了在都柏林所经历的可怕的事情。巴克利神父说，柯万列兵被看管起来，等待军事法庭过堂，巴克利神父应指挥官的要求已经和他交谈过。他问起柯万列兵军队里还有没有他认识的人，能够说明他的性格。柯万列兵于是把威利·邓恩的名字说出来了。

“可是，我认识他只有一天多的时间啊，”威利·邓恩说，“也就是整整一天的样子。发生什么事情了，神父?”

一般情况下，你听说一个士兵坐禁闭，是因为和军官说话不规矩，或者开小差。要么，宪兵队发现一个癔症闯进了镇子或者村子的某个禁区，或者干了军队不允许的若干愚蠢的事情，比如没有向军官敬礼啦，在错误的地方说了错误的话啦，等等。因为，在上帝的满目疮痍的田野，不管什么重大过错发生，军队都会从严按军纪处罚，统统交给那些没见识过战斗、不理解战斗中发生了什么情况、也许就不想见识和理解战斗的参谋们来处理。前线军官只知道那些枯燥的绘画和前线的糟糕的音乐。

然而，眼下一个士兵被关了禁闭，是因为有些事情很模糊，在后方的城镇里发生了糟糕的行径，姑娘们累坏了，遭到了无赖之徒的暗算，而且因为战争正在进行，男人们也发生了扭曲和变态行为。经常听说，劳工团里的中国人看你的工夫就会把你的喉咙割断，在服役期间他们一直从事鸦片的兜售，这也是他们能把那些分配给他们的苦差事完成的原因。他听说谋杀事件的奇怪的闲言碎语，甚至对囚犯大开杀戒的阴险行为。心灵变黑了，如同被宰杀的牛的心脏，鲜血凝结成了一种夜间性格。因此，也许杰西·柯万已经变成了这种群体的一员，可是即使真的如此，威利·邓恩也深感吃惊——尽管他认识他只有一天的工夫。

巴克利神父一脸憔悴，憔悴得很厉害，像一个很老很老的人那样憔悴。如果曾经有过光鲜的时候，现在也早成了历史了。然而，威利认为巴克利神父顶多不过四十出头，当兵也许太老了——但话说回来，他不是士兵。他帽子下的头发看上去像陈旧的铁丝，缠绕在一起，没有用处了。

“人家指控他不服从命令，威利。他身上发生了很要命的变化。他拒绝，威利，拒绝继续服役。他坐禁闭就是因为这个。后来，人家让他干什么，他都不干，甚至他连军士长的话也不听，还公开说他不当奴隶了。他的朋友们不得已把他捆起来，强行拴在了大炮轮子上。到了这个时候，他还大喊大叫，对路过的士兵嚷嚷。他不被捆绑的时候，人家要求他清扫营房，倒掉尿壶——”

“我敢肯定，他过去不是这样的！”威利·邓恩说。

“是的，他整天牢骚满腹，我听说，他对连队的同伴们说些很不明智的话，什么解放啦，自由啦，等等，还有反抗呢；我还听说，他还在暗地里自言自语地用德语嘟哝几句这类事情，仿佛他的脑子出了毛病。他死活就是不听命令了，什么命令也不听。我还听说，他对他的指挥官大骂出口，那是一个都柏林郡富人区来的年轻人，也许长了这么大还没有听见过骂人的话呢。现在，他不好好吃饭，对谁都不愿意说人世间常说的话。在他的禁闭室，我跟他交谈了一个小时，那是一间人家给他准备的小黑屋子，就在一个屠宰厂附近，他就是不开口说话，后来我问他有没有人他愿意说说话的，他这才说了六个字‘列兵威廉·邓恩’，巧了，巧了，威利，正好我就认识你，在整个国王的军队里我正好认识你。”

“嘿，也许他指的是另一个威利·邓恩呢，”威利说，

“因为我认识他只一天工夫啊。

“很快，他们就要他上军事法庭了，”巴克利神父说，“我不知道他会有什么事情发生，我只是想，人家在战时是要拿士兵问罪，杀一儆百。你知道，已经有两个爱尔兰兵团的士兵因为开小差被枪毙了，我只能跟你说，威利，他们都是很好的人，我认识他们两个，其中一个来到这里一年了，在霍赫从大火里死里逃生，真的大火呀，他的整个连队都被那场大火毁掉了。另一个士兵留下了三个孩子，我一想到这事儿就受不了，三个小家伙，再看看我们身边已经死了多少人了。”

“我知道，神父，可是我不知道他为什么说到我的名字。他为什么不说他们军士长的名字，或者他们连队别的士兵的名字，或者和他亲近的人?”

“哦，因为，威利，他把他们军士长的头多多少少咬伤了，我只知道别的小伙子们对他感到绝望了。不管怎样，你愿意去和他谈谈吗？谢里登上尉说这是可以的。”

“我不知道，先生。你问过我的军士长吗？你和他打过招呼吗?”

“我没有和他打招呼，不过我可以和他说一声。你想要我去说吗?”

威利·邓恩不知道他想要什么。

“他们可能枪毙他，威利，最起码人家会让他坐大牢，那是很可怕的事情。”

威利只从拴在大炮上的士兵身边走过去一次，那是一个看上去饱受摧折的英国士兵，像一个被人折磨的基督徒。但是，你只能把脸扭向一边，避开那种生不如死的耻辱。

“瞧瞧这事儿，威利，”巴克利神父说，“我能充分理解，作为警察署署长的儿子，让你做这样的事情，有点勉为其难，毕竟一个士兵受到了指控。可是，说句痛快话吧，我需要知道他究竟出了什么毛病，看看我到底能不能帮助他。如果你不愿意，你可以不到法庭上为他辩解。”

威利仍然没有开口说话。他陷入了困惑。

“我不指望这里的人成为圣人，你会指望吗，伙计，亲爱的？威利，我们经常明白，你也看见了，这里跟地狱差不多。在战争这事儿上，我的职业是把一个人，任何一个人，带到安全的地方，只要我能够，让他的灵魂升华，我可不认为上帝指望我们大家现在成为世俗的圣人。”

警察署署长的儿子。拦住他的当然不是这点。啊，他父亲恰恰是劝他去做这种事情的第一个人！不是，不是因为这个——哦，他没有准确的词语说明这点，不过真实的情况是他在自己的精神上疲沓了。他的精神清空了，变薄了，他觉得他力不能及。他身上的一个部分疲惫不堪，只是他的骨头和肌肉还完好如初。他努力把那些乱炖吃下去。他可以一口气挖三个小时的战壕。然而，他真正上心的地方是——他父亲真正从心里赞赏的那最早的事情，威利不知道怎么用那个词准确地说出来。因为他真的想把他的格蕾塔娶过来，和他姐妹们在一起打打闹闹，为邓普希修建房子。他不想去他们的禁闭室里拜访面相冷酷的科克人。他不愿意做这件事。可是，可是，巴克利神父使用了一个短语，威利很小的时候就听说了，那是他的老管家祖父经常和他说的短语，尽管那时他只有五六岁——伙计亲爱的。

“我知道我是在寻求你的同情，威利。”巴克利神父说。

“对不起，让你为难了，”威利说，“毕竟，坐禁闭的不是我啊。

“那么你愿意去和他谈谈了？”

但是，威利说不出他愿意还是不愿意。他这时也不说话了，不过毫无疑问，不是杰西·柯万的那种不说话。他正在努力回忆杰西·柯万当时关于他自己说过些什么。他连一件事情也回忆不起来。但是，那张窄条的脸和有趣的弄坏的鼻子，以及他在蒙特大街哭泣的样子，令他惴惴不安地再现了。他确实大发脾气，当时一下子就向威利的喉咙蹿上来。但是，威利还是怎么也不理解，他到底出了什么毛病，会拒绝服从命令呢？说到底，命令并不是多么重要的东西。那只是一种让事情向前走的方式，向前进的方式。也许，命令不是一个合适的词儿。

巴克利神父拉住了威利的左胳膊，用一种友好、平等的姿势待了一会儿，然后松开他的胳膊，向威利点了点头。威利看见，巴克利神父长了一张嘴，满嘴都是长长的黄牙。那些牙，上下两排，在油灯的光亮里闪闪的，像两排小铜围栏。那两只严肃的受伤的眼睛，如同逮住的鲑鱼一样黑。

疲惫的神父冲着疲惫的士兵笑了。于是，威利知道尽管他什么也没有说，却答应了神父的请求。

终于，军队和军队交火了，不过这次他们没有置身其中。

六月一日开赴前线的是三十六师北爱尔兰兵。

待在舒适的营房里的十六师，听到了可怕的勇敢的消息。两千名士兵在交火中阵亡和重伤而死，另外两千或者甚至三千名士兵受了伤。一些部队的士兵冲到了敌人的战壕前，但是没有后续部队支援他们。大炮和一次次反击把他们全部吃掉了。

然而，奥哈拉看着威利·邓恩，威利看着德莫特·史密斯，史密斯看着基尔蒂。这是一个奇怪的时刻。他们懂得两千具尸体看上去什么样子，那才是事实。

北爱尔兰的许多村子这下没有男人了。他们再也回不去扶犁耕作，再也不能礼拜天到教堂里诅咒教皇，实在令人心痛啊。

那曾经是一场天昏地黑的厮杀，战事的消息撞击着他们的心扉。他们对勇敢的北爱尔兰士兵怀有奇特的爱；针对那种爱，一个人能干什么呢？什么都不能干，只能因为爱而暗自思考，哭泣。在那些动荡的混浊的战争日子里，一些士兵，许多士兵，也许对该死的北爱尔兰士兵冲锋陷阵无动于衷，也许什么表示都没有。也许是这样的。

这个野蛮的消息到来的七月三日那天，威利和巴克利神父前往后方线的后方，杰西·柯万坐禁闭的地方，一种地狱下的地狱。

不过，田野上阳光明亮，法国农场主希望在夏末到来时，有一个好收成，只要战争向另一方面发展，转向德意志那边。白色的道路两旁的白杨树，叶子在欢快地哗哗作响；鹅群站立在水边，如同臃肿的鸭子。

杰西·柯万关在运作中的屠宰场的厕所里。威利和神父穿过一座水泥大棚，几十头公牛在这里关在铁栏里。威利看见一头公牛穿过一些铁栏杆，一根铁棍子捅得它磕磕绊绊沿了栏杆向前走。一个帅气的俊美的家伙用一把眩晕锤向它砸去，猛地一下砸在了它的脑门上。公牛顿时跪下，宛如一头祈祷的动物，像一个演员一样倒在地上死了，没有台词，只是一声短促的嗥叫，像一条狗一样令人肝颤。

威利长了这么大，从来没有听见公牛这样叫唤。然后，屠宰手进来，用一个铁钩把公牛的大腿肌肉钩住，公牛吊了起来，屠宰手把公牛从中间划开。帘子般的血像尼亚加拉大瀑布泻下来，泼溅在屠宰手的黄色工作服上，飞过他们的头顶往下落。你以为他们可能把公牛挂起来，把血流净了，但是那种紧迫感十分丑陋。那么多营，那么多师，都在等肉吃。

牛头三下五除二便割了下来，沉甸甸的前腿，庞大的后腿，小小的阉割过的蛋子，尾巴，内脏，一一剥离下来，分拣手把不同的部分收集起来，扔进如同庞大的驳船似的大铁皮车里，急急忙忙地推上走了。

他们为什么要把杰西·柯万关在这样一个地方，威利真是想不到。然而，威利·邓恩又知道多少事情呢？这些日子他在想，知道的东西实在有限。

严格说来，这也许不是一个厕所，或者在天下太平的日子里，是一个厕所。不消说，门上有一个写明“人”的铁牌，但是他和巴克利神父走进去时，小便和大便的地方都没有。不过，有一名士兵，有一把像公园音乐会上你会得到的那种折叠椅——或者斯蒂芬公园里那种绿色的铁管椅子，在夏日躺在老鹳草和水田芥铺垫的华丽的黑铁床中昏昏欲睡的那些星期里，椅子所有者把这种椅子摆出来收几个小钱。那个士兵看见巴克利神父进来，一骨碌站起来，一张战报从他的怀里掉下来。他向神父敬了一个标准的军礼，把胳膊抬得很到位，把手停留够应有的时间。

“我过去先和他谈谈，”巴克利神父说，“看看他过得怎么样。你和看守在这里等着。”

“好吧，先生。”威利说，原地站着像一匹小马。

巴克利神父等待看守把一扇小铁门打开，躬下瘦小的身子钻了进去。看守打量着威利，一副公事公办的样子。

“我只有一把椅子。”他说。是爱尔兰口音。

“呃。”威利说，摇了摇头，仿佛说没关系。

“是啊，是一个不错的人——你知道，他在心里捉摸事儿。是那种很害羞的人。应该有人和他沟通一下。如果他现在表现得像个明白人，哦，他们会放过他的。”

“你和他亲自交谈过吗，长官?”威利问。

“啾，我不准和囚犯交谈。那是不允许的。”

“呃。”威利说。

“他们也不想让你受到影响，听他说些你会后悔的话，因为，哎，这离军法判定的死罪不远了。你从哪里来的?”

“第二营，皇家都柏林明火枪团的。”

“不，你从爱尔兰什么地方来的?”

“呃，都柏林，长官，威克洛。你知道的。离都柏林不远。”

“是啊，哦，很好，不是吗?”

可是，威利现在不再明白到底好不好了。他猜测应该是不错的。

“是啊，哦。”他说。

“我听说，他们在都柏林开始枪决那些混蛋时，他变得烦躁起来。”看守说，“可是，我不会因此感到烦躁。”

“不会吗?”

“不会。我他妈的会欢呼呢。狗杂种们。我和他只讲过一次话。他一直求我告诉他事情的发展。五月份左右，他们第一次把他关在这个地方。我相信，他来到这里就在坐牢了。要么是战场禁闭。现在要往回转移了。这次情况更坏。斯托克斯少校，真的有点鸟人劲头。枪决爱尔兰人他从来不手软。他说我们都是他妈的造反者。我呀，从来不会在错误的地方跨过那条他妈的界限。”

“斯托克斯少校这次担当什么角色，长官?”威利问道。他对那个人记得很清楚。是那种脱缰的疯子，一点没有错。

“庭长，响当当，军事法庭的庭长。举足轻重的人物。是啊，你的伙计关在这里，他一直在求我，求我，那还是五月的事儿，可你知道，我什么话都不能说，千万不能开口，但是一天晚上——好吧，我觉得对不起他，那是五月中旬的样子，也许我自己有点，有一点点烦恼，像所有的小伙子们一样，听到了来自家乡的那些消息，可是他活该，这里在打仗，所以我站在那里，站在黑地里，我念叨那些名字，你知道，五月八日，肯特、马林、科尔伯特、休斯敦，等等，等等——是啊，我怎么一下子记起了他们，我也不知道，哦，他妈的脑子里就是火烧火燎的，我说出了那些名字和日期，他站在那里看着我，好像我他妈的把他们枪决了。我因为这话够得上上军事法庭了，所以，千万别到处说这件事儿啊，列兵。”

“不会的，长官。”

“他妈的什么事儿呀。我们在挨德国鬼子的枪子儿，对吧，伙计，这位老兄在这里自己心里犯糊涂，满腹牢骚，自个儿装神圣。我想的是他的父亲母亲。如果他们把这个糊涂蛋儿枪决了，他的父亲母亲怎么办呢?”

“我不知道。”

“他自己不再做主了，”他说，随后用一枚六便士打旋儿，“不过他是一个好小伙子啊。”

过了一会儿，巴克利神父伸出了他那光溜溜的脑壳，对威利打招呼。他冲威利点了点头，拍了拍他的肩膀，按他一贯的方式，点了点头，跨进了接待室，让威利走进去。

这间小囚室相当黑暗，只有一个角落里有一线光亮，是从一个小窗子透进来的。也许这就是他们选中它做禁闭室的原因，因为威利看不到任何出口，除非通过门外那位看守哲学家。他觉得不管怎样，他要和一个他这辈子认识的人谈一谈，一件咄咄怪事儿，因为他只和他见过一面。

在墙角一张狭窄的床上，杰西·柯万躺在那里，一头麦黄色头发。他瘦小的身上穿的军装，整洁得令人惊讶，仿佛这个瘦小的人一直没有活动。不管怎样，他都看上去不像一个造反的人，一个拒绝服从命令的人。他看上去像一尊小石头雕像，出自很久以前一个不是特别有天赋的雕塑家之手。他头边的凳子上放了一个铁制水杯。凳子上还有一碗闻起来不错的乱炖，碗里放了一个勺，但是碗里的食物没有人动过。

旁边还有一大块黑面包，威利真想掰一块吃。但是，他径直走到了小窗前，站在那里向下看。

他的眼睛渐渐习惯了屋子里的黑暗，可以把杰西·柯万的脸看得更清楚了。他皮肤的灰白色变得很黄，很潮湿，威利见了不由得皱起眉头。

“你还好吧？你过得怎么样？”他问道。

足足过了一分钟，杰西·柯万才扭过来一点头，斜视了他一眼。

“喂，是你吧，”他说，“你是威利·邓恩，对吗？因为这衰老的视力不像当年了。”

“是啊，是我。”

“我在都柏林大街上的老伙伴。”

“是啊。”

“不，我是早就想见见你的——呃，不用说，他们要把我枪决了。不过我不知道，我们在都柏林度过了堂堂正正的一天。”

“巴克利神父要我来见见你，要你别不服从指挥，要你悔罪，要你明白过来，这样一来他们就不枪决你了。”

“不，他们一定会枪决我的。我想让他们枪决我。”

“看在老天的分上，你为什么想让他们枪决你呢？”

“反正是一回事儿，都是耻辱，威利。他们怎么也会在我的死亡通知单上写上‘重伤而死’或者‘阵亡’，连同我的军装一块儿寄到家里。”

“为什么你想要他们这么做呢？

“因为现在一个爱尔兰人不能打这场战争了。那些小伙子一个个被执行后，爱尔兰人不能打这场战争了。不能，真的。”

“你的父亲和母亲怎么办?”

“他们会理解我的，如果我能对他们说明白的话，可惜我不能了。”

“既然没有人能知道原因，什么事儿都不了解，以死相拼有什么用处呢?”

“啊，是的，这是一个私人问题，只有我和我的守护天使知道。明白吗? 不过瞧瞧，一切已成定局。我就是想再见见你，这样，就有人知道究竟发生了什么事情，为什么会发生。”

“你想让我去见见你的父亲吗?”

“不，不，不要做这种事情，威利。千万不要。有人知道究竟怎么回事儿就行了，足够了，所以我要求见见你。唯一一个活着的人。呃，他们问我有没有人会跟我说说话，我在这里谁都不认识，谁都不知道我为什么会这样做。可是，不知怎么的，你的脸和名字出现在我眼前了。我希望你别在意好吧，威利?”

“我不知道你想要什么。”

“我什么都不想要。”

“如果你是这样想的，你为什么还要出来打仗呢，杰西?”

“我原来以为，出来参战是一件好事情。那时看起来似乎是一件好事情。可是，现在这不是一件好事情了。我不是小题大做。军队认为我是一个难解的谜。这正合我的意。

我知道我没有别的出路。我为当兵打仗签了字。可是，那些穿军装的小伙子把另外那些小伙子打死了，我不会穿了这同一种军装服役。我不能。我现在吃得很少，这样我就抽缩了，身体和这身军服的布料就不接触了，你知道吗？我打算让自己尽快消失掉。”

这时，杰西开始浑身发抖。这也许是由于他的身体太弱了，但是看上去像真正的惧怕。威利看见那种惧怕都心里发毛，如果那是惧怕的话。这个瘦小的人继续发抖。也许，他甚至在抽噎。

“我不知道对你说什么好。”威利说。

“你瞧，实际上，威利，我想要一个见证人见证我的处境，而不是一个见证人以后会对这事说什么话，我知道你能办到这事儿。”

“你想要我在军事法庭上讲话，对性格说些诸如此类的话吗？”

“那不会对我有什么好处。你要是去了，我不会计较。你知道，你可以出庭作证。但是，他们还是会枪决我。这是军纪。一件事情导致另一件事情。”

“呃，我能说几句我才会出庭。可是我说什么呢？”

“说你看见我在都柏林大街上哭了。你当时认为我害怕了吗？我没有害怕。我在想啊，他们把一切事情都毁掉了。现在，我们没有国家了。现在，你、我和其他人努力干任何事情都没有用处了。当时我也许能够擦干眼泪，坚持下去。但是，他们却开始朝穷人开枪，朝穷人开枪是很卑鄙的事情。你为什么要当志愿者，威利？”

“我不知道。”

“啊，好。”

“因为我一直没有长到六英尺。”

“这叫什么话，威利？”

“理由啊。”

“你是一个奇怪的人，威利。”

“我知道。”

“把这一切都记在你军帽下的脑袋里，如果他们让你上军事法庭，那也好。”

“好吧。”

“好吗？”杰西·柯万问道。

“好的。”威利·邓恩说，就要准备走了。但是，一些东西留住了他；他不知道是什么东西。害怕走向下一个时刻，害怕历史，害怕未来。硬币的两面旋转——什么呢？——也许是罕见的友谊，就发生在这荒凉的屋子里。

“瞧瞧，威利，”杰西·柯万说，“数以百万的小伙子在这里死去了。也许，还有数百万小伙子将会死在这里。我们成堆成堆的尸体。我会承认我的错误，威利·邓恩。我原来认为，听从约翰·雷德蒙的话会是一件好事情。我原来为了我母亲，为了她温和的灵魂，为了我自己的孩子们，我可以出来参军，拯救欧洲，这样我们可以在爱尔兰最终实行地方自治。我出来为一个不再存在的国家打仗，所以，威利啊，记住我的话，别以为我因为听了那些消息吓傻了。我知道你不会像我这样思考。我不知道什么原因把你带到这里的。也许你认为爱尔兰正像它应有的那样好，你为这个在打仗。嗯，威利伙计，两年前你出发时一个爱尔兰也许是存在的，但是我怀疑它会存在多久。”

“难道你不能像我们大家一样，吃下你的军用食品，杰西，和爱尔兰永远在一起，不管这个爱尔兰还是那个爱尔兰？你说这番话，让圣人听了都头疼，伙计亲爱的。难道你不想成为‘野外障碍赛马’[①]的赢家吗？这才是我们应该交谈的。”

“我想过，我想过吗？我从来没有想过去看一看赛马。老天爷，我希望我还是要一份判决书吧。”

“这才是正儿八经的谈话。你别的话都是不沾边儿的废话。”

“我知道，我知道。你是一个能忍则忍的绅士。我是从我父亲那里学到这个习惯的。就是一个自己跟自己过不去、把事情搞复杂、胡思乱想的人，你永远碰不到的。我父亲曾经是一个手风琴手，传给我一个手风琴。你不知道吗？连带手风琴，也传给了这支歌，这种鬼话，这种谈论自由的折磨。我知道这个习惯到头来会让我吃苦头！”

---

①特指英国利物浦每年举行的一次野外赛马，见前注。

“好吧，杰西，说中听的话吧，等到我们再见面，你想怎么对爱尔兰胡说八道，随你的便。现在别乱说了。”

但是，杰西·柯万只是对他疲惫地笑了笑，伸出来一只颤抖的手。他把威利的右手握住，很友好地摇了摇。

“很好，”威利说，“喔，我给你带来了这个。”

他从自己口袋里掏出来一本莫德给他准备的小《圣经》。

“我把里面夹的信和照片取出来了。”

“我有一本《圣经》，威利。”杰西说，但是他把威利的《圣经》接过来了。

“是的，很好，这本《圣经》上面没有我的尿渍。”

然后，威利·邓恩走出来，又回到了好奇的神父和好奇的看守身边。但是，他没有和他们说话。他觉得他的血液里挤满了虱子；他的两条胳膊很不舒服。有那么一会儿，他曾经想拥抱一下杰西·柯万，就好比他是一个孩子，但是他忍住了，因此他的两条胳膊很不舒服。

巴克利神父和他走回了营房。战争的常规活动在他们周围进行；士兵们排成了不见头不见尾的长蛇阵，把一车车军火搬下来。某骑兵团撤回来安营，上千匹马戴上马鞍，准备就绪，在一片宽阔的田野里站成了看上去不见首尾的两行。它们很美丽，如同神话里的动物。右边远处平静的树林高高的黑色树干清晰可见，空气清新纯净，像一本故事书的魅力。

“他知道耶稣爱他，他跟我说的，”巴克利神父说，“他的母亲是一个虔诚的信徒。当然，是皈依新教的信徒。他和你说了些什么，威利？我们还有机会救他吗？”

威利在那条砾石路边站住了。有人刚刚在路面上撒了碎石子，对付这场反常季节的大雨造成的泥泞。也许是那些工兵，或者是中国苦力。不过，七月的日头现在晒得很凶，很猛。这场景本身看上去像一首乐曲。一次祷告。

不管怎样，威利看了看巴克利神父。不消说，现在他答应下来一种承诺，什么都不说。做了一个奇怪的见证人，却什么都不见证，什么都不说。为了什么呢？

威利突然很想喝几盅，很想快快活活地逛窑子，很想干任何事情，就是不想干眼前的事情，和这个忧郁的随军牧师走路，看他那张不苟言笑的相当丑陋的脸。他不理解杰西·柯万。怎么说，他也只和他相遇过一次。可是到头来为什么他应该为他操心呢？在过去不久的日子里，在那条灾难多多的河边，数千士兵死掉了。仅仅三十六师的爱尔兰士兵就阵亡了两千多。他想到杰西·柯万完全缠绕进了他自己拧成的绳结里。他在自己心灵的林地为自己挖了一个陷阱。他是罗网，是兔子，也是猎人，三者集于一身。

“为什么他就不能认真对付差事，把事情看开，然后回家，像他现在喜欢的那样思考问题呢？”威利说。

“但愿他能这样。也许，眼下不是这样做的时候吧。各种人有各种见解。也许形成见解需要时间吧，威利。死亡无处不在啊。唉，我们为他祈祷吧。上帝是慈悲的。”

威利摇了摇头，他们一起向前走去。

第十三章

进入八月，天气刚刚恶化，杰西·柯万被处决了。不是斯托克斯少校表现得特别不通融。事实上，作为战地最高军事法庭的庭长，他宣判得很有分寸，充满仁慈和怜悯。但是，他们都陷入军法的各种束缚之中。巴克利神父竭尽全力说明柯万的性格。威利·邓恩在开庭时没有获准作证，甚至不允许他出席审判，因为他不是军官，因此没有资格出席这样的场合。巴克利神父在法官们面前都觉得无所适从，很不自在，无法适应法庭上的气氛。他长久以来只习惯和单个士兵相处。然而，他有一说一，把他所知道的全说出来了。他私下里忍不住思忖，让那个英国国教随军牧师出庭辩护，未必不如他好，虽然斯托克斯少校对他极为客气。但是，囚犯本人似乎完全不知悔改，而且尽管他还能坐在指定位置的椅子上，但是他显然病得厉害，非常虚弱。斯托克斯少校别无选择。全世界都在打仗，不管是招募的士兵还是自愿参军的士兵，面对残酷的挑战，他们都必须尽到他们的责任。解放这个词儿自顾不暇。斯托克斯少校说这番话时面容整肃，字斟句酌。他提醒法庭注意，战争的第一年六百名法国士兵因为懦夫行为而被枪决。国王陛下相比之下是宽厚的。然而战争进入到了一个岌岌可危的新阶段，纪律现在就是纪律，金科玉律。

按照惯例，一个士兵在黑暗和黎明相交的时刻被处置。他自己营的十二名伙伴被挑选出来和他告别，引以为戒。但是，杰西只有机会轻轻地触摸他的伙伴士兵。他们都不认识他，因为杰西的思想转化得太快了，没有时间作为普通一兵和他们相处，一起撒尿、拉屎和开玩笑。

当他被带出来站到柱子边时，他们不得已把他捆绑起来，因为他在长期禁食之后没有力气站立了。他瘦得像一只灵猩[①]。

那个早晨非常冷，人们能够听见西边正在酝酿的雨。

有人在他的胸口心脏处围了一块白布，好像一种军人的装饰。又仿佛他的心正在参与什么不可思议的投降活动。当然，他是一个信仰并不复杂的人，是一个推理直接的人，然而一颗来自宪兵队的子弹击碎了他的心。

他们举起了他们冷冰冰的来复枪，当斯托克斯少校的军官指挥棒往下一挥，他们便射杀了杰西·柯万。

在倒下的尸体后面挺立的树丛里，鸟儿们开始鸣叫起

①一种身体瘦长的狗，善跑。

来。仿佛他从来没有存在过。仿佛一条生命的存在从来没有正当的理由，仿佛所有的故事和图画都是谎言，都是废话。仿佛热血只是灰烬，生命之歌只是婴儿啼哭的痛苦延伸。他的母亲是多么爱他，他出生时带来多少欢乐，喂养他又是多么愉悦，无人知晓。那个时刻，他好像在这个世界没有留下任何回声。

威利·邓恩获准加入为他挖坑的小分队。真实情况是，在后来的几年中，那块土地被翻腾了四五次。杰西·柯万被炸出了他安息的地方，在弹坑累累的土地上碎尸横陈，随后再次被炸，被炸碎得片片落落，最后他碎尸万段，化入空气，全然消失。

威利挖坑时，禁不住想到脱下柯万身上的军装，寄给他的父亲和母亲，他们看着那个血迹斑斑的窟窿会怎样感到迷惑。他的父亲和母亲会如何紧紧抱住他们儿子不在里面的军装，千头万绪不知从何想起。

巴克利神父当然也在场。他在悲伤中不停地诉说。轻飘飘的尸体放下坑去长眠，寒光点点的铁铲把土又填到坑里，巴克利神父在一旁对威利念叨起来。威利想，巴克利神父不诉说会憋坏的。他对威利诉说的事情，威利听了并没有什么好处。他听了深受伤害，仿佛杰西·柯万正往他跟前走得越来越近，好像一个兄弟。他想止住自己有福的耳朵，不听巴克利神父的诉说。

然而，巴克利神父一心想把这种可怕的快速死亡缓解一下。也许，他想唱一曲歌颂灵魂的歌，让灵魂向天空飞去，一切发生得如此反常。杰西在黑暗的禁闭室里一定和神父说了一些很想说的话；多余的琐细的事情。

杰西的母亲，凡妮·柯万，来自科克沿海谢金岛。她的娘家人是千禧年信徒[1]，来到谢金岛等待新耶路撒冷。然而，到头来这一教派的人数越来越少，他们中间没有人能把凡妮·柯万娶走。凡妮只好和帕特立克·柯万前往科克城，而帕特立克·柯万是一个平印工人，天主教徒，可小杰西的爹爹一去不复返，对凡妮造成了伤害，也对凡妮的父亲造成了伤害。凡妮的教派有规定，在选定的家族外，没有人能再娶她，如果他们结了婚，不管多么相爱，他们都必须出走，永远不得再返回来。在新耶路撒冷失去了她的地位，只能在自己家里抚养自己的孩子。巴克利神父说，她只生养了一个孩子，他们还把他埋在了这地下。

哦，这在威利·邓恩听来，像一个寓言，不是一番真实的叙述。听着这番叙述，他很想把这个讨厌的神父一枪打死，那悲苦的叙述的声音让他受不了。威利不想让这个故事在他以后的生活中一直悬在他心中，哪怕为了上帝的爱。

然而，这个故事在他后来的生活中，一直悬在他的心中。

---

①相信基督一千年后复活的基督教教徒；因基督出生在耶路撒冷，他们相信基督复活会在不同的地方，所以后文有“新耶路撒冷”之说。

那天夜里天黑风高，威利·邓恩偷偷溜到那座墓前，对着杰西·柯万消失的身影唱了一支《万福马利亚》。一场暴风雨就要来了。这支歌是他经常唱给自己的父亲的，因此他不由得想起了自己的父亲。

可怜的杰西。他几乎不了解他，但是他在这件事情上感觉到了兄弟情分。他把赞美诗的诗句都唱了。月亮在八月的云彩里或隐或现。威利·邓恩不是一个傻子，他知道这件事情发生之后，他不再是原来那个威利·邓恩了。

“这他妈的太不像话了。”奥哈拉躺在自己的床上，说。

威利心想：是的，太不像话。

“他们在这里把你处决了，他妈的太可怕了，”奥哈拉说。他把自己的声音放得很低。他侧身躺着，他那团团脸在八月的黑夜里，正对了威利自己的脸。遥远的地方，他们能听见大炮的连续不断的吼叫，把他们从梦中惊醒了。至多早上五点钟的样子。也许，炮轰在法国人的防线上推进了，他们喜欢在四点半打炮。不过，这事可能在任何地方发生。

“你这话什么意思？”威利问道。

“我是说不服从命令，就把一个人生生地枪毙了。我就这意思。这样干更让人受不了啊。”

“怎么讲？”

“呃，你是一九一五年来打仗的，对不，威利？但是皇家都柏林明火枪团来得更早，那批老枪手。哦，战争开始时我们在印度驻防，不得不被船只转运到这里。你也许听说了开始的几个星期我们吃了多少苦头。我们很多士兵都被打死了。那是些让人胆战心惊的日子。”

“我听说了。大批老枪手都被打死了。”

“是啦，这就对了，威利。人们来当兵，哦，他妈的，威利，是因为他们没有什么事情好干啊。可是，像你的那位小伙子，你的伙计，昨天被枪决了，可他是一个志愿者，名副其实的志愿者啊，你可以这样讲吧。可是，一个人出于自愿来打仗，你认为，他们总该对待他们有所不同吧。你明白吗？只是因为他突然决定不想再帮助你了，你就会向一个曾经自愿帮助你的人开枪吗？嗯？不。你不会的。不管怎样，我正要说下去的事，是这场战争早期的岁月——”

接下来，他不说了。威利还在听，但是奥哈拉不说了。

“说什么？”威利问道。

“哎，好吧，也许我不应该告诉你。也许这事儿也不会对我有什么好影响。来想一想这事儿吧。你看看，你的伙计在那里执行枪决，让我想到我已经被枪决了，也许是正当的命令，而且罪该如此。”

“为什么，彼得？”

“唉，在那些日子里，这场战争比现在更公开一些，公开一点点，你知道，可以到处走动。你能在一块田地的边上躺下来，看见他妈的德国鬼子穿过麦地什么的，从事这类活动。正是大炮和军队转来转去，才他妈的弄出这些他妈的战壕，他妈的这世界从南到北都在挖战壕。但是，在那时候，情况很不一样。你可以待在一个德国人几天前还驻扎的地方，德国人也可以待在你几天前驻守的地方。士兵都是老手，粗糙的小伙子，已经在印度见识过严峻的旧时代；我们动不动就会死于痢疾和疟疾等等疾病。我们好像他妈的自大的猪在外面遭受酷热，患热病。待在比利时可要好多了！那天我的小分队受命去搜查一个小村子，很小的一个地方，就像爱尔兰他妈的小村庄一样，我们进了村，吓得像兔子一样，但是，你知道，还是很愿意去的，为了几口吃的和那份朗姆酒啊，你知道吗？哎，威利，不用说村子里没有人影。当时德国兵他妈的扫荡过了，他们见什么杀什么，什么出现在他们面前，就毁掉什么，他们杀不掉的东西，就吃掉，或者更恶劣。更恶劣的事情，就是我要讲下去的。你听说过修女吧，你知道，没有了，你知道，你听说过婴儿吧，嗯？——可我根本就没有看见这些东西，我们走进去的这个小地方像我说的，那里什么都没有，有几个人躺在地上都死了，我还记得几条死狗，可是到了村子中间，有一所小建筑物，也许是当小教堂用的吧，但是建筑物很简陋，倒也便利，我不知道。我和同伙们走进去，那里有一个女人，一个姑娘，捆绑在那里。哦，她被拦腰捆绑在一个通常用来架鞍子之类东西的轭架上，是被用绳子捆在上面的，她身后的裙子全都掀起来了，她穿了一条大黑裙子，她可怜的屁股都暴露出来了，我发誓屁股红彤彤的，整个看上去像一块甜菜根。我们要做的第一件事情是向她赶过去，你知道，想着给她松绑。我是第一个走到她前面的，瞧她那张脸，耶稣·基督啊，看上去成了一件吓死人的东西，虽然我们那时已经打过一仗，看见过士兵被屠杀的景象。有人把她的舌头割掉了，你能看见那个遭殃的东西扔在草丛里，像一个什么玩意儿，一个婴儿的嘴，你知道，没有毛，全是血，她的脑门上有人用刀刻了“德意志’这个词儿，就是‘德国’的意思，威利，一个伙计说：‘等等，彼得，’他跟我说，‘那个词刻在她脑门儿上，是因为她给德国兵带路带错了，或者刻在那里是因为她背叛了她自己的人民了，要不刻那个词有什么意义呢？’可我说：‘刻了那个词是因为他们把她强奸了，把这个可怜的女人强暴了，我们现在应该把她的绳子砍断，给她松绑，帮助她。’但是那个小伙子说：‘唉，算了，彼得，我们不了解情况，’可是和我们一起来的那个年轻的中尉说：‘救助这个女人，我们回去报告。’就这样，威利，我们把她的绳子割断，不用说，她脑子里发晕，她不能讲话，她疼痛难忍，她哭啊，发出了一种呜呜哝哝的呻吟，像你没有舌头时发出的声音。那样子真是他妈的吓死人啊。这个小伙子说：‘我们怎么办，长官？我们保准不能把她带回去，’可那中尉说：‘当然我们可以带回去。’发号施令的这个中尉大约十九岁的样子，我不说谎，他要是见过一个女人裸露身子，更别说还被割掉了舌头，我愿意和你赌一百万英镑。唉，我这个遭罪，我们穿过村子回去，一路帮助那个姑娘，哦，她又踢又呻吟闹个没完，不是那么容易帮助，血又开始从她那张破嘴里往外流，我们从来时走过的茬子地穿行，刚刚走到田地的中间，我们右边那边树林里的一个他妈的家伙用机枪开了火，那个中尉立时倒下了，因为那时候军官们还穿军官服装，个个都像癔症，不过我们怎么知道会遭暗算，其他几个小伙子也倒下了，我们不知道怎么回事，可是我们只顾和那个疯姑娘奔跑，呼哧带喘的，跑进了田间小路旁的沟里，像火烧着的狗一样。我说到过的那个小伙子吓掉魂似的，用拳头打了那个女人的脸一下，骂她是一只丑陋的德国母狗，可是她不会是德国女人，本来就在比利时中部嘛，但是那小伙子给吓坏了。然后，我们等着。树林里没有传出声音，也没有尖叫。我们等待了十多分钟。啊——你怎么——说呢——一架飞机从头上飞过去了，那时候这还是稀罕景象，这让我们又一阵紧张，那架飞机的机翼上有那些好玩的标记，所以我们知道那不是我们的小伙子驾驶的皇家飞行团。不过当时你从来没有听说从飞机上往下打枪，或者扔炸弹，他们只是往下看，不过往下看也够糟糕的，所以我们就想，在我们身后追击我们的一定全都是各种德国兵，可我们距离我们想到达的地方至少还有半英里远。因此，那个拉着那个女人的小狗杂种就把她的裙子撩起来，开始趴在她身上干她了，就在那个路沟里，我是说，那才是我见过的最疯狂的事情了。”

“你在干什么，彼得?”

“这才是要命的事情，你看。我没有干什么事情。我帮助按住了那女子的肩膀。耶稣·基督啊。我至今也不知道为什么。”

奥哈拉现在看上去悔恨交加，深感惭愧。这是明摆着的。但是，威利·邓恩不是神父。远处的大炮的炮击声，很像大南墙下大海的呼啸，那是深冬时节，他们在行军途中，和曾经是军营的半月游泳俱乐部接了火，那时士兵们还穿着红色军装。威利静静地躺着，像一只躲在屋子角落里的受惊的耗子。他看着映在破碎的月亮光下的奥哈拉的脸。他怎么也有二十三四岁，威利想，按某些标准来说他是一个老人了，可按另外的标准说他还是一个很年轻的人。

他从没有听说过这么恐怖的故事。他看见过各种恐怖的事情。他掩埋过杰西·柯万。他见证过帕斯里上尉的死。然而，现在他听说了一个故事，他满心眼里看见的都是格蕾塔；格蕾塔穿着那条深蓝色裙子，那个愚蠢的、邪恶的小青年像一只狗一样牢牢地掌控了她。不知道他想干什么，他一下子坐在床上，靠近奥哈拉，狠狠地向他的脸上打了一拳。奥哈拉的脸惊恐地往回躲了一下。奥哈拉还来不及说话，他握紧拳头向那张不知所措的脸上又打了一拳。奥哈拉的嘴唇被这一拳打破了，立即流出血来，在黑地里黑乎乎一片。但是，奥哈拉没有吭声；只听见远处的大炮如同发疯的、冥界的马，在石头土地上拉犁。

“你这个黑心杂种，”威利·邓恩说。

“你把声音放低些好吧，”奥哈拉嘘道，“你想让我也吃枪子吗？”

“你活该，你这个杂种。”

“我只是因为你的伙伴枪决了，我忍不住给你讲了一个故事而已！”

“你讲什么不好偏要讲这种事情？你以为我想听你这样可恶的该死的故事吗？在这种黑地里？”

“当然，你干的事情高尚，他妈的是警察的儿子嘛！”

进行这样的一种谈话，压着嗓子说，还不能把别人惊醒，简直是受罪。威利为什么觉得有必要把嗓子压低说话，他也不清楚，或者他认为这种事儿只能私下说说吧。

“你他妈快告诉我那个故事不是真的，彼得；你快告诉我那是不是真的。”

“别他妈的自充正义了，兄弟，你这混蛋。你几星期前别他妈的跟我去和那些妓女鬼混啊？嗯？你以为你有多么神圣吗？”

“那不是神圣，那不是神圣，你在谈论谋杀！”

“我们他妈的没有谋杀她。我们把她带回来交给上尉了。被打死的是那个中尉，还有那几个小伙子。自打参军打仗，我们就一直在他妈的被谋杀。谁他妈的把我们放在心上了，威利？没有人。我们是死是活，谁都不放在心上，我们死了总还有其他愚蠢的杂种来补缺。”

“她后来怎么样了，彼得？”

“谁呀？”

“那个比利时女人啊，彼得，那个你们——就像那个德国人虐待过的受难人，就像那个我们在许多故事里听说的受难人，彼得，他们到底怎么处置那个女人了？”

“别装得比你本来的样子更神圣，威利。你也在干同样的事情。”

“她到底怎么样了，她到底怎么样了？”

奥哈拉好一会儿没有吭声。

“行了，行了。”但是，过了一会儿之后他好像还是不能讲下去。然后，他点了点他挨过拳头的脸。“她遭了那么多罪，死了。她一直在流血，流了那么多个小时。她没有得到及时治疗。她他妈的被撕成碎片了，不是吗？她死了。我们尽力救过她。”

“你认为救过吗？”

“这只是一个故事，威利，一个战争的故事。”

“你可以记住你的故事，彼得。你可以记住它。”

威利仰身躺在床上，浑身发抖。这时，大炮安静下来了。他想象那些法国军队从他们的战壕里钻出来，在那片讨厌的土地上向别处转移。毫无疑问，所有那些遭受蹂躏的地区，成千上万的人已经遇害，像那个女人的女人们，老人和他们的女人们，比利时的儿童，都在战争的大血口里被吞噬了。如果奥哈拉和他的同伴在战争开始时就干出那种事情，他现在还能怎么样？威利自己又能怎么样？他们难道不是彼此的镜子，镜子后面的镜子，床后面的床，连后面的连，营后面的营，团后面的团，师后面的师，遍布了这块毁灭的地方吗？这样的心与灵是什么样的？这样的灵守得住善、这样的心守得住善吗？奥哈拉还是个被扔进血泊与破损的灵魂中的孩子吗？如果杰西·柯万是他的兄弟，那么奥哈拉还算是吗？人类家庭本身就是敌人吗？在这个邪恶的地球上，没有剩下友好的军队吗？

第十四章

什么事情都能随着士兵的行李带进战斗来，不管是什么东西，不管有多么令人生气，多么有破坏性，多么令人振奋。不得已啊；忧愁和恐惧能够留在身后。它们丢掉就丢掉了，背负起来却像磐石。

他们开拔了，他们大多数都开拔了，两人一排行军，行走在坑坑洼洼的路上，每走一步就离开后方部队那临时的天堂远了一步。早上听不见鸟叫，不再干那种累死累活的苦差事了，平地和挖地，在阅兵场上正步走以及那些“他妈的没完没了的俯卧撑”，一如克里斯蒂·摩兰温和地对它们的描述，尤其“那种他妈的花式俯卧撑”，你用自己的两条胳膊把自己撑起来，然后“像他妈的芭蕾舞演员”把一条腿抬起来，先抬左腿，后抬右腿。

“一定要做到位，”他反问那些士兵道，“可是蹲守在他妈的战壕里把左腿向后抬高，等你的蛋子悬垂起来，你觉得这有什么用吗？”

然而，这些都写在军事手册里，军士长必须忠实执行这样的规定，如同一个不可知论的牧师。上苍知道，一旦理智和仁慈远离了这个世界，就只有军事手册之类的东西了。令威利始终想不通的是，军官们好像对清规戒律总是热情满腔，他总能看见谢里登上尉每天待在他的临时办公室里，修改上千张写了字的纸，那个卡文人的手不厌其烦地在上面画来画去，一行接一行。通信员们跑进去又跑出来，或者当那些信文修改好时他打电话大声吆喝一通。

他们大家都知道，战争最黑暗的年份正在葡萄牙至沿海的战线上持续。但是特别是在索姆河一带，死亡之神已经露出满意的微笑了。很多天里，报纸上战士阵亡名单密密麻麻地排满了三大栏，专门用红色表明死亡日子，你可以说，红色就是成千上万士兵的红血。

现在损失惨重的不仅是三十六师的北爱尔兰士兵了。苏格兰高地联队士兵（威利注意到，很奇怪，其中一些来自加拿大）、非洲黑人、大量干着活儿就被炸成灰烬的中国劳工、澳大利亚人和新西兰人，成群结队的年轻人忠诚地穿越战地，用他们身体的各个部位接受机枪的子弹，比如他们的眼睛、他们的脑袋、他们的面颊、他们的胸膛、他们的腿、他们的肚子、他们的耳朵、他们的喉咙、他们的背（比较少见，除非德国人从背后偷袭）、背部的细小部分、膝盖的细小部分、心脏的细小部分。人体结构上没有可以把子弹射进去做试验的那种城镇或村庄——如果可以把人体当作一个国家的话。

刚刚不久，他们听到了一些奇怪的好消息，说他们自己的团已经收复了一个与可怕的排枪射击抗衡的目标，一次次榴霰弹脑袋开花似的轰炸过的目标。几天前，他们经过一场屠杀，终于把夷为平地的名叫吉列蒙特的村子夺回来了，不过他们损失了几百号都柏林的小伙子，还有几百名士兵被子弹打坏了，有的没有了脸，有的没有了胳膊，躺在医院里呻吟。也许，看见自己的伙伴横陈沙场，搅得做梦不安，谁都不能说取得了胜利，他们只是紧步后尘，又来坚守同一块伤害和死亡肆虐过的战地罢了。

他们，协约国军队，守住了这个地方，那是当年的二月，战地开始变干，无法耕种，令人吃惊地遭遇反击。吉列蒙特村至少已经被炮击过三次，不管他们是什么样的穷人——来自单纯参战的各民族——都没有被刺刀和垂死的反扑赶回去，坚守住了这块血污的战地。

但是，正是有了这次新近的死亡惨重的胜利，威利·邓恩和他的同伴才又回到了这条战线，用谢里登上尉的话说："巩固这次胜利并希图向吉恩齐推进"，吉恩齐是另一个神秘的没有村民的村庄。用克里斯蒂·摩兰的话说："把狗杂种们打回柏林去。"

他们走进了一个死亡地区。这是匪夷所思的事情。巴克利神父为他的战前小小仪式能够找到的唯一一块地方是十天前打过恶仗的战地上的一个小土坎。威利所属营的几百号人乘夜赶到了这里。眼前仿佛是一场马戏杂耍正在进行，令人惊奇的跑马道在夜色中拐来拐去，一些壮观的焰火腾空而起，取悦观众。但是，远处炮击的声音却没有节日的气息——炮弹打得很沉，一拨又一拨，如同重拳击打肚皮。他们把武器和背包放下，四下张望。整个战地横陈了阵亡的士兵，通过死者的穿戴和零碎，他们知道死者都是爱尔兰人。有些士兵像机器人一样躺在地上，仿佛他们原本打算整体在地上步步推进，以缓慢的舞步进行攻击。机枪子弹把活儿干得令人生畏，打烂了脸，把肮脏的军装打得血迹斑斑。

但是，巴克利神父必须有个地方对士兵说几句话。他把蜡烛分发给几个士兵，拿到蜡烛的士兵把蜡烛点上，营造出了一个礼拜仪式的场所。

“我想对你们大家平等地讲几句，”巴克利神父说，“队伍里你们许多人都是新来的，可以看出来这些经历是需要的。我想让你们放心，我们的主和你们在一起，看护着你们。你们是受惊人群的一部分。我看出来你们士兵中间的不同凡响的虔诚。你们尤其对我们的圣母马利亚忠诚信服，勇于献身。你们在进行一次圣战，不仅保卫比利时的天主教人民，而且还为了争取爱尔兰的自由和民族存在，因为爱尔兰作为独立的、自豪的、忠诚的民族还需要确实的毫无争议的资格。我们大家之所以团结起来，是我们确信上帝真诚地赞美所有人的福祉，祝愿你们心想事成，安然无恙。你们当兵会立功，做人会腾达。他理解你们的恐惧，惊叹你们的勇气。士兵们，你们知道，不管你们到哪里，我都会跟随，只要我力所能及，我都会在你们需要的时候赶到你们身边，不仅作为基尔代尔郡来的一个微不足道的神父，还作为上帝在这个地球上的影子，会在你们耳边倾诉你需要聆听的话。因此，我的好朋友们，什么都不要害怕，因为仁慈的上帝与你们同行，在你们身边，向你们的心中吐露不可触摸的欢乐和爱。”

随着士兵们长出一口气，蜡烛摇晃和抖动起来，仿佛士兵们方才在努力倾听神父的每一个词儿时一直屏住呼吸，好像按照某种奇怪的方式，他们竖耳静听之际就是死了都深感满足。

确实，仿佛连死去的人都在聆听，神父也在对死者讲话。很显然，很真实，十六师夺取吉列蒙特村的其他营已经被划分成了三个部分，如同恺撒的高卢之战：受伤的士兵已经住满了每一所战地医院，现在塞满了沉闷的特龙树林，一片哭叫和呻吟声；活着的士兵，疲惫不堪，精神委顿；死去的士兵，就待在这战地上了。

巴克利神父再次请求圣母马利亚佑护士兵们。这位有点驼背的神父面相丑陋，在月光下和炮弹爆炸升起与降落的光亮映照下，显得温柔而年轻，开始念诵《万福马利亚》：“万福马利亚，gratia plenis...”士兵们竭力听清楚歌词，尽管他们从很小很小的孩提时代就对歌词了如指掌。这里没有礼拜天男人在乡间教堂后面表现出来的那种冷淡。威利·邓恩和其他士兵们拉起手，感觉到了神父祈祷带来的猛然间的安慰。母亲的概念在他脑海里闪现，清楚而崭新，仿佛他过去从来没有听见过“母亲”这个词儿，或者不知道存在这样的东西。他想起了自己死去的母亲活着时平平常常的力量，仿佛第一次领悟生命的无常和绝境。“我们活得好好的便会死去，”巴克利神父说——这话里有一种悲惨的真理，他们站在那里，此时此刻用做儿子的耳朵听出来了。

威利听任自己思想这番话的种种含义，他领悟到了，他长了这么大一直禁止自己思想这些含义。他注视身边其他士兵的脸：奥哈拉在那里守着他的秘密，克里斯蒂·摩兰像一个乡下人那样一条腿跪在地上，尽管他来自金斯顿；乔·基尔蒂平和的脸表明他做梦一样的全神贯注。乔看上去像一个放松的入睡的婴儿。威利说不出来他聆听巴克利神父的话究竟有什么样的反应。他有生以来第一次突然而确切地推敲语言到底是什么。当然有声音和含义，但是还有某种别的东西，一种解释人心或者无心的自然的音乐，语言像钢铁一样坚硬，像空气一样软和。他觉得他那烧灼的头很清醒，他的肩头轻松了，他的腿有力了。这种感觉对他来说很奇怪，如同眼前的死亡景象。他希望神父的话会对死者产生作用，会对死者给予安慰。

与此同时，前方的爆炸似乎把星星都炸碎了，剧烈地毁灭它们，把那些怯生生的星光点点抹掉。

眼前这条战壕是一条臭烘烘的排水沟，填满了一层挤压的死人。威利感觉得到，破烂的军装里那摧毁的肉体在吸纳他的靴子。这些生命的肉体脱离了他们自己的人性，变成了极端的状态，与人类的作为和人类的世界已经不搭界了。他们也许就是腐烂的动物，被屠宰场从后墙扔出来，随时准备埋进坑里，一刻也耽误不得。他在什么生命、什么名字、什么爱上行走，他是再也无法知道了；这些扁平的尸体再也发不出婉转的口哨声和人性的种种含义了。

炮弹现在到处降落，如同产业生产规模宏大。可悲的是，这些是他们自己的炮弹，是他们身后自己的炮兵从数英里外发射的，因为大炮的测量仪和瞄准器用得太狠，炮弹发射得要不太近，要不太远——当他们背着沉重的军用物资磕磕绊绊行走时，炮弹发射得就太近了。他们这时经过刚死不久的尸体，他们自己同伙灭绝的形态，威利尽力把自己的眼睛半闭半睁着。他不想看见他熟知的士兵像这样横尸野外。他希望他变成一匹道路上的骏马，长了一身油光水滑的皮子，干有用的事情。

现在，他们在惨白的月光下站起来，十分反常地走进一块高高的玉米田，脆弱的玉米秆轻轻地拂打着他们的脸，而因为威利个子矮小，他不得不拉住前面军士长摩兰的衣服，要不他会掉队，在这块料想不到的庄稼地里迷失方向，乱闯一气。那些荒唐的炮弹虔诚地跟随他们落进了田地，在黑地里爆炸，无烟火药的臭味以及别的化学成分把古老的干燥的玉米味儿压住了。威利听见有人惊叫，他在磕磕绊绊地穿过横祸随时飞来的小地段，他帮助不了别人，只能通过自己眯起的眼睛，这里那里看见一张残破的脸，或者脚下绊在一条胳膊或一条腿湿漉漉的枝杈上。士兵们是多么容易被肢解；士兵们身体的各部分是多么容易被分离。战争所需要的，威利想，是士兵们做成的轮子，战争在这样的轮子上进行，因此一旦这样的轮子爆裂成了碎片，哀悼者在家里不用哀悼，没有极度的心痛。他从奎格利身旁走了过去，没有什么大惊小怪的，只不过他的一条胳膊从肩膀炸掉，血从新伤口里汩汩往外涌。他的脸被炸弹削掉了一半，因此他那可怕的腭盖露出了赤裸裸的黄牙齿。

他们来到了一道带钩的铁丝网前，这里堆起了过去的尸体，有些地方高达三英尺多，又是爱尔兰人摆出了上百种可怕的姿势。威利知道死者在师里留下的缺口要补起来。更多的都柏林人及其周围的人应召登上了拥挤的船只，然后坐上火车，再坐卡车穿越令人迷惑的乡村，插补进战壕，接着走进这些地方的金字塔似的地狱。这种思想吓得他更加害怕，仿佛他在对所有的事情负责，对死去的士兵和很快会死去的士兵负责。他想要死者活过来，而让活着的士兵回家去。这场战争只有一次战斗，但是军队却不停地变换，像一根管子在上面清空，在下面注入，因此没有哪个士兵，他想，知道什么在进行中，没有人感觉到自己干了什么事情，只是恐惧来了往自己的裤子里撒尿。现在，威利感觉到恐惧的冰冷的手卡住了他那没有价值的喉咙，他开始嘀嘀咕咕起来，不像往常一样祈求上帝，而是祈求格蕾塔：亲爱的美丽的大屁股的格蕾塔，保护我吧，救救我吧。他拼尽全力把铁丝网铰断，他们大家都在铰断铁丝网，他们必须像灵活的兔子一样，尽快穿过这道死亡的猫的摇篮。①

“你在念叨什么？”他身后一个声音问道；问话的是乔·基尔蒂。

“哦，原谅我，乔，”他说，用那把笨重的钳子把铁丝网铰断，“我不知道我在念叨什么。”

“别着急。”乔·基尔蒂说，他毕竟二十五岁了，不再是童子鸡或者一惊一乍的小鸡了。“我们会没事儿的，我敢肯定。”

“我就喜欢听这个，乔。我就盼望着听到这样的话。”

他说这话时流露的是最鼓舞人心的口气，奥哈拉因此张望过来。

“是这话，威利，你让我们精神振奋。”

“我会的，彼得，我会的，只要我能做到。”

---

①原文cat’s cradle，意思是挑绷子游戏；这里照字面意思译出，似更形象。

他听彼得的故事感觉到的恐惧，这时没有丝毫迹象了。

“这他妈的庄稼是什么?”克里斯蒂·摩兰问道。

“我不知道，军士长，”乔·基尔蒂说，“你在梅奥看不见这玩意儿。”

“你们那里种石头吗?”军士长温和地说。

“是的，没错，是的，”乔·基尔蒂说，“不过种的是我们的石头。我们喜欢我们的石头。

“是麦子吧?”一个声音说。

“哪里会是麦子呢，”乔·基尔蒂说，“扯到哪里去了。”

“是甜菜吗?”另一个人问道。

“你快带上你的甜菜一边去吧。”一个威克洛口音说，带了善意的揶揄。威利自己也见过在威克洛的九月一道两旁都是成堆的糖甜菜。“甜菜长在地里像萝卜。”

“看在老天的分上，是什么庄稼谁在乎呢?”

“哦，我不知道，该死的，你能吃这东西吗?”另一个人问道。

“这些粗糙的秆子上面有一些黄屎一样的黄点点吧?我看不能吃，我的伙计。”

“要是你不能吃它，那你就日它吧。

“日你自己吧，”奥哈拉说，在佛兰德斯开这种最烂的玩笑，他们都开心地笑起来。这玩笑像小小的布道一样有好处。

他们这时来到了一个吵闹、荒凉、贫瘠的地方，糟糕得无以复加，人的眼睛很难看清其真实面目，看清究竟是个什么地方。从战术角度讲——按照谢里登上尉的口吻——他们在被占领的德国战线上运动，先穿过吉列蒙特村，为了战役打响而钻进远处的战壕里。但是要穿过战壕的第一道防线，他们不得不跨过一片约二十英亩的田地。这在威利看来好比战斗的心脏，这次也好那次也罢，哪次战斗都离不开它。勇士们还在地上，全都阵亡了，一个不剩。这好像一条硕大无朋的被子，灰色和土黄色[①]相间；又像已经被热热闹闹翻过的土地，但是种下的是尸体的巨大种子。这里有英国士兵的一个军团，令人吃惊地和德国人交叉在一起。灰色的外套和土黄色外套，数以千计的钢盔分散在地上像遍地蘑菇，数以千计的背包多数还背在士兵的背上，如同恐怖的罗锅，死伤，死伤，这样的场面……威利和奥哈拉、乔·基尔蒂走在前边，克里斯蒂·摩兰和谢里登上尉殿后。谢里登上尉不停地用他的军棍敲打他的腿，连左轮手枪也没有拔出来。

“来吧，小伙子们，”他不停地说，“我们福大命大。来吧，来吧，小伙子们。”

死亡把各种佐料一锅烩了，各种东西都抛在地上挡道，把他们绊住、绊倒。在那些一命呜呼的人堆儿里，很难、

---

①一战期间，协约国军队穿的是土黄色的军装，德国军队穿的是灰色军装。这里形象地描写双方争夺军事要害的激烈程度，文字冷峻而震撼。

很难找到插足的地方。敏捷的耗子也许可以在他们的眼睛和嘴里穿行；没有视力的眼眶在斜睨那些活生生的士兵，没有嘴唇的牙齿好像都在说一些令人捧腹的玩笑。它们都在一本正经地龇牙咧嘴。成百上千的士兵趴在地上，有的侧过身去，好像对这样可怕的玩笑不感兴趣，把那些大张的嘴巴亮给那些无主的胳膊和腿看，他们的胸膛被炸掉了，成百上千、成百上千只飘浮的手、腿、一汪汪内脏和杂碎，都与泥土以及破烂的植被混杂在一起。与密密匝匝残破的尸体旗鼓相当的就是臭气熏天的气味，一种上百万只腐烂的野鸡发出的那种恶臭。奥哈拉一边走一边干呕，把他的军上衣胸前吐满了东西，许多别的士兵也如法炮制。他们一筹莫展，只能一个紧跟一个向前走。威利从眼角瞅见了巴克利神父，走在队伍的后面，在这片被屠杀的军队边缘很远的地方。他不喜欢巴克利神父注视他的眼神。没有得到祈祷的灵魂太多，促使他们加快了行军速度，太多了，太多了啊。

他们两人并排成行，穿过了吉列蒙特村，想到这里就是大捷的战场，怎么想都怪怪的。坑道工兵正在劳动，把坑坑洼洼的地面填平，以便机械、供给品和卡车能够及时补充上来。一条长路有两千多名中国人正在铺垫和修补。不论是他们自己的大炮还是德国人的大炮，总有能把炮弹打到这些道路的射程，一发发炮弹见东西就炸，真好像一出戏里的一幕野蛮布景，没有意义，没有目的，只有那点景观。极其迷人的场面是观看那些苦力挖掘和填平，仿佛根本没有注意路面的惨状。可是他们还能干什么呢？炸弹落在了他们中间，远处又传来尖叫声，随后那挖掘的苦力的队形便往一起靠近，如同以往一样继续干活儿。哦，他们才是他妈的英雄，真正的英雄，威利想。那是一副罕见的彰显勇气的图画，镇定自若，泰然处之。

他们到达分配的偏远的战壕时，真是不可思议，那里有热气腾腾的大桶乱炖。这些乱炖是怎么到达那里的，无人知晓，但是士兵们没有抱怨。谢里登上尉把他的人马领到了新战壕，在威利看来，这些战壕非常美丽。它们是德国手艺的登峰造极之作，护墙用木桩整齐划一地围起来，再用砍削整齐的树枝把泥巴糊上，他们的脚下还有排水沟，垫底条板铺水泥坎上，一道阴沟把下面的水排掉。威利向地下掩体瞄了瞄，十五级台阶一溜下去，他看见一张桌子的桌沿和一些码放整齐的纸。一点不像德国鬼子过去在这些战壕里仵过数月的迹象，也根本看不见尸体，有人来到战壕把尸体清理了。他们看着这种奇观都纷纷摇头，欢欢喜喜地把头扎下去享用妙不可言的乱炖。再肥美的羔羊也不过如此啊！威利流下了口水，他管不住自己。乱炖的汤要比水好喝得多，甚至比朗姆酒都好喝，解馋，解渴啊。他们吃着乱炖，觉得当上了国王。

十几个穿着泥歪歪的军装的疲惫士兵，用溃烂的手指把乱炖舀进他们脏兮兮的食物铁杯里。

谢里登上尉自个儿微笑起来。

克里斯蒂·摩兰对这种大家都如释重负的时刻，说了一句牛头不对马嘴的话："孬种们!"

但是，他在骂谁，没有人能够说出来。也许，整个悲惨的人类吧。

然后，他们要是能入睡，可以睡觉。哎，这种场合，他们像猎狗一样睡过去了。克里斯蒂·摩兰后来经常把这次睡觉说成"赶到硅恩奇村前我们享受的一次小酣睡"。

谢里登上尉占用了一个地下掩体。士兵的健康状况、供给单报告、作战方面的回答、各种评估、给卡文镇的妻子的信、四封给阵亡士兵家属的信、向师部索要士兵奎格利的家庭地址、战壕状况的报告、向军需署长要求食品和军需物质，特别是士兵洗脚用的肥皂。

他把这些都写完后，通讯兵送来了一道命令，要他们凌晨四点钟进入备战状态，四点四十五分炮击开始，他们的目标是硅恩奇村，要在下午十五点三十分赶到，尽可能准时到达，赶快取得联络，等等。

"当然，"他自言自语道，"我们不是在这里挖战壕。我在想什么吗？在想可口的乱炖呢。"

凌晨四点钟他们准时准点醒来，进入阵地。战壕比通常要长一点，因此他们与自己同伴以及别的营队的同伴一下子产生了不同寻常的感觉。那就是士兵数量不够密集，应该再添一些兵员。

威利·邓恩，像别人一样，依靠在胸墙上，枪支和背包随身携带。他突然间意识到，这也许是他第一次参加一次名副其实的攻击战。这不是一种欣喜若狂的想法。前方的田野还一片黑暗，尽管每隔几分钟德国阵地上就会发射一排炮弹，把前面的地面照得格外清楚。现在队伍里有几名新来的小青年，一个名叫约翰逊，另外三个好像都来自都柏林加德纳大街，他们的名字威利还没有听说。他们看上去真的像小男孩。他们直接来到了这里，这是他们第一次理解战争，威利自己也不知道将会发生什么情况，对他们感到心痛。是的，心疼他们啊。可他又想，他对自己有什么感觉呢？天哪，莫不是该死的尿又在膀胱里捣乱吗？他都快憋死了。他靠在用枝条整齐地护住的战壕墙壁，紧紧抓住了一架漂亮的德国攻击梯子，他竭力把梯子抓住不放，他做到了。突然，大炮在一条广阔的战线上的一些地区轰然响起来，声音听起来比较远，接下来大口径炮弹飞出来，从他们头顶越过，在后面田地四分之一英里的地方传来了巨大的爆炸声。他们一定怀疑有什么东西在走来，正在试图接近英国大炮的射程，因此希望把炮弹打在吉列蒙特村那边已经突破的地段，或者通过炮击扫清障碍，进攻顺利，有效。啊，威利·邓恩这时祈祷他自己没有障碍，进攻顺利。老天保佑没有障碍，进攻顺利，我向你祈祷了，赐予我勇气吧，老天啊，别让我今天就一命呜呼，让我平安回家，在你赐予的幸福时光里见到格蕾塔，亲爱的老天，佑护我吧。他祈祷的声音高出了他过去能听见的别的声音。奥哈拉在炮弹爆炸的间歇，小声对他说："新型大炮，威利——大家伙，是吧？威利怀疑他瞬间的直觉。也许，这些大炮就是他们过去听到过的那种新型迫击炮，炮管在他们看来像下水管一样粗大，血红的大家伙，如同全身盔甲的没有存在过的怪物。那泡尿终于喷射出来，把他的裤腿泡湿了。

"你尿裤了，小样儿。"奥哈拉友善地说，用胳膊肘子狠狠地捅了他一下。

"老天爷啊。"威利·邓恩说。

这时，德国的大炮找准了过去是他们自己的战壕的射程，前面的地面被打得稀烂，可怕至极。毫无疑问，你无法指望谁会带着自己活生生的人皮，在这样狂轰滥炸的炮击中冲锋吧？不对，不对，是他们自己的大炮，因为大量的炮弹倾泻开始向前转移，在一片宽阔的田野上推进，在泥土上炸出了成千、成千个弹坑，以后在上面行走将困难重重。

"啊哈，操蛋，"奥哈拉说，"啊哈，操蛋。"

威利瞅了一眼左边的乔·基尔蒂。乔·基尔蒂回头看了看他，很沉着，还冲他友好地眨了眨眼，点了点头。他没有算在机枪小组里，因为他把自己的手划破了。乔·基尔蒂真是一个难得一见的人物。他甚至在威利的背上轻轻拍了一下，紧接着大家还来不及干任何事情——撒尿、喊叫、心惊胆战或者一命呜呼——谢里登上尉就向他的队伍下了命令，克里斯蒂·摩兰也向他的小伙子们喊出同样的命令，像一声回音，大家立即爬上了梯子。

威利面前突然出现了开阔的地面。东方，日头在升起，寒冷，红彤彤，碧空万里。地平线上好像到处都是树林，但是近处却没有一棵树，只有这光秃秃的、狂轰滥炸的景象。他紧紧抓住枪的两个地方，猫起腰向前冲。谢里登上尉一副十足的谢里登神气，看上去无所畏惧，用他的指挥棒向他们一挥，依然没有拔出他的左轮手枪，冲他们大声吆喝，可谁也没有听清楚。他一马当先，冲在他们前面三十码远，他们庄严地跟在他身后，如同他们训练的那样保持队形，连新来的小伙子也干得很漂亮，尽管弹坑累累。他们自己的炮弹就落在上尉的前面，大约五十码，他们知道必须努力跟上队伍，不被落下，因为一旦落下，天哪，他们便会暴露在空旷地带，落入混乱状态或者落入德国人的手中。但是，火力网就在他们前面，就在谢里登上尉前面，连几辆轻型坦克都没有在后面掩护，一辆轻型坦克都没有。

然而，他们所向披靡。火力网干得很漂亮，把敌人的铁丝网炸烂了，他们轻易地穿了过去，突然间威利的胸间有了一种奇妙的感觉。他突然觉得勇猛、真实、年轻。那是一种接近爱的感觉。那就是一种爱。他的腿上有了力气，尽管携带着枪支和背包。他这时好像在梦中，看见乔·基尔蒂在一边，奥哈拉在另一边，都令人敬仰地向前冲去。整排队伍都在向前冲，整个队伍都是爱尔兰人，他想，是的，是的，他们真是好样的。

他们火力网转移到了前面一片乱糟糟的矮树林一带，说时迟那时快，机枪在模糊不清的前进路上响起来。谢里登上尉被打中，像一尊雕像一样倒了下来。大家看得清清楚楚。在一行晃动的人流中，两个来自加德纳大街的新男孩从队伍里掉了出去；有一个在后面惊叫不已，但是没有人能够停下来帮助他，这是禁止的。威利向后望了一眼，看见一行接一行，他的营队都跟上来，几十名、几十名士兵在张牙舞爪、嗷嗷怒吼的炮火下倒了下去。一个机枪小队抬来了他们自己的机枪，在一堆血淋淋的尸体上架起来。接着，一汪浓浓的血在他面前喷发出来，因为现在迫击炮炮弹落在他们中间，有的士兵瞬间被炸得尸首全无。然而，他身边的士兵们还在前进，谢天谢地，他的幸运的伙伴们，乔·基尔蒂和彼得·奥哈拉。威利几乎没有感觉到，但是他一直在哭泣，留下了奇怪的泪水。他向前冲去，义无反顾。他们经过了谢里登上尉身边，他还活着，坐在地上像一个六个月的小孩子，看上去全然懵了，他的整条左胳膊看去都是子弹打穿的伤口，他的胸膛上还有一个大窟窿，大量红血在往外流。谢里登太太，谢里登太太，谢里登太太啊，这些莫名其妙的词儿在威利的喉咙里蹦出来。前进，他们在前进，他们在走，在跌倒。

他们在一定程度上出现了队伍秩序的混乱，因为威利能够清楚地听见克里斯蒂·摩兰严厉的声音在向士兵们喊叫，要他们跟上队伍，跟紧队伍。每个士兵都能多少感觉到机枪在干什么活儿，仿佛他们都只有一个身体，有士兵倒下了，他们都倒下一会儿，倒下又站起来，奇迹般地向前走。然后，好像只是一秒钟的时间，他们到达了下面就是敌人战壕的地面，威利看见一个轰炸小队走在前面一点，开始把他们的米尔斯炸弹往下扔，随后就是一阵惊天动地的爆炸，也许老天保佑他们架起了机枪开始扫射，而且不管是什么武器，反正他们能够继续前进，接着转眼之间他们就冲到了战壕跟前，如同一次发疯的军事训练，他们不管不顾地跳下了战壕，威利首先感觉到的是他的喉咙被一个人的手卡住了，正如在一个疯狂的梦中所发生的一样，他的喉咙被死死卡住，而乔·基尔蒂，温文尔雅的基尔蒂，手里拿着一个看上去怪模怪样的轭状物，一个圆头锤子，照准袭击威利的那个家伙砸了下去，然后他用那把锤子又砸在另一个士兵头上，射击声也响起来，拼杀得格外眼红，随后战壕另一部分的德国人走过来，把双手举得高高的，像猴子一样吱哇乱叫："Kamerad， Kamerad!"以及诸如此类的喊叫，可是来自加德纳大街唯一剩下来的那个男孩仍然向他们开枪射击，不过很快他意识到自己干错了，立即把他们赶在一起，后来究竟发生了什么事情威利就不知道了，只是觉得整件事情好像一场热烈、黑暗、干渴的梦，他甚至感觉这种灼热把他裤裆里的尿都烤干了。

后来，克里斯蒂·摩兰命令他们组织起来，守住战壕，因为德国混蛋很快就会反扑过来，那些他妈的操蛋的东西很多，杂种们。他看起来非常野蛮，甚至让人胆寒，他那张脸煞白煞白，如同银光闪闪的月亮，如死人的脸一般空洞，但是奇怪的是，当他走近那些俘虏兵时，他并没有冲他们暴跳如雷，而是相当温和地要他们坐下，规规矩矩待着。

威利的喉咙干渴得要死，这是从来没有经历过的。他躺在地上一整天都在喘息，喘息。但是那天反攻一直没有发生。什么也没有供上来，没有水，也没有食物。被俘虏的德国兵被领回到了吉列蒙特村。也许，他们倒是得到了一些午餐，威利想。可是疲惫不堪的爱尔兰士兵怎么办？

他们是英雄还是癔症还是别的什么？他们躺在地上喘息，一个小时又一个小时，他们只能喘息。快到黄昏时分，十六师的另一个营上来了，才把他们换下阵地，他们按照命令愉快地返回，现在由克里斯蒂·摩兰负责，因为谢里登上尉受伤了，而在他们后面率领连队的另外两个中尉也都阵亡了。

疲惫，饥饿，干渴，他们步履蹒跚地往回走。他经过了他们认识的士兵和他们不认识的士兵，都是在冲锋的路上阵亡的。他们如同涂抹在田野上的画点。威利能看出来机枪扫射出来的那个拱顶，倒下去的士兵尸体堆出来的一个镰刀形状。奇迹，奇迹啊，他们竟然没有全部倒下去。他们不知道他们当初是怎么穿过去的。他向他的上帝祈祷，祈祷，而且在某种程度上居然灵验了。

他们回到另一道战壕附近，一个可恶的真相是谢里登上尉已经死了，有人正在把他往担架上放。威利和其他人好像都被那个担架拽了过去，他们跟在担架后面，穿过了那些开始进攻的战壕组成的迷宫，一路一直跟到了吉列蒙特村。他们经过时，他们营队的其他连排目送他们走过，甚至还向他们送来了欢呼声，因为走过去的这些小伙子和他们阵亡的头头在一起。好事传遍阵地，他们都听说硅恩奇战地已经拿下，十六师的士兵们正在穿过硅恩奇村，其实那地方只是一块夷平的地面，上面有几处白色的斑点，那是早已经夷为平地的砖和灰浆房子。这样看来，他们多多少少算是硅恩奇的英雄了，包括威利·邓恩和他的伙伴。然而，在他们心中，他们是幽灵。人们尽管对他们欢呼，给他们荣誉，不管什么事情在发生，他们甚至顾不上去看。因为他们什么都知道，因为真正应该得到荣誉的士兵都不在队伍里，他们排至少死掉了四个人，连队死掉了三分之二，营队阵亡了一半，另有三分之一士兵受了重伤。可怜的奎格利死了。战地医院对付不了洪水般涌来的伤病员。这个世界被士兵的伤残挤压成了成千个碎片。谢里登上尉成了一具懒洋洋的尸体。他们的头颅都在尖叫，脑袋里面在尖叫，这些硅恩奇战场的英雄们啊。

第三部分

第十五章

来自姐姐莫德的一封信在等着他，这不同寻常，因为莫德还一直没有写过信，倒是寄来过几样很有用的邮包。

亲爱的威利：

我希望你很好，我希望这封信能找到你。多莉和安妮和我送去了我们的爱。可是爸爸很恼火你威利。你最近这封信他说不好他就生气了威利。你向他说了些什么也许你可以再写给他让他安心下来。他说你一定不要向他问起关于雷蒙德的事儿他想要你再给他写信威利。我希望你很好我们送给你我们的爱，请在这封信的折叠里看看多莉那朵压扁的菊花，是她在城堡院子里找到的。像石楠一样好看她说。就写这些吧威利。

你亲爱的姐姐

莫德

都柏林城堡

一九一六年九月

接下来，他绞尽脑汁在想他在信中写了什么话，冒犯了父亲，但是说实话他顾不上绞尽脑汁去多想。

他们奉命撤回到一个非常惬意的地区，这里距离前线很远，连炮轰的响声都听不见，只有飞机在头顶上盘旋，飞机本身看上去倒是挺令人心旷神怡的，只是提醒战争还近在咫尺。

就在他写最后一封信时，陷入困惑中的他还曾经有过一种有趣的感觉，那就是他在弄清事情的来龙去脉时，他似乎应该在父亲的陪伴下争取把情况弄清楚，这是因为作为孩子、男孩和年轻人，他总是在父亲跟前有什么说什么，很随便，得到了父亲的表扬，也得了父亲的指教，他原来以为他可以一如既往地跟上父亲的想法，把话说出来。但是，与此同时，他又模糊地意识到一种小耗子四处爬行的不安，几个过分激烈的词也许会让像他父亲那样的老脑筋感到不安。现在他远在他乡，漫漫长路，他担心通过区区几封信就把一切说清楚，是很不切实际的，尤其不清楚是什么话造成了冒犯，尽管他有一个光明的想法。但是，如果不是事情很严重，莫德是从来不写信的，因为莫德只是在生日以及婚丧大事上写信，她认为也只有这些重大事情才是写信的理由，仅仅写些家常话和消息，绝对不该写信。

然而，战争和家两地之间的距离很漫长，很辽阔。两者之间既有平常的实际的英里，也有更为神秘的距离阻隔。偶像在一张军床上也会成为冰冷的东西，不管它们多么明亮，多么闪光。因此，只有在睡梦中，他的父亲才重若千斤；在睡梦中，格蕾塔才睡在身边。

那些日子翘首以盼的不是一场战役，而是一次搏斗。还不是一场战役中的那种搏斗，因为现在寒冷的冬季来了，霜冻咄咄逼人，大地铁板一块。他们很同情那些还坚守在前线的兵团，要熬过漫长的冬季，寒气直逼骨头，想方设法不让寒气把脚冻得黑青。男孩们在家里吃喝很差，临时接受了几个月军训，在这里几个小时便会冻僵，如同穷人在经济公寓的院子里感受的情形，寒冷的气候袭击都柏林，带来一场厚厚的害人的大雪。因此，在各个战线上，威利很担心也很清楚，法国人、爱尔兰人、英国人和德国人，都在那个世界简陋的战壕里遭罪。

翘首以盼的搏斗是团与团之间拳击比赛的压轴戏，好像命运有意安排一样，两个爱尔兰小伙子被公布出来，面对面挑战；一个是贝尔法斯特人，名叫威廉·比蒂，而另一个高个子、苍白脸的主角，名叫米克·卡迪。第一位拳击手是三十六师的，第二名拳击手在十六师大名鼎鼎，在吉列蒙特村和硅恩奇村战役之前，广告上说是敌对的碰撞，而这两仗打完后，因为北方士兵的一些营也参加了战役，这样的说法似乎不够真实了，因此广告说是“爱尔兰人的战役”。然而，各师之间的摩擦仍然让这场拳击过程带出了一些味道很重的咸味儿。巴克利神父说，就是上帝也能把一个爱尔兰故事虚构成最好的。

这场搏斗在师部礼堂举行，这是一座像模像样的大建筑物，巴克利神父经常在这里做弥撒，也经常在这里举行各种讲座，比如足保健术、拼刺刀的杀伤术、攻击距离、进攻战中如何保持自己的位置、正确阅读地图图标等等诸如此类的重要事情，但远没有一场拳击比赛那么激动人心。

礼堂拥有四盏枝形煤气大吊灯，悬挂在顶棚的大梁上，照射下来四片不够亮堂的光线。从各部队抽调上来一些木匠，建起了一个美丽的角斗场，四角安了柱子，柱子上还装饰了哥特式花纹，实在是一点没有必要。但是，大家都感受到了这次角斗的激情、正直和诗意。没有任何迹象表明有人会反对这次活动。用巴克利神父的话说：“没有反对声音。”他的意思是说，这次活动不是死亡的战场的交战，因此没有人会被机枪或者榴霰弹打死，只是一两个小时的兴奋激动，士兵们看了过瘾，很值得。巴克利神父在硅恩奇战役后已经送走了无以计数的士兵，倾听了无以计数的士兵在弥留之际的忏悔，对无以计数的阵亡的士兵念悼词，因此每隔一分半钟他的全身就要莫名其妙地颤抖一次，如同一只挨冻的狗，颤抖得很轻，只有见过黑色法衣瞬间抖动的人才能注意到。巴克利神父是一个现在不能得到温暖的温暖的人。大约三十六七名士兵不得不坐火车送回伦敦，因为他们浑身发抖，比感染十次还厉害。威利看见过那些小伙子们坐在地上，他们的胳膊不停地甩打，他们的头晃来晃去，失去控制，圣明的圣人对此也一筹莫展，如果得不到救治，别说对战争没有用处，对他们自己也没有用处了。

威利·邓恩本人这段时间倒是深度快活。他渴望看见角斗士们出场，渴望看见他们纠缠在一起，打得难分难解。他长了这么大从来没有看见过拳击，也从来没有想到过这样的事情。而现在的他，拳击比赛的日子一天天临近，像别人一样急不可待和莫名地高兴，神经兮兮，和克里斯蒂·摩兰谈论，和奥哈拉谈论。这些冲动活动之外，恐惧的沉重而血腥的利刃又在挥舞，不过只是在内心，瞬间才有……奥哈拉自己很不明智地打开了一本小书预测结果，可是因为胜机对两个人都很小，他又赶快把书合上了，他看出来他也许会因此丧失一点运气。

所有的人都来观看这场搏斗，因为这是一场没有死亡的搏斗——无论如何都不会死人，尽管这是一场赤手空拳的角斗——似乎对人的心境来说好比一只鸟儿在青翠的树林里鸣啭。

他们吃过饭，随着拥挤的吵闹的人群走进了礼堂，礼堂里溢满了斑斑点点的奇怪的灯光。因为煤气吊灯的位置，拳击台上的光线明显不足——分明一个四四方方的小场地，为什么称为拳击场[①]，威利·邓恩实在不明白。他和自己的排或者说排里剩下的士兵坐在了小铁背木椅子上，椅子在屁股下吱扭吱扭地响但很稳当。五十排椅子围成了圈，或者说四方圈子。他们尽量留出来一个小小的通道，两位角斗士可以从这里走过去。各个连的军士长做出了最大的努力，但是他们知道这个夜晚的性质。前线指挥官们很高兴坐在士兵们中间，因为他们在战壕里已经养成了习惯。但是参谋部的军官们在拳击场正前方开辟了一块地方，他们衣着华丽，专门穿上了他们的晚礼服军装。这些运筹帷幄的大人物难得一见，毕竟不是身体力行亲临战场的人(克里斯蒂·摩兰如是说，显然带有刻毒的口气)。

聚集在一块儿的脸在煤气灯光下模糊一片，像一群只容许男性进入的罕见的剧场里的观众。你还会怀疑是不是一场淫秽的表演要开始了。礼堂的前面打开了那两扇摇摇晃晃的门，两位斗士一起——或者说先后保持了几码远的谨慎距离——走出来，向拳击台走去。南方人中间的北爱尔兰人扯起嗓子喊叫起来，因为首先进入场地的是威廉·比蒂。而当米克·卡迪板着脸走下来时，南方人也欢呼起来，尖叫起来。

---

①原文为ring，圈儿的意思，和现代的四方形拳击场地似乎扭着，当然是写主人公是学建筑的，对这类东西认真而有想法。

两个拳击手都是大块头男子，不过比蒂是一个巨人。

“啊呀我的妈，”奥哈拉说，“这哪是一个人，就是一头公牛嘛。”

威利·邓恩快活地笑了。

“这他妈的就是一场斗牛比赛，”奥哈拉说，“我可大饱眼福了。”

“可怜的卡迪在那家伙跟前就是一个侏儒，”乔·基尔蒂说，“有一次在韦斯特波特我就站在米克·卡迪的旁边，我把他的马甲扣子都看得清清楚楚。”

“韦斯特波特，乔，你在韦斯特波特看见过他吗？”威利·邓恩问道。

“他在西海岸一路打过来，参加了三四次拳击呢。”乔·基尔蒂说，他可谓海边养大的最温文尔雅的人了。“他是克罗斯莫利纳人。”

“参加了三四场比赛吗？”威利·邓恩问道。

“啊，是的，威利，啊，是的，威利。”乔·基尔蒂说。

不过，两个拳击手非常客气，裁判先检查他们的手是否暗藏碎铁片和玻璃碴，又看看指节的绷带紧不紧，干净不干净，在油里或醋里浸泡过没有；油是为了铃响后擦他们自己的脸，而醋是为了给伤口一点未知的活力。裁判检查这些基本而繁琐的事情时，两个拳击手面对面站着，没有敌意，“只有爱尔兰才有的传统”，正如巴克利神父对爱尔兰人广义上的评价所说。一切就绪后他们握了握手——

至少，他们友好地用指节对指节碰了碰。然后，有人敲响了铃。威利觉得是少校本人敲的铃，几天前他还骑着他那匹漂亮的黑马到他们营房，表彰他们在硅恩奇战役中的战功，一定是他敲响的铃，因为声音就是从那个威严的人的后面响起来的。接下来是一小阵间歇，礼堂里所有的人爆发出了震耳欲聋的欢呼，随后他们陷入最深沉黑暗的寂静中，一下子只听得四盏煤气吊灯在烟雾缭绕的空气中嗞嗞作响。间歇还在继续，威利觉得，好像有足足一分钟，然后威廉·比蒂碎步跳跃一下，迅雷不及掩耳地出击一拳，向米克·卡迪的头猛然一击，威利心想米克·卡迪的脑袋这下只有落地了，如果这样的事情可能发生的话。米克·卡迪的耳朵挨到了一击，一定只有嗡嗡的响声了。接下来，威廉·比蒂仿佛初战告捷，十分开心，脚后跟着地向后站了站，放下两条胳膊，晃了晃，仿佛胳膊把他伤着了一点，米克·卡迪趁机跳过去，找准他的下巴打出一记上钩拳，惊得几百号聚集在一起的士兵倒吸了一口凉气。没有哪个人能经受住这样沉重的一击，只有满眼冒金星。

威廉·比蒂向后退了三四步，仿佛他大睁着眼睛，在数屋顶上有几盏煤气吊灯，但是很快他向前跨了几步，又冲向卡迪，两个拳击手轻快地跳动脚步，绕圈周旋，又开始狠狠地互相痛击对手，他们尽可能找准头部。威利·邓恩只能听见拳头击打脸颊骨的奇妙的响声，声音非常独特，听起来造成了剧烈的疼痛，还看得见汗水从两个人额头像泉水一样往外冒，全都发生在这礼堂神秘的阴沉的气氛中。这时，有个看不见的人敲响了铃，两个战士彼此分开，趔趄地走回他们的角落，他们所在师的团级军士长身穿土黄色防护衣和防护裤，用碗端来水让他们补充，而且全场的人都能听见他们在大声嚷嚷，提出意见。

但是，全场的人都深觉过瘾。比赛旗鼓相当，更有甚者，观众中不同的区域还发出了不同程度的善意的取笑。一些政治人名被叫喊出来，另外的政治人名被压了回去。都柏林近来发生的动乱，通过德里和贝尔法斯特的口音有所反应。各种可能的联盟、宗教和拳击手双方的背景都提到了，但是口气温和，不至于引发拳击台上冤冤相报，成为死敌，而这对巴克利神父来说有点不可思议，深感纳闷。因为，在巴克利神父心里，他是雷德蒙派的——不是爱尔兰党的实际领袖约翰·雷德蒙，而是他的兄弟威利，议会议员，待在前线那个师里，如同神父本人，确实是“一个老人了”。巴克利神父昨天刚刚宣读了威利·雷蒙德在下议院的一篇讲话，表达了他真诚的希望，那就是民族党和联合党的爱尔兰士兵们在并肩作战，有朝一日彼此终会达成更深刻的理解，消除近来的反叛，让爱尔兰成为一个和谐的国家，和平和亲密的民族……这时，铃声再次响起，米克·卡迪看样子急于解决这次角斗，毫无疑问要刺激他的助手[①]——老式决斗中参与决斗的人的称呼，巴克利神父注意到这点了——他也许已经在脑子里用软尺把魁伟的北爱尔兰人评估了一番，令人心悸地尝到了远程攻击之苦，感觉到了那两条胳膊的肌肉疙瘩的力量。因此，米克·卡迪像一个十足的陀螺，像一架扁平的白色大圈的风车，他的两条胳膊抡啊，抡啊，他还没有做出有效的攻击，威廉·比蒂像一个芭蕾舞演员早已跳到他跟前，横跨步跳跃、快步跳跃、跃起，巧妙出拳，如同受到诗意的激励，能动则动，又一个钩拳打出去，击中了第一个回合击中的那个耳朵，威利·邓恩立时感到疼痛不已，好像他自己的耳朵挨了每一下击打，而奥哈拉在兴奋之余说，他的确在威利的耳朵那里轻轻打了一下，不过只是那真正一击的影子而已。

米克·卡迪站了一会儿，注视威廉·比蒂。他似乎没有思考非常深的思想。他的耳朵在铃声间隔期间肿胀起来，这下雪上加霜，鲜血直流，大得像一个橘子，非常扁平的、血淋淋的橘子。威廉·比蒂的下巴也血淋淋的，所以也许那些旋转的拳其中一拳已经打中了他；很难说是什么沮丧情绪。只见米克·卡迪打量着威廉·比蒂。巴克利神父怀疑他在想威利·雷德蒙关于营造和平的话，或者在想别的什么事情。那个脑袋里出现了一阵巨大的跳动的疼痛，不

①更早的时候用剑决斗，要请帮手，也叫助手、副手。原文seconds，是复数，应该指助兴的观众。

过还不止疼痛，因为米克·卡迪的腿弯曲了，倒在了地面上——严格地说，是军用箱子一个挨一个用螺丝拧在一起的台面——血和汗搅和在一起，还沾了一些尘土。

裁判是来自非洲劳工团的尼日利亚人，没有参军前就已经获得了资格证书。他是一个很有风度的人，穿了一身很帅气的裁判服，很有美国范儿，给人印象深刻，而且他脸上没有笑容，一副处乱不惊的怪模样。他开始对米克·卡迪一下一下数数。礼堂里的南方人一开始惊吓得往后仰身，听见那些残忍的数字一个一个往上升，六，七。然后，他们纷纷站了起来，像听众向某个伟大的音乐家送去热烈的掌声，他们对米克·卡迪大声吆喝，尖叫，要他站起来，老天垂怜，万物感化，他往起站了。他挣扎起来，迷迷瞪瞪，像古老的故事里一个天神从地上站了起来，把他的拳头举起来，同时他的支持者的心才放松了。威廉·比蒂不停地摇头，把下巴上的血甩向特有的空气里，站在平底拳击靴子上歇气儿——说实话，那拳击靴子比战壕靴子稍好一点——似乎在等待解释。随后，铃又敲响了，如同海铃营救一艘迷路的船只，米克·卡迪万分庆幸，走向自己的角座，一屁股坐在了那把打造结实的慈悲的凳子上。

这时，礼堂出现了另一种魔窟。也许有一种谴责的情绪，在一个角落发生了短暂的士兵混战，很快被密切注视的军士们平息下去了。士兵们喊出了尖刻的称呼。比如“造反的卑鄙小人”；又比如“北爱尔兰讨厌鬼”。不过，大体说来这些只是一种激动情绪，一种恐惧冲击的幸福。

铃声又响了，米克·卡迪及时站起来冲向拳击场中心，向威廉·比蒂抡了一拳。也许他打算击中一个求之不得的下巴的什么地方，也许他只是希望打中什么东西就好，只要是那个北爱尔兰人身上就行，把方才数点的痛苦找补一下。可是他一脚踩在了他自己的血泊上，像油脂一样滑腻无比，猛然向后仰去，干脆利落地倒在了地上。威廉·比蒂弯下身体帮助他。礼堂顿时响起了非同一般的欢呼；谁都没有见过这样奇怪甚至愚蠢的景象。威廉·比蒂站回去一会儿，然后猛冲过来，下巴正好挨了卡迪的一记上钩拳，顿时薄薄的伞状血雾喷向拳击场的空中，像一块透明的幕布落向了坐在一起的参谋们那里，吓得他们在椅子上左躲右闪。但是，他们也只是能避开就避开而已，因为这毕竟不是他们自己在亡命喋血，就是躲不开落到身上了，他们也照样像别人一样津津乐道地观看这场角斗，一饱眼福。

你来我往的击打还有四个回合，双方都拿出了各自的招数。观众中间爆发出了阵阵赞叹，现在谁都不是铁杆支持者。这是一场旗鼓相当的角斗，这样难分高下的回合正在慢慢地滑向疲劳和现场的意图的胶着状态，精力的一次次低落又被一次次唤起，打出沉重的、有效的猛击，在双方的腿上造成了消耗和损失，疲惫得像爱尔兰历史本身一样千疮百孔。吸烟、汗水、鲜血以及朦胧的光线交错在一起，几百张聚集在一起的脸都亮出来，喊叫，渴望，而台上的拳头继续照着脸、胸、肩打去。鲜血沾满了拳击者赤裸的上身；鲜血在皮肤下肿胀成了一块块黑青的印子，如同士兵们在战壕里亲眼见过的冻伤。鲜血从鼻子里流出来，鲜血从耳朵上流下来，鲜血从小伤口和小裂口流出来，在米克·卡迪的胸膛上染成了一大块围涎。整个拳击过程都是一种罕见的扑哧扑哧的声音，仿佛骨头本身正在被覆盖东西。威利想，最难以想象的是明天这两个人一定会到处走动，一张脸又肿又胀，面目全非，其中一个毫无疑问还会面带微笑，谈论这场拳击比赛。或者，他们也将会被埋葬在佛兰德斯土地的下面？天哪，如果这场战争再持续下去，他们也许在劫难逃啊。

现在，他们像真正的勉为其难的交易者，正在你来我往地交易拳头。威利猜测，他们的脑袋是按什么瓦数在运转？威利安静地坐在他的座位上，完全随着全体观众的情绪波动。现在没有人喊叫，少有的和平笼罩全场。仿佛这个角斗的景象让那些士兵安静下来，把某种反省的符咒贴在了他们身上，听凭两个大块头爱尔兰人纠缠在一起，继续搏斗。终于，米克·卡迪出其不意地朝着威廉·比蒂打出一记偏拳，但是打得又准又狠，正中比蒂那破烂的脑袋的左鬓角，这个巨人应声倒下，人群顿时爆出了喊叫，如怒吼，如喧嚣，如可怕的、简单的、美丽的发自肺腑的赞叹，梅奥郡克罗斯莫利纳的米克·卡迪，成了那天几百号人的英雄。

另一个夜晚，军官们打扮起来，为感激的士兵们演出《月亮升起》，这是为爱尔兰军团安排的一出爱尔兰话剧。一名前线军官扮演剧中的警察，斯托克斯少校扮演反叛分子——他有几分像可怜的谢里登上尉。少校的爱尔兰口音很生硬。看见他红润的脸在轮廓下起伏，那样子很怪异。然而，即便如此，在场的多数是国王的人——在某种程度上，他们全都是国王的人，身穿军装坐在那里观看演出——即便如此，每个人都希望那位反叛分子获得自由，而且当反叛分子获得自由时，大家都感到如释重负。这个剧本放在一百年前，也许是相当真实的。即便如此。

接下来的月份安排的娱乐是一种跳舞，乐曲由一个小舞台上的几个人弹奏，然而只能算是一种跳舞，因为没有女人陪着跳舞，他们本来以为护士们可能被允许来参加跳舞。但是，最终斯托克斯上校说，他不会让那么多可怜的护士来陪一大群爱尔兰疯子跳舞。不过，这个夜晚的舞会是为了慰问全营的，可惜这个营的爱尔兰士兵所剩无几，基本上都是补充兵和新兵，而且许多新来的小伙子自己也不是爱尔兰人，只有乱炖里还有相当多的爱尔兰羔羊，使得乱炖原汁原味，十分纯正。

即便如此，眼睛好使的人还是能够一眼看出来，十六师来的大量士兵都不见身影了。像威利·邓恩这样的爱尔兰兵已经寥寥无几，威利四下环顾，不免感觉奇怪。

“我想老索姆河[1]把我们多数士兵都索取走了啊，”乔·基尔蒂扫视着士兵人群，感叹说，“我只看得见很少几张熟脸了，威利。”

乔·基尔蒂的声音里带了非常凄凉的调子，仿佛他几乎害怕说出这样的话似的。不过，对威利说来其中很少有什么舒心的东西。

不管怎样，那个小小乐队演奏起来了，一个钢琴师，一个号手，一个鼓手，他们演奏出很有味道的爵士乐，这时候没有女人在场的缺憾就很酸楚了。他们在乐曲的催促下能指望什么呢？他们成群结队地站在那里观看乐手们演奏，可是乐曲非常轻快活泼，他们演奏出来很有美国风格的爵士乐，绝大多数士兵都是小年轻，很想跳跳舞，把战争忘掉。于是，这里那里有少数人嘻嘻哈哈地拉起另一个人跳起了华尔兹舞步，这下似乎产生了感染力，引起了爆笑，人们彼此鞠躬邀舞，如同献殷勤的朝臣或者彬彬有礼的男子，被邀舞的小伙子哈哈笑着接受了邀请，模仿着还以屈膝礼，顺从地被人领到了舞场，宛如真正的女士。天哪，当乐器击打起来时，为首的跳舞者真的迈开他们的靴子跳起来，翩翩旋转，吼吼哈哈大叫起来，年轻的轻快的小伙子们跳啊跳啊，几乎都碰着屋顶的椽子了。威利·邓

①第一次世界大战主要战场，爱尔兰士兵在这一带伤亡惨重。

恩跳得活活泼泼，好像一只小鸡，领舞的是奥哈拉，六英尺高的奥哈拉，他把威利提拔得那么到位，威利很快进入角色，十分开心，恨不得自己生为女儿身，只是绝不会做奥哈拉的女朋友，因为像现在这样跳下去非累死不可。

空气好像一会儿变蓝，一会儿变绿，一会儿变黄，旋转地像一场台风，刮得令人头晕目眩。乔·基尔蒂，这个翩翩起舞的梅奥人，宽脚丫，像一个姑娘一样飞转，一脸庄严的微笑。他旋转到了威利的舞径上，他们差一点撞在一起。后来，碰撞反倒更让人来劲，舞场成了快活的大碰撞，小伙子们带领着另外的小伙子们制造险情。

那个夜晚临近结束时，大家都累得筋疲力尽，来自戈尔韦的钢琴演奏者和他的伙伴乐手们不一样，独自演奏了一曲美丽的乡村舞蹈，而乔·基尔蒂随即跳上了一张桌子，随着乐曲跳起来，后来才听说他是查尔斯镇和佛科斯福德联区的跳舞冠军。他站在那里几分钟如同一块石头，军装上有一些潮湿的印子，等待乐曲进入耳朵的门户，两臂紧紧地贴在两侧，一副严阵以待的派头。然后，如同音乐像一股电流蹿进了他的靴子，他的两脚如同令人惊讶的锤子活动起来，轻轻地踩踏桌子，拍子极强，然而整个上身却纹丝不动，头高高扬起，两眼坚定地向前看去。威利心想，那看上去真是再奇妙不过的神气，尤其乔·基尔蒂那令人惊讶的身体，背叛了他那个人或者他的性格，平常绝对看不出这个天分。另一个奇迹是那张桌子承受住了这场独舞，因为它确实在舞步踩踏下会因支撑不住而坍塌。围观的士兵们，尤其爱尔兰的士兵们，紧接着苏格兰、威尔士和英格兰的士兵们，一起举起他们的双手鼓掌欢呼，而乔·基尔蒂就是在为他们舞蹈。他们举起双手鼓掌欢呼，他于是噼噼啪啪地跳啊，跳啊。

舞会完毕，他们走回营房，威利·邓恩忍不住溜到了乔的身边。

“跳得太绝了，乔。”他说，一脸喜悦之色。

“不算太坏吧!”乔·基尔蒂说，笑得很灿烂，如同流星。

“了不得，乔，”威利说，“可算长了见识。”

“啊，没错。”乔·基尔蒂说，有点不好意思但是很高兴。

然后，威利·邓恩如同在临近的床铺上那样轻微地晃动身子。他真的不知道接下来说什么好，他智穷才尽了。

“什么理由让你参军的，乔?”威利问道。

“嘿，理由很平常，”乔说，“我告诉你是什么理由，威利。我正走在巴里纳镇那条河边，操心自己的事情。我父亲让我到巴里纳镇看看谷仓门上的门闩的行情。这时，一个靓妞走过来，手里拿着一把白生生的羽毛，像一束花儿，她穿过马路，笑盈盈地走到我跟前，把那把羽毛递给我。我不知道怎么回事，我母亲在奎罗纳奇坦养了一些蜜蜂，我以为她是一个流动兜售羽毛的人，因为，你知道，威利，你伺候蜜蜂需要鹅翅膀，把蜜蜂从闹哄哄的蜂窝掸进搬运的蜂箱里，我知道不需使用整只翅膀，只要是鹅毛做的就好。因此，我问她说：‘你是在卖这些东西吗？’可她说：‘不。’‘这是用来伺候蜂蜜的吗？’我问。‘不，’她说，‘是为了战争。我把这把羽毛送给你，这样你不去参战就会感觉不快，自己就会走出家门去打仗。’我说：‘走开吧。我从来没有听说过这种把戏。’‘哦，好吧，’她说，‘那么你怎么想，准备去打仗吗？’你知道，她很俊俏，很活泼，小样儿没的说，我一时觉得很难堪，不知所措，只好说：‘是啊，是啊。’不用说，我本来不打算出去打仗的，只是来看门闩，然后回家去见母亲和父亲，可是你知道，当你向一个人应承了去干一件事情，你就应该去干的。”

“这就是你来打仗的理由吗？真是难以置信。”威利说，那口气像一个孩子。

“真的就是这么回事儿，威利，我的堂弟乔·麦克纳尔蒂和我就伴儿一起来了。”乔说，把头向后挺了挺，开心地大笑起来，没有自嘲挖苦的意思，只是想到他后来发现战争的真面目，对自己当初的傻劲儿感到特别可笑。

威利快快活活地回到他自己的小窝，干脆利落地脱下他的军装，整整齐齐地折叠起来，规规矩矩地蜷曲在床上。他猜测，这军营蜷曲在这黑黢黢的田野上，这田野蜷曲在天空下，这天空像一封龙飞凤舞写成的星星的信，蜷曲在伟大的上帝的胳肢窝里，如果上帝真的存在的话，而上帝自己又蜷曲在——上帝在这漫漫长夜干什么呢？他小时候不知道这点，长成大人了还是不知道这个。

“这是一个很愚蠢的问题。”他跟自己嘟哝说。他周围渐渐变得忙乱了，他的同伴们进入梦乡，弄出了许多奇怪的声音。他们的屁和可怕的脚臭味儿混合在一起，他们的肺像发动机收回来又鼓起来，绵绵的呼吸气息凝冻在冰冷的窗户玻璃上。

他想着这些随意的思想，然后他的头突然被一阵怪异的疼痛冲洗了一下，他脑袋里的词儿被一片黑墨水淹掉了，一片黑暗，他把身子在凹陷的床垫上沉了沉，他的牙齿咔咔碰了几下，眼泪流了下来。

战争永远没有尽头。他出国打仗，为了比利时，为了保护自己的三个姐妹。他会一直待在战场。死神的计数杖可以从小树上没完没了地砍来制作。将军们会点清阵亡的士兵，炫耀他们的胜利和失败，把更多更多的士兵送往前线。永远送下去。

狗獾隐藏在树林的叶子下面。猫头鹰躲在桑树和白蜡树里。那个冬天的佛兰德斯，又一个灵魂深处发生了变化。

第十六章

很快，他们返回了前线，尽管这一带是所谓的平静战区。他几乎没有注意自己的生日过了，虽然按照一些标志，二十岁是一件大事情。好在莫德没有忘记他的生日，给他寄来了一听可可粉。他从他盒子里用指头蘸上黑乎乎的可可粉吃，懒得用水冲上喝。然而，一年过去了，新的一年气势汹汹地到来了。看情形，国内没有多少人自告奋勇来当兵，正如克里斯蒂·摩兰嘲讽说，只有“几个脑子软化的可怜人[①]”。威利的连队及时补充了新兵——但是现在很少几个是爱尔兰人。

他们排的新头儿来自伦敦，名叫比格斯少尉。乔·基尔蒂的机枪组有四个“玩意儿”——又是克里斯蒂·摩兰善意的称呼——都是英格兰各个地方来的。他们似乎都不怎么在乎他们编入了一个所谓的爱尔兰师，是在一个名叫

---

①英文soft-headed，意为“没有判断力的”、“愚蠢的”等。

“皇家都柏林明火枪团”的军队服役，即便他们一辈子都没有去过都柏林。其中一个小伙子来自伍斯特——“我长了这么大连伯明翰都没有到过，”他承认说，“直到那天我和哥哥约翰在伯明翰看见了招兵的军士长。”然而，他们和基尔蒂、奥哈拉和邓恩都不生分——都不过是一些年轻小伙子，满脑子糊涂观念，所有年轻人爱做的大同小异的梦，不管是战争的或不是战争的。

这些新兵蛋子没有一个见识过前线，威利想，可疑的沉闷和白皑皑的寒冷一定让他们深感震撼。

在威利的排里，还有一个年轻小个子名叫威克斯[①]，他也是一个伦敦人。

“我们家七个孩子，”他说，“我们的名字就按照一个星期的每一天叫起来了。”

这下有了开玩笑的好由头了。蒂米·威克斯的父亲，所有日子的父亲，是汉普斯特德一个大家族的园丁，兼管圣约翰教堂的教区长的院子。

“他对鳞茎植物了若指掌。他对墓碑上的那些名字也了若指掌。”蒂米·威克斯说。然而，他们父亲参战第一天就在加里波利[②]阵亡了。

---

①英文Weekes，week的复数；week的中文是“星期”、“周”、“礼拜”；一个星期有七天，这兄妹姐弟七个便分别叫“星期一”、“星期二”、“星期三”……所以有了后面的描述。

②意大利一地名。

“我还是个小孩子时，他就带我去看一个像我一样大的小男孩儿的墓，他名叫约瑟夫·朗格，七岁上就死了，那是一六七二年，”蒂米·威克斯说，“约翰·济慈那个诗人也埋葬在那里，因为这事儿我就开始读书了，以后就一直没有中断。”

威利·邓恩在心里尽量避免和这些新来的士兵搅和在一起，并不是因为他们是英格兰人，而是因为有一条禁忌——如果算不上清规戒律的话——新兵往往充当炮灰，首先阵亡。他想尽量躲开这样的霉头。但是，你很难躲开一个名叫威克斯的人，他毕竟有六个兄弟姐妹呢，开开玩笑是再好不过的。

克里斯蒂·摩兰却尽量和他们和睦相处，耐心地教他们如何使用来复枪，尽量模仿各种声音教会他们辨别不同炸弹的声音。他告诉他们瓦斯的主要类型，训练他们使用瓦斯面罩，搞得他们十分沮丧。巴克利神父从他们的士兵手册了解到他们是新教教徒，不过他仍然恪守职责，和他们分别交谈。

“那个随军牧师是个不错的人。”蒂米·威克斯说。

“啊，他很了不得，没错。”乔·基尔蒂说。

“我估计他知道我是一个异教徒吧？”蒂米·威克斯问道。

“啊，我们到了这里就都是异教徒了。”乔·基尔蒂说。

蒂米·威克斯后来表明他确实是一个了不起的读者，

名不虚传。一般情况下，传阅军队报纸是家常便饭，另外是一路上在各个火车站捡来的小说，还有就是“蛮荒的西部”廉价惊险小说和其他故事——即“美国蛮荒的西部”，不过也像这里的西部一样蛮荒吗？一半都不及吧。

不过现阶段排里开始传阅陀思妥耶夫斯基，书页蜷曲得像冬天起伏的山地。那本书名叫《白痴》。他还有瓦尔特·惠特曼的《草叶集》，成了稳操胜券的宠爱，几乎人见人爱，尤其乔·基尔蒂爱不释手，他认为瓦尔特·惠特曼具有农夫的灵魂，只是程度不同而已。他说奎罗纳奇坦的人说话就这种口气，或者近乎这样的口气——类似的情感，或者如人们所谓的“煽情”。瓦尔特·惠特曼当然成了大家的所爱。不过，他们大家百读不厌的是陀思妥耶夫斯基。那本书根本不是写他们，是写该死的俄罗斯人的，但是在某种程度上又是写他们的。他贪婪地阅读那本书，好像它是一块牛排或者一块糖。他们现在都成了陀思妥耶夫斯基的士兵了。

威利·邓恩对这些书也钟爱有加；他开始待在一个犄角旮旯里，一声不响、津津有味地看几个小时书。他能够沉潜在俄罗斯那个翻滚的世界里。他觉得他很想会见一个正在东线战场和德国鬼子作战的真实的俄罗斯士兵。不过，他们听起来好像有爱尔兰人两倍的块头，这给他的印象很深——粗壮的沉着的绅士。他说不清他是否仰慕书中那个“白痴”。他不知道那个“白痴”是白痴还是圣人，或者二者兼而有之。

蒂米·威克斯胳肢窝下带来的这个小小的图书馆，变得越来越破旧，越来越肮脏，却越来越普遍受到士兵们的爱戴。

形成鲜明对照的是，比格斯少言寡语，做事效率很高。克里斯蒂·摩兰很难和他的第三任中尉沟通——或者，按现在的军阶，是少尉，但是无论如何他是第三个连长。

"他没的说，"克里斯蒂·摩兰说，"我只是和谢里登上尉相处惯了，愿他地下安息吧。我看，士兵最想念的是帕斯利上尉吧。"

"你这样认为吗，军士长?"威利·邓恩说，听到这样的话他很感激。

"尽管他当时不逃走，是一个傻子。一个癔症。"

没错，威利想。他是一个傻子。因为如果逃走了，他也许仍然和他们在一起呢。除了他肺里填满了瓦斯，他还得到了什么呢？在这种令人悲伤的结果中，没有英雄般的死亡。不过当时帕斯利上尉也许不会声称他是在英勇就义。倘若他是一个白痴，那他当然是一个神圣的白痴。

"在克里米亚[①]，你父亲那时的情况怎么样?"威利·邓恩问道，脑子里却在想他过去见过的那些阵亡士兵的心酸的名单。"也和这里一样吗?"

①俄国一地名；1853—1856年间，俄国与英、法、土等国在此发生战争。

“和这里一样。也许规模小一些吧。塞瓦斯托波尔[①]下面的战壕完全一样，他们把屁股都冻掉了，爱尔兰人站着就冻死了。可怕的小型战斗一死就是几百号人。当兵的生活嘛，威利。不过，我们不是还有吃的吗？哦，多数情况下都有吃的。”

“是的，军士长。”

不消说，军士长是在开玩笑。一点吃的也没有，没有辛辣的野鸡，没有齁甜的布丁，没有莫德的蛋奶沙司，没有热烈的地球的一粒粮食，你就不能对抗那份庞大的死去的黑名单。逝去的灵魂的坟墓遍布那些残破的森林和农场。突然间，他很想对他的军士长说，这场战争完全是一个丑陋的、邪恶的诡计，不管是一个普鲁莫还是一个高夫[②]，是好将军还是坏将军，都没有他妈的关系，一切事情都只会以种种歪曲的死亡的坏账单结束。他的头现在沉甸甸的，像一个拳击手的头一样麻木，他想把事情和军士长解释一番，他想要上帝自己下凡来到他们说话的地方，告诉他们什么东西能够阻止没完没了的死亡，不让他们在内心哭泣，如同在污秽的大雨中没有屋顶的小屋子。

“国王和国家，威利，国王和国家。”

“你这样认为吗，军士长？”

“我就喜欢操他妈妈的。”克里斯蒂·摩兰说。

---

①俄国一地名。

②两个虚构的将军的名字。

那倒不是他们过去从来没有领教过这样的冬天，只是他们不得已大冬天站在外面实在难熬啊。许多日子里，战壕只是一道白色的雪埋的战壕，霜和湿土紧紧冻在一起，一切东西在同一时刻都会冻住，冻烂，大炮冰冷得没法打炮，你要是不小心把手放在上面，你的手指头立马就会冻在上面。他们曾按士兵的方式欢呼一九一七年的新年到来，现在却从内心诅咒它了。他们的头发冻结了，他们因此看上去像垂垂老人。那么多日子等待着，他们却像牛群在冰天雪地里，整日站在战壕的垫路木板上，他们能干什么呢？士兵们一动不动地站立着，仿佛他们把自己变成了没有生命的状态，如同冬天池塘里的鱼儿。寒风吹来，像锤子一样捶打他们的脸。

然后，一个阳光明媚的日子到来，把如同巨大的鸡蛋壳一样的地貌敲得咔咔响，他们这时能够听见树林里的树木弄出各种声音，像打炮弹。这里那里，沿着供给战壕，士兵们能发现倒下的鸟儿，在雪地里像小小的黑色的死神。他们不再祈祷救赎、宽恕和营救，只求得茶水送来时还热腾腾的。可是，他们一定是天气的哲学家，因为但凡他们能听到或者说出一个词儿，那往往就是一个苦涩的笑话，仿佛努力给另一个人送去一点热力，不管通过什么方式。

时不时，前线一带会有炮弹爆炸，常有的情况是，一颗炮弹会落在毫无防范的哨兵们中间，鲜红的血便会成绺成片地溅洒在白皑皑的雪地上，哨兵皮开肉绽，痛叫不已。夜间，小分队会夜袭，试图抓获几个俘虏，或者德国人会过来试图把他们抓走几个。甚至狙击手都咒骂茫茫白雪，没法瞄准目标。

信件是一种奖赏，但是威利·邓恩没有这个福分。他冻僵的指头忠实地给莫德写了回信，又给他父亲写了信。他每隔两个星期就给格蕾塔写一封信，而且写信时努力记起格蕾塔的脸，跟她说些掏心窝子的话。他努力把艰难生存的根茎搓在一起，保持未来生存的希望，但是做到这点非常难。如果毋容置疑地证明他过去的生活只是陀思妥耶夫斯基一本小说里描写的一些东西，那么他也许听之任之，相信这样的说法。要么他也许是一本廉价惊险小说，要么他就是一本没有字迹的白页书。他生活在一片只有白页的地貌上，在霜天雪地里很难在茫茫白色上画出记号，很难把他的存在呈现出来；也许，他想，他的心在这天寒地冻的气候里正在收缩。确实，他那可怜的鸟儿缩成了一粒小豆子；他想，它已经缩进肚子深处了，那是他全身仅有的一点热量。他知道，这里成千上万的士兵像他一样，麻木地站在黑下来又亮起来的白雪和霜冻里，白天来了又去，夜晚来了又走，迎来一个星期，送走一个星期。当他的脚下没有感觉时，他很难在脑袋里爱恋未来，想着未来。

“好运气总算来了，”克里斯蒂·摩兰说，“有点战争可打了。”

然后，一些久违的奇迹发生了。威利衣服里的虱子又开始活动，一天早上天寒地冻的乐曲，随着它那些刺骨的音符，似乎接近了尾声。绿色植物和褐色的土地渐渐地在这个世界崭露了。一阵阵清风把雾气吹走，他竟然看见了伊普尔的钟楼脆弱而清晰地出现在了远处。士兵们似乎更加友好，似乎每个人都觉得他们熬过了某种不可能熬过去的东西，因为它是如此简单，如此单一。那某种东西就是冬天。新的某种东西就是春天。然而，如果他是一个春天里的第一个人，那他倒不会膜拜它的再次到来了。

然后，他们大家都不得不再次拔营转移，列兵威克斯把他的书打成捆，他们拖着沉重的身子，穿过道路上的骚动和嘈杂。

展现在他们眼前的一望无边的广袤地带，正是他们现在所期盼的。他们按照命令来到了一片数英亩大小的圈地，在这些地带形成一个他们将要攻占的辽阔的地貌模型，那是人类的双手创造出来的一样令人惊奇的东西。它和他们整个冬季蛰伏其中的那个缩小的地方不太一样，而是另一处类似的地形，所有的乡野都位于一个名叫维茨查耶特的小村子下面，巴克利神父说村名的意思是“白村”。这是一个美丽的名字，不久前周围全是白色乡野，白色的天空和白色的土地。比格斯说，德国鬼子在这里坚守了三年，十六师和三十六师如果能为可怜的比利时把它夺回来，那就是他们的功劳了。威利·邓恩注视这个地方，听着比格斯少尉喋喋不休地传达这些指示，他衷心希望他们在覆盖白雪的苦难中坚守在小小的战壕里，已经树立了他们所有人的真正的榜样，哪怕只是为了装饰，如同耶稣圣诞图一样。然而，他知道这是一种愚蠢的想法。

令人大长见识的是，终于看见了军团的鼓手们敲击那些闪亮的鼓，排成美妙队列，步调一致地前进——咚咚咚咚，砰砰砰砰——他们的手在飞舞，亮闪闪的靴子向前走，这一切意味着在真实的土地上发射的有目的火力网，真正的士兵紧紧跟随其后。那些打鼓的士兵代表那些爆炸的炮弹。

普鲁莫将军骑在他那俊美的大灰马上。一个士兵难得看见将军的真面目。

比格斯认为将军是一个恩慈的聪明人。他说这话时，脸都红了。

“他不是他们中间他妈的最坏的。”克里斯蒂·摩兰嘟哝说。

两封日期不同的信一起到来了，如同金盒子一样受欢迎。

亲爱的威利快回家来我最最爱你了。别忘了巧克力我爱你。

学校很有趣。可爱的多莉

另一封信是安妮写来的明信片。上面的风景是斯莱戈湾的斯塔兰希尔海滩。不消说，那是盛夏的景色，拍成照片当明信片使用的。威利对那些身穿裤子和衬衫、戴草帽的男人看了又看，对那些身穿漂亮的裙装的女士和拉着她们手的孩子们看了又看，他们都在眺望波涛汹涌的大海，空地上停着一辆小汽车，还有一辆双轮敞篷轻便马车。他想，一个士兵看着这样的东西能哭出来，因为它们是那么平常，那么生动。等他自己把它珍藏够了，品尝够了，他一定要拿给奥哈拉看看。

亲爱的威利，（安妮用她学校的蓝墨水写道）我们十月在这里度假，我们差一点被风暴吹走了。不过过得很快活，爸爸状态很好，我们在旅馆吃到了丰盛的茶点，多莉见什么喜欢什么，特别喜欢火车（和你多年前一模一样）
你亲爱的姐姐，安妮。

就这些内容。但是他把两封信看了一遍又一遍，一遍又一遍。

他们都到海边度假去了，却落下了他。但是他们又能怎么样呢？

这么多星期过去了，仍然没有格蕾塔的来信。

他们知道他们不久又要转移了，因此巴克利神父把他的帆布小屋支起来，这是他每逢这种时候一定会做的，部队所有士兵都想排成长队进行忏悔。巴克利神父在另一侧坐在一个有垫子的小凳子上，那块垫子上绣了一幅画儿，是一个妇女坐在玉米地里，不过这倒没有什么特别重要的意义；他还在脚边放了一杯水，因为数说罪孽是一件口渴舌燥的差事。他可不是把这差事当作玩笑做的，他会说这是一件让人释放情绪、鼓舞情绪的事情，因此士兵们把他们的罪孽向他吐露出来，会感到身心更加自由。

春天已经完全接管了乡间，蓝色的小鸟好像无处不在，收集野草碎叶建筑它们的小窝。在他们营地的那片地面上，有一个角落布满了雪莲花。很多士兵都在耐心地等待，威利认为那情形看上去仿佛是整整一个军团，而不仅仅是他们自己的一个连队，尤其他想到这些士兵都只是天主教教徒。尽管人数众多，在队伍很远的地方，大家还是能听见帆布小屋传出来的哝哝细语，虽然他们听不清楚到底是些什么话，谢天谢地。然而，他们经常能听见巴克利神父提高一点的声音，哪怕只是一声“孩子”的呼唤，这让那些等待的士兵们听来很受用，互相之间点一点头，仿佛在说：喔，是的，我们认为是的，我们知道他干了些什么。不消说，这只不过是人们所说的战场忏悔，简短，温馨，巴克利神父所能说的不会是喋喋不休的悔过，只能是一遍又一遍的“我们的上帝”和“万福马利亚”，谁让他们深陷在佛兰德斯的中部呢?

然而，威利，也许还有许多别的士兵，都觉得这次任务不轻松。他想告诉神父关于那个他睡过觉的堕落的靓妞——如果他真的和她睡过觉的话；他想他必须说出来，只用几分钟——回到亚眠。他觉得如果他能大声地说出来，而且自从这事发生后这也绝不是第一次走向忏悔，巴克利神父也许可以在他的内心里看见悔意而宽恕他，或者在上帝内心看见悔意，那他就能把这件事情放在身后了。因为他认为这是干了一件深刻错误的事情，不只是为了他自己，也是为了格蕾塔。这件事情让他不安；一次又一次地让他不安。

轮到他的时候，他让另一个人出去，钻进了那个小小的空间。屋子里有一个帆布包底的凳子，一道怪怪的绿色光亮从薄薄的隔帘映进来。一条机警的小缝留出来，是让他在这里说话的，他知道巴克利神父就在小缝对面，因为他能看见神父模模糊糊的轮廓在晃动，但是一点没有对着他看。

他忏悔了几桩罪孽，在他一个人逮住机会时，他抽了几次灯芯儿[①]，这种事不经常。他倒是经常不喜欢这种事

①煤油灯都有灯芯，纸或线做的，有焦头时要抽出来剪掉，保持亮度。这里是指手淫，也还形象。

儿。但是，还是抽过几次的。

“我认为我们不要对这种事大惊小怪。”巴克利神父说。

接下来，威利提到了亚眠那个姑娘，当他把这件事和想念家乡的女朋友联系在一块儿时，他心里很不安。

“是你吗，威利？”巴克利神父问道。

“是的，神父。”

“我对这样的事情也不会大惊小怪，威利。下一次，只用躲开那些女孩子就好了，威利。但愿那老出水软管[①]没有刺痛吧？”

“没有，神父。”

“你很幸运，威利。”

“我知道，神父。谢谢你，神父。”

“还有别的事情吗，威利？”

“没有，神父。”

但是他揣摩威利的语调里有一些东西，巴克利神父往往能从士兵忏悔的口气里听出来。

“什么事，威利？”

“哦，后面还排着很长很长的队，神父，都在等待呢。”

“别管那些小伙子，威利。他们不在乎等几秒钟。你还有什么心思？”

“哦，怎么说呢，这算不上什么罪过，神父。哦，也许

---

①尿道或阴茎；这里是关心威利感染性病没有。

算罪过。我在担心我的父亲，神父。”

“你父亲是干什么的，威利？他就是警察署署长，是吗？”

“他就是。我休假回来给他写了一封信，我姐姐写信告诉我，说我父亲对我写的那封信非常生气，就是那封我寄给他的信，你知道吗？”

“信里写了些什么？”

“我也说不清。那次我和杰西·柯万路过都柏林，我很郁闷，神父，你知道吗？我把当时的心情都写出来了，我怎么看就怎么写，但是我一定说了些让他不痛快的话，你知道。”

“让他生气了吗？”

“是的。”

“可是，威利，是什么呢？”

“关于那里发生的事情。我看见一个年轻的小伙子在门廊里，和我自己很相近，神父。是一个叛乱者。我看着他，他看着我。他被打死了。就这些。这真是一笔该死的糊涂账，神父。请原谅。”

“是的，这么回事啊。”

“有一会儿，我在那里不知道到底发生了什么。后来杰西·柯万被枪决了，神父。一个人对这事还能说些什么呢？杰西·柯万把理由告诉我了。我还是不知道他到底是什么意思。那些日子里我对什么事情都想不明白。所以，我只是吃饭，让我干什么就干什么，但是，神父，为了什么，为了什么，我不知道啊。”

“你听说过有个人名叫威利·雷德蒙吗，威利？”

“听说过，神父。他是你那个雷蒙德的兄弟。”

“是这样。哦，现在，威利，我尽力来说明一下。他说我们为爱尔兰而打仗，通过另一个国家。你明白吗？为爱尔兰打仗，通过另一个国家。”

“这话什么意思，神父？”

“你亲眼看见了，为爱尔兰而战斗的这场战争很可怕，通过为比利时可怜的国民打仗，在国王的军队里，你最终是为了爱尔兰在打仗，赢得地方自治等等权利，把爱尔兰错综复杂的结果拢在一起，北方人和南方人，三十六师和十六师，合并起来，这是一劳永逸的事情，难能可贵的事情。这是威利·雷德蒙在下议院所讲的话。他是议员，威利，他就在这里和我们一起为他相信是一件前所未有的事业而打仗。为了爱尔兰，威利。”

“我认为我父亲也不喜欢这样的声音，神父。”

“你怎么想，威利？”

“我告诉你真相，我为此快要哭出来了，神父。可是一个士兵不应该在这里哭泣。”

“你能知道你自己的愿望，你父亲能知道他的愿望。”

“可是我父亲和我在很多事情上总是有一样的愿望。这就是麻烦，我想——我也不知道。我糊涂了，神父。”

“哦，上帝保佑你的糊涂，威利。这里有许多士兵只往家里寄几个先令，这也不是什么罪过。”

“不是，神父。哦，谢谢你，神父。”

“为你那个好姑娘祈祷十次万福马利亚，威利。你该休假了吗，威利？”

“我想还没有，神父。”

“哦，上帝保佑你，威利。让下面的人进来。祝明天好运。”

第十七章

在大家看来，比格斯有点神秘，他的脸色好像油酥点心。士兵们看不出来即将到来的战役对他有什么影响，但是他们每个人、他们所有的人当然都在瞅他的脸色，试图弄清楚他的信心到了什么程度。

克里斯蒂·摩兰的情绪高涨，把他酗酒日子里的那些故事讲给他们听，逗他们开心。只要这位军士长心情快活——如果那是真正的快活的话——他就快速地一个话题接一个话题瞎聊，似乎不知道他的那些念头会把他带往哪里。

不管怎样，他们在午夜时分才被领进了战壕。一场绵绵细雨下过了，把夏日的灰尘尽职尽责地压了下去。那是那年六月初，星光点点，热气如同一件荒唐的外衣。考虑周到的将军把水放在了各个地方，工兵们说新路已经开到了前部的战壕，只要战斗一结束，所有的装备都能及时转运。这种情况不常见。

大炮不停地放，一连打了三个星期。飞机上的飞行员在想许多已经干过的漂亮的活儿。维茨查耶特村位于梅西纳桥上风，因此他们不会飞出很远，因为德国人像逮野禽的人一样守在那里。然而，据报告，前面的所有地面都挨过炸弹了。巨大的榴弹炮在铁丝网一带的阵地一直狂轰滥炸。除了少尉比格斯模棱两可，威利·邓恩感觉到了大战在即。他很害怕，但是印象深刻。

那天夜里他们得到了两个水壶，他们发现第二个水壶里面装满了茶水。这完全是一种爱尔兰特色。他们的孩子们在田地干活儿，前面是水壶，后面是大锅，厨房不会让他们失望。水壶后面是丰盛的乱炖和双份朗姆酒。这不是一场他们见识过的战争。

大炮停止了好几个小时，周围的土地回归自己。这里像一个崭新的乡村，一个崭新的地方。夏天的雨让万物释放出气味，新的野草大胆地到处生长，好像一抹疯长的胡须，主要在树林里蔓延。连树林里的夜莺也叫起来，谁听了都不免感到纳闷儿。

“什么鸟儿在叫？”威利·邓恩问道。

“他妈的夜莺。”克里斯蒂·摩兰说。

他们一再受到叮嘱，别暴露什么光亮，因此谁都不敢吸烟。他们在安静的阴暗的战壕里或者坐着，或者走动。他们低声说话。所有的装备都就绪了，乔·基尔蒂和蒂米·威克斯现在是机枪手，因此他们四个人要携带大量的弹药箱。他们不得不亲自扛上刘易斯机枪，但是，与子弹带相比，那真是一个累赘。由此可以说扛弹药箱就和带了铅块赶路是一个道理了。

他们就这样等待时，他们身后的大炮突然开火了。已经花费了整整一个星期往土里安装大炮，并且在大炮上披了伪装的焦油帆布。据说，大约摆开了两千门大炮，都在更适合的位置开火。炮兵喜欢同时使用三分之二打炮，另外三分之一冷却炮管。威利想，它们面世以来就这一次似乎有了射程，他能看见炮弹在那座桥下方一带很远的地方爆炸。那种爆炸声全都集中起来，汇合成一个声音，好像所有被诅咒下地狱的人发出可怕的哀号。即使你能把这种声音阻止了，你还能听见它延续三分钟。

梯子已经就位。所有的东西都异乎寻常地就位了。他们分到了足够的罐头食品，应对紧急状况。就是他们的军装也很干净，因为按命令认真地把军装刷洗一番，好像他们是新招募来的，如同他们中间的一些新兵那样。他们使用特别难闻的东西擦洗军装上的脏东西。这一切都是事前做的。仿佛这世界被重新创造了一次。克里斯蒂·摩兰说，实际上是一个真正他妈的将军在指挥部队。一个过去指挥过很多战役的家伙。克里斯蒂·摩兰说，他们应该成全他，让他成为战地元帅。

甚至比格斯也开始看上去像那么回事儿了。他把所有的地图和命令文件整理得井然有序。他看上去更像一块油酥点心了，但是他的声音保持平静，士兵们对小小的宽慰都很感激。克里斯蒂·摩兰不需要特别告诉他干什么。

“你们知道我为什么来参军吗?”克里斯蒂·摩兰说。

“为什么，军士长?”乔·基尔蒂真的很感兴趣，因为想到他自己参军特别偶然。

“咳，你们怎么想？国王和国家吗？债务缠身吗？躲避谋杀控诉吗？赌博输了吗？迷失了我他妈的路在兵营里发现自我吗？不是，都不是。没有一个他妈的理由把你们杂种们带到兵营。”他热烈地补充说。

“那是为什么呢?”乔·基尔蒂问道。

“因为我那婆娘把手烧了。”

随后一阵静默。

“她怎么啦?”彼得·奥哈拉问道，感觉有点不安。

“我们两个一天夜里喝酒了。我们两个上床睡觉时都半醉了。我那婆娘喜欢吸这种小管子香烟。因此，我们在凌晨一两点钟醒来时，婆娘那边的床着火了。她烂醉如泥，动也没动。我赶紧把她拖开了。就是那根他妈的烟点着了床，可她醉得一塌糊涂，根本没有感觉到。烧着的是她的右手。她干活儿用的正是右手啊。她在金斯敦的救济院当缝纫工。吹了。这样，我不得已干点什么事儿。于是，我看见他们正在寻找男人，我就当兵了。我跟你们说吧，她很高兴那份一分为二的津贴。就这么回事儿。”

“这是一个他妈的绝望的故事，军士长。”奥哈拉说，他听得脸都绿了。

“就这么回事儿。”克里斯蒂·摩兰说，听到奥哈拉的话很满足。没有谁能笑出来。谁笑了谁能把他气死。克里斯蒂·摩兰，愿他安息吧，听到笑声准死。“这就是我当兵的原因。”

“你可怜的婆娘的手呢？”乔·基尔蒂问道。“天哪，那个可怜的女人。”

“可怜的女人没事儿。”彼得·奥哈拉说。

多么奇怪的消除痛苦的血，就这样把克里斯蒂·摩兰思考的头脑洗过了。他一点也不明白怎么回事。他们经历了这样一阵吵闹，便感到心头轻松，真是不可思议。

“你这样认为吗？”他问。

“哦，当然，军士长。”乔说。

你也许认为克里斯蒂·摩兰会接着告诉士兵们他有什么感受，因为那也许是这个故事的要点。但是，留个尾巴才是他的胜利感，他兴奋不已，他不说了，他忘记了长期隐藏在他脑子里的想说出来的话。然而，这大体上已无关紧要了，他们都很了解他的心境了。他们很了解，不需要他再说什么了。

大炮继续吼叫，嚎叫。凶猛的爆炸，轰炸，通通响个不停。军士长因为说出了自己的心事，吹起口哨来。《吟游的孩子》这时在他的唇边低低哼着，一个罕见的现象，因为他从来不打口哨。威利在自己的心眼儿里看见炮手们在操纵大炮，如同他们过去一样驾轻就熟，很清楚什么时候干什么，好比星期六的舞会。他们真好像是在跳华尔兹舞，把那些铁家伙使唤得得心应手。然后，经过三个小时热烈的凶猛轰炸，它们又一次消失了，它们的声音在每个人的耳际嗡嗡作响，接着一件更野蛮、更稀奇的事情发生了。

“野蛮而稀奇。”克里斯蒂·摩兰后来这样下结论说。

但是，没过一会儿，比格斯看了看表，告诉他们都跪在地上或者躺在地上。士兵们听说，工兵们要去引爆那座桥下面的一些地雷。工兵们从一九一五年开始挖战壕，现在已经是一九一七年了，没有人真正知道去完成一项把他们炸飞的尝试，那会是一种什么情形。不可思议，他们只是服从命令，没有人能想象排除地雷又会怎样，因此他们也只能大体上设想，远处会有一些细小的爆炸声，这样也许能够也许不能够帮助他们攻占阵地。

他们前方远处的战场有三处地方敞开了。巨大的土褐色山脉拔地而起。在威利看来，它们如同勒格纳基利亚山[①]一样庞大。那土褐色山顶矗向群星，似乎在那里翱翔。成百道彩虹从山顶展开，炫目的黄光在天空黑黢黢的釉质上横抹一道。威利脚下的稀泥浆在忽悠，一场小小的风暴在海上形成了。佛兰德斯这个温暖的夜晚向他们迎面扑来，猛烈的西风在战壕里肆意窜动，如同一场热带大风暴，他们现在拥抱和祈祷的大地在震颤。一连串震撼的咚咚咚的

①爱尔兰一著名山脉。

声响滚滚而去，急不可待地一路奔向英国老家。然后，在他们身后，长长的、长长的机枪战线开火了，喷射出了一条蕾丝，一片密集的外衣般的子弹向那座桥飞去。比格斯在督促他们出击，他们纷纷跳上梯子向上冲，威利像别的士兵一样攀爬上去，这次行动令人猝不及防，他竟然忘记了尿裤子。

乔·基尔蒂和蒂米·威克斯扛着机枪一路向前冲去。在威利看来，他们前面不过是区区半个小时的路程，他根据经验知道如果他们现在暴露了，就会全部报销。那座桥对他们来说居高临下，即使在这狂野的黑地里，倘若德国鬼子能够发现并且立即开炮开枪，到了天亮战事一结束，就没有几个士兵能返回威克洛、都柏林和梅奥了。工兵们刚刚冲上去，德国军队就放射出了斑斓的照明弹，在他们的战地前沿发出攻击就绪的信号，因此阵地上还是一片安静。热气像泥泞一样糟糕，像空旷地带越积越厚的恐怖，他们大汗淋漓，内衣内裤全都湿透了，他们都如同大脚丫在大袜子里和稀泥。彼得·奥哈拉和史密斯，还有麦克瑙坦步调一致，他们左边全都是部队别的连排的人。但是，整个师都在行动，这只是先遣队伍的攻击波。他们知道在他们的右翼是北爱尔兰三十六师的士兵，也像他们一样在推进，没有任何区别。不过这是在这一带发起的一次大规模军事行动，黑压压一群提心吊胆的人在活动，他们都很清楚，在扑向死亡的卑鄙的怀抱。每时每刻，他们都料到子弹会把他们打穿。或者榴霰弹会把他们柔软的身体炸得缺胳膊缺腿。炮弹爆炸的气味把他们呛得要命，彼得·奥哈拉终于放弃把按份儿供给的乱炖强留在肚子里的努力，开始向虚幻的狂暴的黑地里呕吐起来。士兵们被看见倒下，不是因为受伤，而是因为可怕的极度厌恶。

他们好像在跑步穿越斑斓的色彩，这是威利所能想到的。只是深一脚浅一脚随时会被绊倒在地。肮脏的褐色土地转眼之间变成了刺目的斑斓色彩，黄色，红色，甚至光怪陆离，狂野的绿色，坚硬的黑色地块，战刀与一如闪电一样白花花的矗天矗地的刺刀尖儿。

比格斯在他们前面领队，随时回过头来冲他们吆喝。极其罕见的场面。

超出他们的预期，他们已经到达了那座桥的坡地。坡地下面有个弹坑，像一个湖，像一个装点景观的湖那样溜圆。因此，他们急匆匆沿着弹坑边缘各显神通地往前赶，从主要队伍里脱离出来，找路前进。远在身后的机枪万挺齐发，向高地毫不留情地喷射，如同某种方式构成的密集的火力网。接下来，也许担心英国的士兵接近了火力射程，射击突然停止了。突然间，右翼的一架机枪立即开火，子弹诡异地嗖嗖地在他们头上飞舞。

“他妈的杂种们，”克里斯蒂·摩兰说，“快跟上，你们这些傻蛋蛋，我们可别他妈的出声啊。”

他们很高兴跟在他身后，可是他似乎甩掉了一切沉重和疲劳，在坡地上爬，活脱脱一只在坡地上行动自如的野兽。他一只手里握着一颗米尔斯手雷，另一只手里拖着他的来复枪。

“我跟你们说，你们这些傻蛋蛋，要是你们跟不上来，我他妈的就向你们开枪了。”

不过他们都在努力跟上他，他们都在竭尽全力。这时，威利看见两个德国士兵站在水泥掩体里的奇怪景象。他们看上去非常糟糕的样子，像醉鬼一样摇晃，呻吟。整个坚固的机枪掩体从中间部分向两边噼噼啪啪地发出爆裂声，烟雾和弹药味儿四处弥漫，一挺机枪从一个破损的枪眼向外扫射，仿佛一个孩子在引导方向。克里斯蒂·摩兰不得已把米尔斯手雷派上了用场，拉着引子，扔向乌烟瘴气的空中，手雷撞到了水泥掩体，掉进了一个大裂缝里。水泥建筑物里响起闷声闷气的喘息，然后悄无声息。火焰突然从那道裂缝里蹿出来。紧接着，克里斯蒂·摩兰开始对着那两个敌对士兵大喊大叫，端起刺刀，拱起身子，冲了上去，威利惊恐地大睁眼睛，眼看着他把刺刀捅进了第一个士兵肚子里，又一声野蛮的吼叫之后，拔出刺刀，捅向了另一个士兵，正好捅在了上肋侧把刺刀卡住了，因为克里斯蒂在一边大声咒骂一边往回拔刺刀。那个士兵倒下，克里斯蒂站在了那个士兵的胸上，再次用力拔出他的武器。

“杂种们，杂种们。”他嘟哝，像白天一样清楚，又如同一只巨大的狗一样吠叫。

比格斯欢呼起来。那个血花四溅的早上，比格斯没有任何不对劲的地方。光亮从东边林地快速地大步赶来。他这时嚷叫起来。

“好了，伙伴们，我们到达了我们的战线。我们天亮赶到这里了。干得好，伙伴们。别的小伙子将会从我们这里通过。别挡了他们的路。”

就是在他说话之际，军团的第二次攻击波已经爬上来穿过去了。天哪，威利想，如果总是这个样子，他也许早就成了士兵了。

“你们是哪里人伙伴们？”

“我们是都柏林人。”

“继续冲啊，喂，冲啊，喂。”

“好运，伙伴们，好运。”

非常甜美的招呼，非常甜美而随意。即便一点也不在乎周围的拉长的刺耳的嘶鸣，可是头顶上榴霰弹冷飕飕的撕裂，究竟是从什么方向来的，威利全然不知。

天哪，他们也许这次一下子就冲上去了，把德国鬼子彻底从那座桥上轰下来，把他们赶到后面的平原上。战马冲了过来，眼见着上千名骑手奔流不息地穿过了开阔的平地。那真是壮观，马鬃在飘飞。

然后，兵贵神速，工兵们从他们后面赶上来，带来了一卷卷铁丝和所有铁丝网需要的一切，他们已经把一切都安装就绪，应该什么样子，就成了什么样子。

“摩兰呢，列兵?”比格斯少尉问道，“军士长哪里去了?”

“他在乔·基尔蒂和另外几个士兵前面，”威利说，“就在前边不远。”

“我去找找他们。他们冲得太猛了。我要去坡那边看看能不能找到他们。守住这地方，列兵。”

“没问题，长官。”威利·邓恩说，有点惊异。他从来没有听别人要求他做这样的事情。不消说，他是这里最有经验的士兵，尽管列兵史密斯也许大几岁。他对此一点也不觉得得意。

一个小时过去了，威利琢磨他们是不是应该后撤了。要么继续向前冲。这地方到处都是别的连队的士兵。他不知道下一步应该怎么办。成群、成群的德国俘虏在往下走动，走向起始战壕，再往那边，又是成群的德国兵，能装好几火车。不过不管如何，大量的救命水送上来了，送水的士兵似乎认为他们和别的队伍都到达了目的地。他们好似在赤地千里的沙漠里的人，对着水壶嘴儿咕咕喝水。那种干渴如同婴儿的干渴，首次袭来的干渴，你简直不能把那种干渴劲儿解了。

接着，克里斯蒂·摩兰回来了。他非常平静。乔·基尔蒂、蒂米·威克斯以及另外四个士兵都回来了，像雨来了一样正常。很难说他们是否使用过机枪；看样子没有派上用场。他们是怎么把这该死的玩意儿扛到坡上去，又怎么像迷路的羊群一样回来的，威利想象不出来。这些机枪手锻炼成了一个独树一帜的小群体了。

威利突然觉得筋疲力尽了。

“那边情况怎么样，军士长？”他问道。

“他妈的了不得，”克里斯蒂·摩兰说，“我们一下子就走进了那个他妈的村子。你们这些讨厌鬼在哪里来着？”

“我们打算向前冲。比格斯说就在这里了。他去把你们找回来。”

“是这么回事吗？我们看见他了。一个很大的他妈的铁家伙砸下来，砸在他身上了。我根本没有认出来那是什么东西。只见那些他妈的星花儿从他身上溅起来。那一定是一个照明弹什么的。把可怜的小子砸死了。”

“天哪！”威利·邓恩说。

“所有他妈的伙伴们都在那里。你真应该看看那地方。也就几英亩地大，有几处是白灰的点儿，那就是他妈的房子所在地。三十六师的那些虔诚的北爱尔兰士兵在那里乱转，叫我们美妙的他妈的爱尔兰佬，他们就这样称呼我们，还和我们握手呢。还有澳大利亚人和各种各样的疯杂种。成千上万他妈的德国兵投降了，大喊什么他妈的“哥儿们”之类玩意儿，你没法拿他们出气。那个乱呀。你在他妈的夏天都柏林的星期六都难得看见这样的场面，威利。我们终于打赢了这个战役。这写进书里难道不叫人为难吗?”

一点没错，在接下来的几个星期里，他们到处走动，心情确实不一样。他们个个都扬扬得意。那位将军很高兴，可惜他们没有看见他。整个战役似乎都干得很漂亮，一件正确的事情。不消说，比格斯令人伤心，第一次上阵就阵亡了。不过，他们给了他一个死后的军功章。颁发了好几种军功章，满天飞。甚至克里斯蒂·摩兰也得到了一枚军功章，记在了他的士兵手册里。斯托克斯少校在一次小型纪念会上亲自给他别在了胸前。为了他在战场上的勇猛表现。为了他在德国士兵身上捅了几个窟窿，克里斯蒂如是说。他们喜欢这类把戏，他说。如果他再得一枚军功章，他说，他就可以和威利抛硬币玩了，他说。胜者通吃嘛。

克里斯蒂后来说了很多，很多，可惜他们没有当回事儿，仿佛他们都知道这些事情似的。

后来，威利离开队伍几天，去接受拼刺刀训练，他回来后发现克里斯蒂心情很爽。

“你怎么都他妈的都不会相信，威利。”他说。

“什么，军士长?”威利问道。

“国王大驾光临了。”克里斯蒂说。

“什么国王?”

“他妈的英格兰国王啊。”

“不会吧，不会是这里吧，军士长？”

“就是他，那家伙。乔治国王本人。坐着一辆漂亮的大汽车来的，下来车，和士兵交谈。日头下的事情他都谈。讨厌的英格兰的热情的国王。”

“可是，军士长，你很讨厌英格兰的国王啊，你可没有少说这样的话。”威利说，深为自己出去训练感到遗憾。不过也只是出于好奇。

“啊，可不。”克里斯蒂·摩兰说。

“你说‘啊，可不’是什么意思，军士长？”

“啊，可不。”克里斯蒂·摩兰说。随后他好一会儿什么都没有说。他在思考，威利猜测。军士长脸上有一种幸福的恍惚的表情。这十分罕见。“他很客气，”克里斯蒂·摩兰说，仿佛这话把一切都解释了。“所有的事情搁在一块儿，一个爱尔兰人咒骂英格兰的国王是出口气。不过他和我们交谈，人对人。连一点军官的架子都没有。好像他就是我们中间的一个。好像他像我们一样是普通人。是啊。他说我们是勇敢的士兵，名副其实。他还说他知道我们守在战场上多么他妈的艰难。”

“他没有骂大街吗？”

“没有，他没有，威利，他没有。只有我才骂大街呢。他想知道我们是不是吃烦了那些他妈的罐头食品。哎！他说他知道我们会把胜利的那天等来的，因为上帝站在我们一边，我们的事业是正义的。这就是他说的话。”

“你说什么了？”

“我说代我们感谢他的婆娘去年圣诞节送我们的礼物。”

“老天慈悲，军士长。他又说什么了？”

“他说他会的。”

克里斯蒂·摩兰哼起了一支曲子，全都走调了。

“一个绅士，一个绅士啊。”克里斯蒂·摩兰说。

仅仅坚守到了下一个月，他们就又开始行动，老天慈悲，他们如果不是按命令再次返回到伊普尔一带，那就好了。

“我在伊普尔打发的日子比在该死的爱尔兰还长，”克里斯蒂·摩兰说，“他们日后应该给我一个荣誉市民称号。但愿我能说一口法语就好了。”

后来，那位“好”将军阵亡了，现在换了一位将军，克里斯蒂·摩兰称之为“哗变者”。“哗变者”高夫，他这样称呼他，因为他领导军官们进行了克拉军营那场暴动，多年前的事儿却好像发生在今天，当时他说，如果危机到来要他插手，他不会带领他的士兵反对忠诚的北爱尔兰人，因为当时他们自发组织成了北爱尔兰志愿军抵制地方自治。这一切好像是三百年前的事情了。现在，他要把那位好将军遗留下的摊子接过来。不管怎么，这就是军事计划。

“地地道道的老鼠与士兵的计划。”克里斯蒂·摩兰恶狠狠地说，一口糟糕的苏格兰口音。

第十八章

各个部队都在窃窃私语，即使不是每个士兵都知道那个名字，大家说话也是轻轻的，点一点头，一副哀悼的神情。不过，许多人都知道那个名字，许多人都知道那个五十多岁的人的故事，一直坚持上前线，不避危险，一个全身都是优点的人，正如威利说的，是“你们士兵”的兄弟，威斯敏斯特宫[①]的爱尔兰党的领袖，威利的父亲把他认定是一个无赖。然而，威利看来似乎不能这样说。窃窃私语在军中流传，传到巴克利神父耳朵里时，这位神父公开哭了。事实上，他是在列兵告诉他这个传闻时当面流泪的。当时，这成了一桩公共的死亡，好像他们大家的一个亲人死了。因为，威利・雷蒙德死了。他死于一种古老的方式，两次受伤，仍在他的逐渐消失的士兵身后督战，观察攻击形势。三十六师的担架兵把他送到了军团医疗救助站。北

①英国议会所在地。

爱尔兰的口音让他安然死去，各种战前的心情也许这时会怀着传统的恐惧，目送这样一个人命归黄泉。威利·邓恩在茅房碰上了巴克利神父。不消说，拉屎的茅房是没有屋顶的，可是可以叫它房子，战地就有这种东西。神父一如往常一脸轻微腹泻的苦相，因此威利·邓恩不得不等待这位神父蹲在地上一个窟窿上，排出来一溜稀黄屎。终于，如释重负的表情回到了那张痛苦的脸上。

“我为你的麻烦感到难过，神父。”威利说。

“我会祈祷的，威利。没有多少选择啊。”

“喔，我是说，你知道，那个可怜的人要死了，神父。那个议员。”

巴克利神父打量着威利。他的脸上露出微笑。

“我们前些日子还谈起过他，不是吗，威利？”

“是的，先生。”

“谁都说他是一个好人。而他确实是一个好人。有一次，我和他用过晚餐，威利。他非常有趣，开口都是故事。一个非常真诚非常温和的人。你知道，我自己步行到维莰查耶特，看看我能干什么。我们在那里像老朋友，你拍拍我的背，我拍拍你的背，北方和南方，那是一个庄重的时刻。那是威利·雷蒙德的时刻，但愿他看见了这点。但是，他被打死了。他被打死了啊。说来真是令人心痛。”

“那还用说，神父。”

“我们不得不仰起我们的下巴，像英格兰人爱说的。有时候，日子很苦。但是我们已经尝试了。一切到头来都会证明我们是正确的。这是上帝的意志。”

“但愿如此，神父。”

“但愿如此，威利。”

然而，这次对话好像意犹未尽。

“你一切都好吧，神父？”威利问道。

“我会一切都好起来的——就等这场该诅咒的战争结束了。”

“那是。”威利说。

“是的。”神父说。

这世界和它的妻子知道他们干得漂亮，有一段难得的时光，整个师似乎赢得了雄狮的美誉。当时进行了更多的训练，更多的战鼓声代表着更多的轰炸，许多人还穿戴得整整齐齐，因为受伤的士兵在到处闲荡，各种各样的神秘事情都在发生。这一切都发生在夏日的坚硬的土地上，希望的坚硬的土地上。

一九一七年八月间，一场又一场雨下起来，佛兰德斯的土地一下子发生了可怕的变化。伊普尔一带的乡间融化了。田地上的界限都溶化掉了，田野都坍塌成了一片片泥沼，道路变成了各种记忆。马匹、大炮、马车、汽车和一个个凡人士兵们，都在记忆的道路上寸步难行！日复一日，烦人的雨倾泻个不停；数千门大炮仍在不停地发射。佛兰德斯农夫们数个世纪以来完善的美丽的堤堰和排水沟，全都不见踪影了。平展的地面上出现了巨大的湖泊，仿佛每一个小小的坑和洼都正在被上帝抹平抹光。整个世界都变成了黑色和棕色，甚至天空和士兵们的梦都不例外。一两周过后，绑腿也绑不住了，因为没有什么东西还能保持干燥。在威利的排里，四个士兵在不停地干咳，白天黑夜地干咳。这是一种相当神秘的变化。

“我们都干错了什么事儿?”克里斯蒂·摩兰说，他迷信思想很重。

当整个乡间完全变得悲惨和恶劣时，他们的连队却受命开往前线。大家都穿上了自己的长外衣，戴上了亮晶晶的兜帽，所有的雨披似乎只是在一池不舒服的汗水里慢慢地把每个士兵烹煮了。他们差不多都高兴开拔，因为他们蹲守在那些预备区域里，部队的小兵小虾们总是被分派去干一些各种各样的差事，有人阴郁地说部队现在只有几百号伙伴了。这是非常令人担心的。因为他们也知道他们要进入受命进驻的另一个小村子，名叫朗奇马克，免得他们更加老气横秋了。

在兜帽下，他们想他们的思想。家乡的样子，都柏林的街道，一张张脸，一种种声音，还有四季变幻的颜色。战争漫长的历史退隐到了他们一些人的身后，目前的混乱就在他们身边。道路像饥肠辘辘的妖怪在吮吸他们，每一步都好像在下个赌注。炮弹肆意在他们中间落下，因此艰难跋涉的队伍往往会被流血和尖叫打断。皇家军医团的可怜的伙伴们脱得露胸袒臂，只要受伤的士兵还在呼吸、唠叨和祈祷，就把残缺不全的人体拖走。剩下的肢体就装饰道路了。手、腿、头、胸，统统踢到了路旁去了，一半都陷进了贫瘠的泥汤里。半截子战马和马头埋在白花花的蛆堆里，散发出了恶臭；战马即便战死了，看上去还赤胆忠心，温柔顺和。

威利·邓恩看见了这些场景，尽管被兜帽护着，还是眼睛发黑。然而，你不得已向前看。他怎么能向多莉讲述这样的场面呢？他讲不出来。多莉真的听了，一准会从孩童的梦中惊醒，尖叫，一辈子都不得安生。这种场景会把温和的脑子颠覆成疯子的脑子。一块枝繁叶茂的土地，怎么能经历这样一个八月？就是老手陀思妥耶夫斯基也不能想象出这样的事情啊；做梦的人也好，清醒的人也罢，没有人能想象出这样的场景。

蒂米·威克斯在威利身边艰难地行走。他的另一边是乔·基尔蒂和一个威利不认识的新兵，一个十九岁的身子单薄的小伙子。不管如何，他紧紧地跟上了队伍，这是再重要不过的事情。本来打算两个小时的行军，他们已经走了四个多小时了，跋涉在上帝在他诡异的土地上造出来的这样极其荒凉的黑地。

“我在想，蒂米，”威利·邓恩说，“陀思妥耶夫斯基看见了这里都会胆战心惊的。”

“但丁这家伙倒是这方面的行家，”蒂米·威克斯说。

“这家伙是谁，蒂米?”乔·基尔蒂问道。

“意大利的头子，”蒂米·威克斯说，“名叫但丁。”

“这是一个很带劲的好名字。”乔·基尔蒂说。

“或者托尔斯泰也行。”蒂米·威克斯说。雨一下子抽打在他的脸上，好像要把他打造成一个天使，因此谈话暂时中断了。风像公牛一样肆虐。“这个托尔斯泰写过战争。不过不像这场战争。在他笔下的战争里，你还能回家，和一个女士谈情说爱呢。”

“你不能回家和一个女士谈情说爱吗?”乔·基尔蒂发问后，四个士兵哈哈大笑起来，一排大笑的士兵行走在人类无法生存的地方。

“我不能说不成。”蒂米·威克斯说。

“一张温暖的床，几瓶啤酒，一个姑娘。”那个新兵说。

“你就嘴上说吧。”蒂米·威克斯说。

接下来他们一时无语，艰难地向前跋涉。

“那么到底有多大区别呢?”威利·邓恩忍不住追问道。“另一个人笔下的战争和这场漫长的战争之间有多大区别?”

“哦，也许没有太大区别。也许没有。可话说回来，他们不会写那些关于像我们这样人的书。他们大都是写军官和上层人的生活。”

“那么说，战斗也许是一样的吧?”乔·基尔蒂说。

“一样的。也许大同小异，乔，”蒂米·威克斯说，“你把一群伙伴赶到了战场上，另一方也把一群伙伴放到了战场上，你有步枪子弹和骑兵，然后像我们这样的低级伙伴就被派遣在山沟野地里，像他娘的狮子一样打架，我看就这么回事。等到另一方士兵都死掉了，你就获得一场胜利。一场胜利，你知道吗？”

“哦，这和我们的战争不是一回事儿，对吗？”威利说，“因为我们只打了一次胜仗，还是在‘白色被单’那里的事儿了，除非你把金奇那仗也算上。就是那时候我们也像在地狱里。别的时间里，你就是让我们大批的同伴们死的死伤的伤，让大批身穿灰军装的可怜鬼死的死伤的伤，你根本不知道谁打赢了他娘的谁，你们说呢，伙计们？”

“哦，这倒是不同之处，正是在这方面不一样吧？”蒂米·威克斯说，“不过他们也许以后会给我们合计的，如果我们能剩下更多的人，他们也许就会称这是胜利了，对吗？”

“也算他娘的胜利吧。”威利·邓恩说。

“也算他娘的战争。”蒂米·威克斯说。

“我们就都这样说吧。”威利·邓恩说。

这是强烈的谈话。这样的谈话一时间感觉良好。但是，同样强烈的沉默会接踵而来，压在你身上，甚至在同伴们中间，压在了威利·邓恩身上，所有的安适和幸福感都像橘子里的甜汁留在了脑子里。它像所有再熟悉不过的颤动一样开始颤动了。一口稀释烈酒就会把那感觉冲掉。一个邪恶的想法、一句咒骂，或者一个好觉，也许都会毁掉那种感觉。

克里斯蒂·摩兰似乎知道他们应该到达什么地方，经过如他所说的五个小时的“快活行军”后，他让他们在一些奇怪的沟渠里安营。它们也许曾经是战壕。新军官只是一个中尉，他不知道如何看地图，因此克里斯蒂一直在协助他。他们有必要把战壕清理畅通，因为白天光亮只有几个小时了，因此即使他们一路艰难跋涉，他们都又开始使用战壕工具插入黑乎乎的稀泥里，试图把软泥扔到胸墙和背墙里。但是，软泥在他们的铲子上像黑啤酒。他们不知道该笑还是该哭，结果是哭笑不得。雨还在往下直泻，带着一种表示一些东西是说不得想不得的强烈感情。这雨就是要把每个士兵身上的犄角旮旯灌满了，直到每个士兵浑身湿透，哆嗦发抖。

黎明来临，战斗准备是一种毫无情趣的笑话。战壕里没有射击脚蹂，没有踏板，而且，更加迫在眉睫和痛苦不堪的是，根本没有早餐可言。他们的战壕一眼看去好像一个人深怀势不两立的敌对情绪在和他们作对，因为胸墙连续不断地被嗖嗖的子弹打碎。不知什么地方的一群天才人物有一门迫击炮，慷慨地把炮弹发射过来。即便是炮弹在远处爆炸，污水还是像巨大冰凉的被单一般潇潇洒洒地飘落下来，砸在他们的钢盔上。这真的令人麻木，令人萎缩。

威利·邓恩能感觉到他自己的灵魂在绝望中退缩。整整两天，他们在战壕里遭罪，水淹到了他们的膝盖，后方没有送来一口吃的，没有一点淡水，一无所有。有的只是炮弹的轰炸，机枪的扫射，还有邪恶的战壕的折磨。甚至连战壕的墙上都挂上了其他士兵可悲的骨头和血肉的残留物，仿佛某个疯狂的农夫把它们种在了那里，指望来年春天收获婴儿。到了这个份儿上，威利什么都相信了。在这两天里，他们站在哪里就在哪里拉屎拉尿，因为“茅坑”这个词儿现在属于另一个地域了。据说，就是连巴克利神父坚守岗位照看伤员的后方战壕的急救站，都成了血肉和内脏的猪圈一样的场所。不管什么人都一筹莫展。巴克利神父据说在黑地里转来转去，拿着一把铁锨，头上冒着密集的炮弹，脚下踩着肮脏的泥浆，一直在兢兢业业地埋葬死人，而且，挥动几下铁锨，把他们埋葬在全然稀烂的地下，一字不落、发自内心地对他们祷告。

威利·邓恩始终不知道中尉的名字，但是中尉带领他们在第三天进入战斗了。

他们的炮兵从他们后面又发射了一轮惊天动地的炮弹，把原来三英尺的泥坑炸成了五英尺的泥坑。不管怎样，威利和他的同伴们在约定的时间冲出战壕，开始在地面上摸索前进，因为地面本身就是敌人。泥泞就像一双双手一样把他们的靴子抓住，往后拉，往回扯。一种难听的吸纳的声响，他们才能冒险地走出下一步。在这样的地带足足跋涉一英里才能到达“哗变者”将军脑子里的目的地。在右翼，在悲惨的日光里，又看见了三十六师的士兵拖着他们贫瘠的身体穿过同样的泥浆。威利·邓恩心想，这景象就是可怜的威利·雷蒙德脑子里构想的吗？仅仅是一个闪念。他脑子其实想的都是湿透、猛烈的噪音、劳损的关节。仿佛整个部队都已经变成了百岁老人。

无以计数的士兵倒下来。活着的士兵落脚的泥沼地比原来的地方更加泥泞不堪，泥浆把他们一些人索性全部吞没了。士兵的头被低空炮弹打掉了，百万发子弹专找那些挣扎的肉体、胸膛、腰胯和脸射击。他们现在根本顾不上交火，只要喘息和安全，梦想安全，前进了半英里许多人都决意一死了之，而且就此了之。最倒霉的命运是那些受伤的士兵，半身陷在泥浆里，接受了一拨子弹又一拨子弹，仿佛人类希望的一切方式都在这个地球上被禁止了。这是一次发疯的送死的跋涉，所有生命和希望的终结。

环顾德国阵地，他们在哪里都看不到战壕。没有一点相似的东西。在漫无边际的泥汤里，在人工设置的间隔间，修建了一些小水泥屋子，机枪就是从那里叭叭打出来的。没有人能把它们炸掉，因为黑汤泥浆阻止了。说实话，克里斯蒂·摩兰根本不知道如何对付那些小水泥碉堡。他只是带领他的排向前推进，剩下几个士兵算几个士兵，他压低嗓门儿在吼叫的空气里吼叫。

威利·邓恩、克里斯蒂·摩兰、乔·基尔蒂、蒂米·威克斯，凭借他们永远也说不清楚的九死一生的机会，来到了克里斯蒂相信就是那第一条规定的战线。

“其他人呢？”乔·基尔蒂问道，实际上没有指望回答。

“你看见中尉在哪里吗？”克里斯蒂·摩兰问道，一副有气无力的样子。

这时，后续部队应该出现在他们身后，奇迹般地涌向朗奇马克。他们身前似乎没有一个活人，身后也没有一个活人。到处都是空荡的黑色的置人于死地的空无氛围。还是白天，但是战争的雾气已经把这个世界笼罩了。

也许过去了几分钟，也许几个小时，他们周围的空气稀薄了一点，他们看见事实上他们并不完全孤单。周围出现了三五成群的土黄色军装。看去似乎有数百士兵跟上来了，甚至是数千人，因为他们殷切渴望更多的支援，而且他们还能看得见炮弹不停地落在他们中间，看见远处被击中的士兵纷纷倒下。乔或者威利一轮又一轮向坡上射击，只要他们以为他们看见了一些跳动的灰色影子，如同诡异的鹿。然后，一件真正险恶的事情——如果那天还有可能出现更加险恶的事情的话——发生了。威利的肚子感觉仿佛整个掉出了原来的地方，落在了他脚下的什么地方。因为在前面的山上，一行又一行的灰色军装来了，一幕正常情况下看不见的敌人，构成了令人胆战的阵势。

他们自己英国部队的几群冲上来的士兵开始向冲下来

的德国士兵射击。威利看见一件令他大吃一惊的事情。前面不远的残骸遍地的地面上，巴克利神父挥舞着他那把愚蠢的铁锹，在一具尸体旁一声不响地挖坑。

“神父，神父!”威利喊道，这种惊恐加惊恐的景象让他的脑子狂乱起来。

“住口，威利·邓恩，别喊了,”克里斯蒂·摩兰说，“看在他妈的老天爷的分上，你在干什么?”

“神父，神父!”他喊道。

大批的德国士兵看样子转向山的左边去了。他们在路上不再见什么消灭什么了。他们能看见远处他们自己的士兵从一些潜伏地带冒出来，徒劳地尽力防卫自己。一些爱尔兰士兵力图使用旧的战壕短棍。威利看见德国士兵和爱尔兰士兵用手互相掐喉咙，两个人被卡住的喉咙发出了嘶喊和嚎叫。

苍天垂怜，遭到重创的部队开始从后面冲上来。令疲惫不堪的克里斯蒂大为惊奇的是，新来的中尉也找到了他们，还带来部分掉队的士兵。谁都不知道接下来到底应该干什么，但是很清楚他们这下仿佛按战术安排完成了任务。那些刚刚穿越这一英里破烂的战地的士兵，被残留下的军官大呼小叫地督促着往前冲，而且他们真的勇往直前。克里斯蒂带领他们同伴们开始疲惫地往回撤。在一种野蛮的诡异的声响督促下，他们奔跑起来，用了五分钟他们就跑下了坡地。他们回头看他们原来所待的地方。成群、成群的德国士兵这时出现了，正在向第二波冲上去的英国士兵反攻。

每走一步，就有几十个阵亡的士兵。因为泥泞，担架兵八个人一组出来抢救。呼叫、尖叫的士兵被担架粗野地抬运走，安静的脸上双目紧闭。

第二天，战斗小组活下来的士兵听说了那可怕的真相。他们得知，队伍的其中一支只剩下了一个受伤的军官。威利猜测，其余从他们身边在队伍里走过去的官兵，在他们的军官命令下，或者阵亡，或者失踪，必死无疑。但是，命令不停地下达，进行新一轮进攻。一颗芥子气炸弹赶巧落在了一个战地指挥部里，把三名军官摧残成了三具青绿的冒烟的尸首，他们皮肤经过这样的破坏，令人毛骨悚然地破裂了，星花乱溅。奔跑的士兵们行列里，命令一再传来，传给那些已死的、垂死的以及耗干的心灵："继续攻击，继续攻击。"

"巴克利神父在哪里?"威利·邓恩问道。

"在那猪圈一样的急救站被炸死了，"一个士兵说，"整整一天他都待在那里，对抬进来的士兵做最后的仪式。那个该死的地方，只有一点瓦楞铁皮遮挡，一颗榴霰弹穿透了铁皮，把他炸死了。他们把他埋葬在某个地方了。"

"可是我看见他待在我们所在的地方，"威利·邓恩说，"我发誓看见了。"

“他一直没有离开急救站，后来他们把他抬出去掩埋了。”

“这是我听说过的最令人难过的消息。”威利·邓恩说。

“是啊。”

还好，斯托克斯少校最后设法来看望了他们。要不然，他们就成了被遗忘的士兵，落得一个疯狂而悄无声息的结果。他找到他们时，身上也满是泥浆，一直泼溅到了胳肢窝。他来到了避弹障一带，异乎寻常地露出微笑。他把那些古怪的战壕布置仔细查看了一番。

“这是一条恐怖的该死的战壕，军士长。”他对克里斯蒂·摩兰说。

“恐怖，长官。不过这就是家了。”

少校大笑，一种怪异的坚硬的大笑，好像一只羊在大雾里咳嗽。

“你们该死的爱尔兰人啊。你们总是能找到笑话，不管什么时候。”

“是的，长官。”克里斯蒂·摩兰说。

“你们这些泥人中谁是我的朋友小威利，列兵邓恩?”

“我是，长官。”威利说。

斯托克斯少校踩着泥泞向他走过来。威利圪蹴在弹药箱搭起来的临时木排上。

非常少有。少校拿下钢盔，夹在腋下，一副很正规的模样。那很特别，正规的军人形象。斯托克斯少校的头发相当白了。头发当然已经不是威利上次看见的那种白色。

少校这时把他的声音放低了："还挺得住吧，列兵？"

威利很惊异但是还知道应该立即回答。他实际上不知道少校在谈论什么，但是他知道应该怎么样回答。回答可以有若干种，若干种不计后果的回答。然而，他知道怎么回答。在这样的地方，那是唯一的回答。

"是的，长官。还挺得住，长官。"

斯托克斯少校注视着；这是回答唯一可用的词儿。他注视着。也许他打算说几句话，几句不同的话，也许在不同的地方他会说一些不同的话。

"你就是这个样子啊，列兵。"少校说。你听不出来这样的话里还有什么暗示，逢场作戏而已。不过，也许这就是他的口气，一贯如此。也许在他两岁上和他母亲在一起时，他用这样冷嘲的口气让母亲感到迷惑吧。

不管怎样，少校一定觉得他说了他该说的话，踩着淤泥转向下一截儿战壕，视察下面的伙伴，看看他们的状况怎么样。

整整十五天，他都站在泥水里。皇家军医团的伙计们一直在清理受伤的士兵和垂死的士兵，成千上万次地诅咒，把他们的上帝的名字七荤八素地骂出来，一次又一次白费口舌，只见眼前血腥风雨的荒原密密匝匝地覆盖了可怜的死亡的士兵，腥臭的气味呛得他们要命。大量的瓦斯炸弹和榴霰弹以及高空爆炸在他们的道路上肆虐。天空都是德国人的飞机，沿着协约国部队的战壕缓缓地飞行，往下滥扔炸弹。

“这是一场真正的他妈的战争，”克里斯蒂·摩兰说，“真正的他妈的战争，没的说。”

只有到了漆黑的夜里，大雨瓢泼，才能有一些安全的样子，但是充其量也只是飘忽的、不牢靠的、小小不言的安全。他们经常想到司令部把他们忘掉了。就连他们自己的供给部队也把他们忘掉了。给他们补足的储备食品寥寥无几；他们不得已经常冒险喝一些随时随地弄到的恐怖的水，如果他们不得不消除干渴的话。

“倒回去几个星期，我们还是英雄呢。现在他们对我们到底是怎么个样子，还不如对待尥蹄子的骡子。杂种们。”克里斯蒂·摩兰说了一遍又一遍。

新来的中尉为他们尽了一切努力。他一天到晚不停地摇战地电话，几乎在请求让他们撤出阵地。这一带阵地上只有乌鸦和士兵们残缺不全的尸体。这是一种万般无奈的状态。

终于，他们似乎有了一些撤下阵地的希望。据说，格拉斯哥人组成的部队要来接替他们。

“万般好事终有尽啊。”彼得·奥哈拉说，他的潮湿的、冰冷的、饥饿的同伴们大笑起来。他们中间没有哪个人一次两次想到开枪打穿自己的脚，或者吞咽一只生老鼠什么的，任何事情都安然无恙地对付过来了。他们现在正在守候的，莫非只有死亡本身吗？如果德国鬼子能够站起来瞧一瞧，让他看见的没有别的，只有战争般的精神在迎接。

格拉斯哥的士兵始终没有出现，也许那块巨大的淤泥怪兽[1]把他们统统吞噬了。传闻说，新的精灵从这块混沌地带以新的面目出现了，如同恐怖的、毒牙森森的巨鲸般的怪兽，滴答声中就能把一个士兵生吞下去。

他们阅读他们士兵手册里那些毫无表情的条文，博得一笑，尤其有关保持脚部干爽和干净的章节。还有“干净干爽的袜子”。

“我最喜欢这几句了。”威利·邓恩说。

方圆十英里，没有任何东西是干净干爽的，威利心想。

后来，克里斯蒂·摩兰不管怎样还是为威利·邓恩做了一件出其不意的事情。

“好啊，威利，”克里斯蒂·摩兰说，“你不欠债，不犯科，那么我想我可以放你一马。可怜的巴克利神父说过，一旦我看准时机，能不能让你短期探一次家。”

“什么意思，长官？”威利问道。

“休假，威利，我让你回家短期探亲，你这走运的家

①原文Leviathan，出自《圣经·旧约全书》，象征邪恶的海中怪兽。

伙。”

威利知道他还不到休假的时候。莫非已经过去十八个月了？莫非一千年都过去了吗？尽管泥浆堵死了他的条条脉络，尽管冰冷的石头取代了他的头脑，然而仅剩的喜悦的小小气泡还是往起膨胀了。他就要回家了，尽管只是短期。巴克利神父依然从他的坟墓里向他们张望呢，不管他的坟墓在什么地方。

“谢谢你，军士长，”他说，“我能亲吻你吧，军士长。”

“一边去，你这家伙，你啊，”克里斯蒂·摩兰说，“我可不是你母亲。”

“你这家伙，”彼得·奥哈拉说，“别把我们扔在这里不管啊。”

“对不起，彼得。”威利·邓恩说。

“到时候给我们带来一只鹦鹉啊。”乔·基尔蒂说。

“遵命。”

威利打点好行装，背上背包，手里拿起枪，用军大衣把所有物件都盖上，马上就要上路了，这时克里斯蒂·摩兰从外衣下面掏出来一样东西，放进了威利紧身上衣的左边的上口袋里。

“喂，”他说，“你留着这个吧。万一我再见不到你呢。”

“什么东西，军士长？”

“他们给我的他妈的奖章。直到这会儿，我还不知道把它放在哪里呢。”

“可是，军士长，这是你的军功章啊，是你打仗勇猛赢得的，军士长，把那些德国人痛死了。”

“我他妈的不想要它。你一样配得上赢得这玩意儿，你这笨鳖儿。话说回来，威利，上面有一架竖琴和一个皇冠，有这两样东西保佑，你能安全回到家里。”

“天哪，军士长，我不知道说什么好了。”

“那就闭上嘴巴，威利，上路吧。”

“遵命。”

第十九章

多么好的事情，终于离开了那里，一路坐卡车，坐火车，在这地球上换了一个地方又一个地方，都依然脚踏实地。他注视着外面的世界，始终想起他身后坚守在那块荒凉之地的伙伴们。他管不住自己，总在想他们会瞎聊些什么，很吃惊他们被安置在那样邪恶的地方，他还很想念他们。

他惊讶地发现，英格兰，他一路穿过时，看上去、闻起来都是一个样子。一个爱尔兰人穿过英格兰，却没有思想英国人的思想。什么东西横亘在他的家乡和比利时之间呢？英格兰。

他一走进警察署署长住所的低矮的门口，就看见多莉待在一个角落里，和一排布娃娃玩耍。他知道是他母亲的母亲缝制了这些布娃娃；他凭借童年的记忆，辨认出了那些布娃娃，绿色的、白色的、蓝色的呢绒布娃娃，彩布脸。

他早已把这样的物件忘干净了。

“喂,”他说,“喂!”

小姑娘扭过头来。“你是谁呀?”她问道。

“威利呀,”他说,“威利,你不认识我了吗?”

小姑娘一下子跳起来,跑过那些冰冷的石板路。她像一个迷人的打开的包裹,扑进了他的怀里,一下子她和他相拥在一起,她的心在跳动,他的心也在跳动。他很高兴在回家的路上在亚眠下车,把虱子消灭了一下,把军装好好地用军队的方法清洗了一遍。他站在长长的一排民用喷头下,水蒸气弥漫在更衣间里,而那些饱经战火折磨的士兵们在那没有火焰的地狱里唱歌,叫喊。多么清白的简单的欢乐。这个小天使在他清洁的怀抱里展开小胳膊,是多么令人开心。

“哦,威利,你现在看上去像爸爸一样老了!”她乖巧地说。

“你也长大了,多莉,”他说,“你现在几岁了?”

“我快九岁了。你收到我的信了吗,威利?我写了好几个好几个小时呢。”

“一封了不起的长信,多莉,你不知道我收到你的信有多么高兴。”

“我相信你吃了不知多少饼干吧,威利。”她说。

“我就想收到你的信,饼干算不了什么,多莉,”他说,“莫德和安妮在家吗?”

“她们在家，她们在家，威利。一点没有想到能看见你，威利!”

“威利，威利。”安妮和莫德一起叫喊道，她们真的还像小姑娘家一样和他见面。也许她们忍不住吧。过去的时光返回来了。她们挨个亲吻他，安妮毛毛躁躁地抓住他好一会儿，愣愣地打量他的脸。但是，她没有说话。她在哭，那双漂亮的棕色眼睛里充满了泪水，一下流出来流到了脸颊。但是，她并不急于把眼泪擦掉。她只是一个劲儿地打量他，轻轻地摇晃他，紧紧地抓着他袖子上的旧法兰绒。

他环视一下这间旧起居室，一个耗子洞也没有。如果在前线躺在一些可怜的日光下睡觉，做梦，对他来说这间屋子似乎更真实，更缱绻，气息一模一样。他极力想象她们在过去的几年中在这儿生活，似乎在他的心眼儿里看见她们在房间里出出进进，仿佛他的三个姐妹就是一大群女人。这是一个令人迷惑的思想，他用手挠了挠头。

“你很好吧，威利?”莫德问道，“快坐下吧，伙计亲爱的，我们给你冲杯茶喝。”

“那可太馋人了，莫德。”他说，自己开始哭了。不过那些不是痛苦的眼泪。那些是别的眼泪，他无法归类的眼泪。

“你那里过得怎么样?”莫德问道，这时安妮仍在一旁打量他。莫德现在怎么也有十七岁了。她有一个男孩子一起逛马路了吗？他觉得她还没有交男朋友呢。而且，他不知为什么觉得他不应该冒昧地问她。

“啊，就是打仗嘛，”他说，“你们知道的。”

“唉，我们不知道，威利，因为我们从来没有上过战场！”多莉说。

“那边还好，还行。”威利·邓恩说。

“你上次探亲走后，我们这里也打了几仗，”安妮说，“一些恶棍在街上捣乱，爸爸每到一个关口都很烦，不知所措。人家说，是一些当兵的现在从战场回家来，威利，把他们的枪送给了那些可恶的坏蛋，却说他们把枪丢了。”

“我从来没有听说过这个，安妮，”威利说，“你看看，我自己很安全，很健康。”

“我很高兴你一切都好，威利。”安妮说。

“哦，安妮，别几句话来回说个没完，”莫德说，“去把肉馅土豆泥饼放进烤炉里，威利，爸爸很快就回家，他会大吃一惊的。”

安妮很不情愿地去洗涤室时，威利向莫德身边凑了凑。

“我收到你的信了，莫德。”威利说。

“哦，都过去很久了。”莫德说，但是从她的话里听得出，她言不由衷。

“我很高兴啊。”他依然说。

警察署署长回来了，家人听见了他的靴子踩在木头梯子上的声音。他把门推开，多莉向他冲了过去，像一只飞向窝里的燕子。

“啊，多莉，多莉，”他说，“要是见不到你我可怎么办呢？”

他把帽子拿下，如同过去成千上万次一样，放在了那张小桌子上。一个生命的往复循环的圈和环。他好像深陷在他自己的思想里。他的脸看上去老了许多，胡子灰白得更厉害，脸颊更见线条，更显憔悴。还只是一个九月的黄昏，没有人会在这时候就把灯点上，但是屋子只有一些昏暗的光，是灰色的都柏林的几缕光亮映照进来了。

然后，他望过来，看见了威利站在那里，一脸灿烂的笑容迎住了他。威利不知道自己在期待什么，如同他在战壕里收到莫德的信真的不知道如何是好一样。他有一个很不错的念头，但是他又不知道究竟是什么。不过，简单的感情掩盖了这些思想活动，他忍不住面露微笑，看着父亲的脸。

他父亲没有说话。他把帽子放在原来的地方，手拉着多莉，走过昏暗的屋子。他走到了威利跟前，不消说，足足高出了儿子一英尺。儿子那身土黄色军装和署长的黑色银饰的警服比起来，显得很刻板，不利落。尤其警服的袖口装点得别致。他感觉水从他头顶上一根下水管灌下来。他被这股水冲得直往下坠，不管是因为什么。他突然想起了他对死去的朋友的祈祷，对那些不是朋友却已死去的一张张脸的祈祷。他想起了被摧毁的十六师的所有那些士兵，成千上万，成千上万啊。他知道他爱他们，尊重他们，别人指责也没有用，更何况对他们失去生命给予应有的荣誉是很难的。这可不是生命往复循环的圈和环，不是应得的赞美和告别，不是送葬马匹的黑色羽毛，不是在杰罗姆山和格拉斯内文的寒冷的聚会，仿佛不应是这样的时刻。他是一个眼见过上千名死者的五英尺六英寸的男人。现在，他站在一英寸远的地方，寻求童年的安慰，对面就是在他上次休假时还像给孩子洗澡一样温情地给他洗澡的男人。他记忆犹新，那双大手把战争的尘埃洗掉了。他知道，这种温情再也体味不到了。

他父亲放开了多莉的手。他站了一会儿，也许不知道怎么办好。然后，他伸出了右手，握住了威利的右手，向前倾了倾，从威利身边把手抬起来一点，摇了摇。

“你回来了，威利。”他说。但是他的声音刺耳，冰冷。

“你好，爸爸。”威利说。

接下来，警察署长所做的动作，在威利看来是一件非常可怕的事情。他大笑起来，仿佛发生了什么他难以置信的事情，尽管威利什么话也没说。莫德用一个威克洛旧盘子端着肉馅土豆泥饼正好走进来，也听到了这阵笑声，不由得看了父亲一眼，脑子里一团模糊的恐惧在打旋儿。

“我干了什么冒犯你的事情了吗，爸——？”威利还没有把话说完，署长就讲话了。

“他们打死了我的一个警员，”他父亲说，一种令人震撼的模糊的口气，“天哪，给这个城市带来了灾难和骚乱——谁呢，威利？他们说，德意志。在所有那些宝贵的重要的大街上，他们都造成了死亡和混乱。他们给都柏林城泼上了永远洗不掉的污点，一块漫溢的大血斑，威利。我从我儿子的信中看到，他只是觉得他们有些愚蠢，搞破坏，他还看见一个满手是血的年轻人在一个门道里被打死了，还说那个年轻人比他本人大不了多少。你站在这里，威利，穿着你们国王陛下的军装。庄严地发誓保卫国王和英伦三岛。你站在这个你自己童年的家，面对你父亲这个男人，他要尽力维持这个大城市的秩序，不让这个大城市遭受叛徒和造反者的暴行和捣乱，只是因为爱你，怀念你的母亲。”

哦，屋子里更黑暗了。威利的血管里有一股毒药在恣意地流淌。那是失望和恐惧的毒药。他长了这么大，还从来没有看见他父亲如此冷峻，如此陌生，深沉的声音被愤怒所腐蚀，听上去像一个陌生人的咄咄逼人的声音，另一个人的声音。他一生从来没有听见他的父亲说出这样一番话，使用的语言完全是示威游行和纪念会上才有的。不消说，多莉是听不出来的，只是跑到了莫德跟前，爬上了餐桌旁的椅子上。

“快坐到我身边来，威利。我一直都给你保留着你的椅子呢。”

“战争时期，这是个荒谬、黑暗的世界，爸爸，”威利缓慢地说，“它让你想很多很多思想，很多新的思想。”

“我不会站在这里听你的流氓语言！”他父亲嚷叫起来，“我在街头对付那些流氓和恶棍就够了。这一切都让我伤透了脑筋！”

“我知道这些，爸爸。那是一件大事。”

“嚯，你也这样说吗，我的小儿子？你终于这样说话了。不用说，你口是心非。不用说，你认为我只会干些区区凡事，我所干的一切都不值一提。全都是一大堆鸡毛蒜皮的小事！是老娘们儿都能干的事情！难道不是吗，威利？你在说些什么大逆不道的话呀！天哪，他们差点在斯蒂芬公园的大门前把我打死，那个可恶的婆娘马季耶维奇[①]差一点冲过来一枪打中我的胸膛，要了我的性命，可我打开那封辛酸的信，看见那些抱怨的词儿，感觉那种怀恨的胆汁在我身体的中心发散，我只好在黑暗中哭泣，在黑暗中哭泣，因为我充当了一个傻子，一个被抛弃的父亲！”

莫德公开哭起来，哭得很伤心，眼泪扑簌扑簌往下落，却仍然端着那盘肉馅土豆泥饼。盘子的热力从她的垫布里透出来，开始灼烫她的手，但是她顾不上把盘子放下来。

“你不过来坐下吗，威利？”多莉说。

但是，威利什么都顾不上多想，只是最后一次迅速地

---

①爱尔兰近代史上著名女政治家，见前注。

看了看父亲，向父亲点了点头，向妹妹们点了点头，然后转身走向那架旧楼梯，走进了越来越浓的夜色。

在他的重要事情的清单里，这是头等重要的一件，不论坐汽车或是坐火车，他都在一遍又一遍地琢磨，弄不清问题到底出在哪里——而第二件事情就是格蕾塔了。

他知道，几十封来自家里的信都丢失了，尽管邮政服务做出了不懈的努力。他知道，许多信经过周折又奇迹般地到达，许多信到来得晚了。他虔敬地跟自己念叨，与此同时他父亲的话却像凶猛的连续炮击在他的脑袋里轰炸。

他走过他自己的城市的街道，向基督教堂走去。他对这个地方没有一个总体的概念；他很清楚，他对这地方的每一块石头倒是很了解。身为一个学徒建筑工，他只能专心于每块石头，不过作为一个青年，年轻力壮，忍不住伸长脖子吃惊地欣赏那些飘动的扶垛，灰色的新教徒大教堂，审视大教堂的一砖一瓦从哪里凌驾于那条路上。

他很容易就会想起那结实的必备的脚手架网和竖起脚手架的活儿，那些消失的小工和石匠组成的小组、灰泥匠等等。石头摞石头，在根基上铺砌牢靠，摆得四平八稳，永远不能有晃动的现象。他一边走，一边想，在脑子里想了一百遍了，建筑工如同舞蹈者，只要施工顺利，他们的活动有一种可爱的优美，工作有一种流畅的动感。哦，他们把这古老的大教堂往高空抛去时，一定处于高昂的良好的精神状态。新教徒们拥有两座大教堂，而天主教徒连一所也没有，但是他记不清为什么会这样，哪怕他过去知道过。

他听了父亲那样对他讲话，不像过去那样会突然感觉心情非常难过，因为他正在走近格蕾塔。他正在走近格蕾塔所在的地方，怎么能完全感觉到天塌下来呢？哦，战斗的血和愁闷的潮在穿过他的身体，流了进来——不过就在他沿着大教堂围栏闲荡，拐向格蕾塔的家门口时，他不由得感觉到像一棵灰尘扑扑的树在雨中冲刷，他不由得就有了这种感觉。他想起格蕾塔的刹那间，他可以把所有的事情放在一边，推开。他可以看到战争不会久长，战争一结束，他和格蕾塔就可以——天哪，他现在就要问一问她，他过去表现得非常愚蠢，迟缓，他这下可以问一问她是不是同意成为他自己真正的人。他现在是一个成年人了，一个成年人，她可以看见他现在的样子，用不着担心她还会拒绝他。因为那是绝对不可能的。

他走上了她家毁坏的楼梯。因为这所房子紧贴着基督教堂，这里的光线非常昏暗，每节楼梯平台上的窗户看上去都像那些旧教堂的模糊的绘画，潜伏在神圣的、悬垂的空气里。绘画也许是但以理在狮子窝里，也许是义冢地里犹大的坟墓，你不会完全知道。按说，你应该需要一个旧蜡烛什么的，借点光亮看清东西。

那道门总是开着，通向那间长眠地下的主教们的破旧的大房子。一如以往，破布从天花板上垂落下来，装饰了大量无声的石膏乐器。隔墙板后面的人家都在窃窃私语，哈哈发笑；蜡烛的光映照出了那些“帘子”的可怜状况。

格蕾塔映照在她自己奇怪的光下。喔，不消说，格蕾塔自己就是一支蜡烛，格蕾塔自己就是一道光。格蕾塔长了一张漂亮的白净的脸，如同上台演出的演员一样可爱。

她正在胸前安抚一个婴儿。他没有马上看见那样子，但是他现在站在了格蕾塔的世界的边上，看见了那个小孩子，甚至还看得清楚罩住那个婴儿的小脸的丰满、紧绷的乳房。小手儿张开又攥住，张开又攥住，威利能够感觉到小家伙快乐的深度。他曾经和格蕾塔躺倒过，但是，哦，过去的月份太多了。他不是一个傻得不可救药的大兵，他能够算出来月份。

“格蕾塔，格蕾塔。”他小声唤起她的警觉，仿佛她陷入了一种危险之中，他千万不能惊动她的敌人。

“威利·邓恩。”她说着，把一条薄毯子撩起来，盖上了她的乳房和孩子的头。

“这孩子是你自己的吗？”他问道，也许很绝望，因为他知道如果不是她自己的孩子，她是不会有奶的。她不是乳母（奶妈），这点他还是很清楚的。莫非她已经怀过他的孩子却失去了不成？这样可怕的悲剧可能发生吗？这就是她一直不写信的原因吗？他愿意向她求爱一千次一万次。啊，格蕾塔，我的格蕾塔。

“哦，这是我的孩子，我丈夫的孩子，威利。你现在还会大惊小怪吗？我给你写信了，威利，可你一直没有回信。万事都有定数，正像我父亲所说的。”

“你写信给我，说你想结婚了吗？”

“我给你写信了，威利，说我收到了你朋友的来信，知道情况了，就这些话。”

“什么朋友写来的什么信？”威利问道，觉得她说话之际，他忍不住要回到楼梯平台去呕吐，她一下子吓住了他。他的问话这时带出了恐惧，远比战争到来的恐惧更可怕。

“我把信放在抽屉上面了。你要是想看，去取出来看吧，威利。你会看明白上面写了些什么。你没有回答我的信。那我就知道你干过信上所写的事情。威利，我是什么人，我们有过什么来往，那种事之后，我觉得不会完全一样了。”

“什么事之后？”

“你想让我说出这样的事吗？你自己去看看吧。”

于是，威利穿过屋子，走向那个廉价的抽屉柜。

“就在抽屉最上面。没有必要把它藏起来。我把所有的情况都告诉我父亲了，他给了我忠告。他说他早跟你说过，要你了解你的想法，可你不了解。他说即使我们住在这样的寓所里，那也不等于我们非要等待那些和妓女鬼混的人回来。一定的威利，蒙托大街和加德纳大街那些地儿有的是妓女，你用不着到比利时找一个。”

那是一封短信，地址是他惯常写在信封上的那个。信写得字迹潦草，龙飞凤舞，一张奇怪的信文。写信的人说他觉得有义务告诉她一个名叫威廉·邓恩的列兵的行为，因为她认识他，所以他不得不根据自己所了解的情况，说明威廉·邓恩跟脏病流行的亚眠的一个妓女上床睡觉，写信的人觉得他出于基督教责任，告诉她到现在为止他还患有这种脏病，压得他抬不起头来。他现在履行的是一项令人悲痛的责任。下面的落款是，你永远的、真挚的，一个大兵。

即使他现在试图在她面前撒谎，又会有什么好处呢？她已经嫁人了，已经有了孩子了。即使他收到了她的信，又能解决什么问题呢？他不得已撒谎，那她就会相信他吗？如果他讲出实情，那他就能够不失去她吗？他想着这些思想，脑子里一团乱麻。他从那封信上往起看，看着她的脸。他自己心爱的人，他就这样失去了。

“我对不起，格蕾塔。我非常对不起。想到我失去了你，我非常难过。我确实和一个可怜的堕落的女孩睡过。我向一个现在已经去世的男人忏悔过。可我从来没有收到你谈到这件事情的信。如果我认为你知道了这事，那我会下到冰冷的大海里去把你追回来。如果我给你造成了痛苦，伤了你的心，我深深地感到遗憾。我不能从头告诉你那场战争究竟什么样子，格蕾塔。我刚才来这里的一路上还在想，最终一切都会好起来的，因为我爱你，我们可以结婚成家。”

他只是近来才认识到他自己已经是一个大人了，因此应该知道这个世界什么事情都会发生。这时，令他大感意外的是，格蕾塔哭了。在那道怪异的都柏林灰蒙蒙的光线里，她哭了。

“你嫁了一个好男人吧，格蕾塔，他能把你照管好吗？”

“我嫁了一个非常好的男人。他在和爹爹一起干活。他们在萨克威尔大街铺石头呢，那里因为打仗被弄坏了。我爹爹去年从克拉军营溜回来了，因为他说他就是被枪决也不愿意做一个英国大兵。他需要知道他自己的想法，威利，你知道的。你现在不会跟他说什么吧？”

“不，不，格蕾塔。这样就很好。”

“对不起，威利，事情最后是这个结果。我并不认为你干过的那事有多么可怕，但是当时它却让我伤心透了。我希望你一切都好，威利。我不会跟你过不去，不是你，威利。”

“我谢谢你，格蕾塔，我真的感谢你。这是很大的安慰，你想象不到的。你父亲是对的。我不知道我自己的想法。”

他在那里呆站了一会儿。他觉得像一个幽灵，一个从某个黑暗的地狱返回来的人，不再是一个正常人了。他觉得像一个零七八碎拼凑起来的人。格蕾塔坐在那里美丽极了；那孩子很安静，现在睡着了。格蕾塔冲他露出了过去那种微笑，那种微笑他走到哪里带到哪里，但凡他还有几分价值的话；那微笑可以用做一面盾，抵挡一场战争带来的可悲的诱惑。他转身离开了这个必要的、生气勃勃的地方，再次走进了这怒目睽睽的城市。

他知道他不得已，要在一个小客栈打发这个夜晚了，而且确实在小客栈凑合了一夜。那里全是流浪汉，不可救药的醉鬼，而且很不吉利，还有一些从战场返回来的凄惨的大兵。

第二十章

第二天早上，他坐火车去了蒂纳赫利，因为他必须履行他记忆中的责任。在韦斯特兰路火车站的铁架玻璃天篷下，他感觉到从未有过的疲乏，比蹲守战壕还厉害。某种邪恶的精神耙了他，耧了他，在他身上种下了花岗岩和燧石的虚假的种子。在他身体的中心，他觉得什么东西已经烂掉了。如同一棵老橡树，他担心他会慢慢变成空心，腐烂从里往外一圈一圈往外增大，一旦冬天寒风刮起来，就会一下把他吹倒。

都柏林不再像一个倾城之力备战的城市了。街头很难看见身穿军装休假的军人。他在街头看见了军队，一点没错，但是士兵们都在忙些别的事情，是从英格兰坐船过来的。顺了萨克威尔大街走来，他看见了那次骚乱的种种残留物，房屋都被利菲河上炮舰打过来的炮弹炸毁了。这条宽阔的大街上被炸毁的地方，一点没错；一帮人正在修补石板，毫无疑问，格蕾塔的父亲和丈夫就在这些人群里。

然而，他没有多看；他不想多看。这条大街在一次大变动中受了重伤；它迸发了，把街面的灰浆和石头喷向了天上。人们可以把石头一块一块铺到街面上，但是有许多东西他们永远无法弥补上去了。

从他眼角的余光里，他看见一小群男孩在通向马尔波罗大街的辅道上活动。他甚至看见一个男孩甩开胳膊扔出一块石头，可是当那块石头打中了他的胳膊时，他还是大吃一惊，有点发懵。他弯下身子，捡起那块石头，正是铺街用的花岗岩的小石子，是石匠用锤子和杠子敲打成块的零碎。那些男孩拥向前去，其中最小最顽劣的一个跑下路面向他吐了一口痰，他来不及躲避，那口痰正好落在了他的脸颊上。男孩们轰然大笑起来。

"讨厌的英国兵，讨厌的英国兵，讨厌的英国兵，滚回老家去!"

他站在了马路中间，但是他一点没有追上去的心情。

"我在老家，你们这些小杂种。"他嘟哝说。

不消说，那帮嘻嘻哈哈的小集团蹦蹦跳跳地向那座曾经的大教堂方向跑去。那座教堂矗在那里当一座天主教大教堂使用；它本身是一座大教堂，却在代替一座大教堂。人们有朝一日会修建一座名副其实的大教堂。就在那里，他父亲置身别的天主教教徒之中祈祷，不管虔诚还是虚应故事。他父亲每个礼拜天都会带着他的三个姐妹坐在那里，而父亲修剪齐整，脸面干净，宛若一艘游艇。他心里想他也会走到那里，坐下来闻着上光剂的味道，看着那些意大利雕像，但是他心里的那些雕像被搬走了，没有女人们来打上光剂，洗刷地板。不消说，他这种猜测是不真实的，错综复杂的事情还会继续进行更长的时间，直到另一次地震把这个城市深深的根须儿摇动，上帝知道，时候一到，它终究会倒下来的。他迟疑是不是把那块小石子装在口袋里做个念想，但是随后他把它狠狠地扔到了地上。让它待在地上，被小崽子们用来砸另一个傻子吧，他想，另一个路过的傻子。

到达蒂纳赫利时他走出了火车站，不知什么原因，这火车站位于一个很窝囊的位置，要比小镇地势低很多，也许是一个地主的乖张造成的吧。也许数英里外库拉丁的菲慈威廉斯家族在他们鼎盛时期到处伸手吧。因为，这一带乡村他很熟悉。没有几英里远，就是休姆伍德的地界，他的祖父就在那里当管家。他祖父还活着，他不知道他是不是应该也搬到基尔特根去住，他在那个庄园可以独住一间房子享度他的晚年。但是，他又想，如果他的父亲生了他的气，那么他的祖父会更加生气，因为他一辈子都是一大群庄园工人、园艺师和农场工人的头面人物，还是这块土地的地主的教区牧师，像做妻子的一样忠诚。不消说，他相信他的父亲还没有和他的祖父说什么，因为他们爷俩只是在葬礼和婚礼上才见面。当着威利的面，那个老人经常承认他的儿子是个傻子，所有他的孩子们都是傻子而这些傻子中，詹姆斯是最大的傻子。他把他安排进警察署，“和爱尔兰其他傻子一起共事”。一个傻子，当一个傻子的父亲，躲不掉，威利想到这里不免心酸。

然而，阳光照在沿路的树篱上，一片安逸；花楸挂满了沉甸甸的鲜红的果子。他穿过几道门走向吉尔康曼教堂时，他不由得欣赏起整整齐齐的花岗岩块料，煞是可爱，横平竖直，见棱见角，一道道黑色的大门像一套衣服一样合体。他凭借记忆不敢十分肯定帕斯利家所在的位置，尽管他知道应该在小镇的这边，于是他和正在往信箱里塞信的教区长打招呼，向他打听蒙特山在哪里。

“就在那个小山上，”教区长说，“你可以看见那些山毛榉上矗出来的屋顶。”

“非常感谢，先生。”威利说。

“你是在国外吧?”教区长问道。

“是的，先生。在佛兰德斯，先生，这些年都在那里。”

“你是要去和帕斯利家说话吗?”

“是的。因为我认识他们的儿子，上尉。”

“恐怕你有更坏的消息吧？你知道他家另一个儿子也在法国吗?”

“不，我不知道这个，先生。”

“是啊。我很高兴看见你健康，开心。我们这一带失去了十七个男人了。非常可怕，很心疼，成了这个样子。你叫什么名字，列兵，可以问一下吗？”

“邓恩，先生。威廉，先生。”

“是啊。”教区长说。而威利凭着过去的经历知道教区长的脑子在打转转，认为他的姓氏可能是一个新教惯用的名字，可是他的名字也许和列强[①]有某些关系。但是，对待这个不喜欢的大兵还算公道，他的口气没有改变。他自己的名字碰巧用金色的字母写在他身后那块黑色的公告栏上，还有教堂和任上的教区长的名字。“哦，我的朋友，你在那个山顶上能找到他们家。祝你好日子，上帝保佑你。”

“谢谢你，教区长。”

“谢谢你，威廉，陪我说了这么长时间的话。”

威利听了教区长这些话，莫名其妙地振作了许多。事实上，他在树丛中走向那座房子时，几乎快要哭出来了。

他凭借直觉知道，他必须顺着那条通向围场的小巷到达那所房子。穿过一道道完好无损的门，在围场里的大道上闲走，没有什么目的。

他很后悔他当初没有先寄来一封信，他现在怎么解释他来这里呢？他反复斟酌，他为什么来这里？他没有主意，只知道上尉牢牢地留在他心里了，他了解上尉的那点往事

---

①这里当指参战的各国，主要是英格兰。英格兰不仅是新教国家，也出过“威廉”国王，所以叫威廉的男孩比较多。这里写主人公的坎坷命运，他的名字叫威廉，只是因为他父亲喜欢爱尔兰历史上的人物。

在他的脑子里栩栩如生。他现在走在上尉的世界里，而他对这个世界一无所知。他甚至不知道上尉还有个弟弟也参了军，他真的有吗？这事对上尉来说无关紧要呢还是一时忘记了？这种事情好像不容易忘记；在那些日子里一般说来忘记的事情不多。

他敲响了完好、整齐的围场很近的厨房的门。这里也许有二十几处各种各样的圈棚，家禽窝啦、猪圈啦、草肥棚啦、小牛栏啦、散落的马厩啦，等等。一项庞杂的农场管理。不过，那所房子出现在他眼前时并不那么显山露水——它低低的，很简朴，一副和平的模样。日头懒洋洋地照在院子铺砌整齐的石头上；连三只牧羊犬都不屑搭理他，而是拉着它们的链子待在它们的选定的阳光充足的地方睡觉。他用裸露的指节敲响了门，过了一会儿他听见脚步声走来，已经掩开几英寸的门向里拉开。迎出来的是一个健壮的女人，穿了蓝色的宽松外衣，他奶奶在基尔特根穿的正是这样的衣着。他以为开门的一定是一个女佣，也许是厨娘，或者是老女仆，因为她看样子岁数不小了。

“你好啊，夫人？”他说。“我找帕斯利太太。我叫威利·邓恩，在军队里和——上尉在一起。”

他深感吃惊，竟然记不起来上尉的姓氏，不过面前的女人救了他，不管她知道不知道他记不起来了。

“乔治，你在军队里和乔治在一起，啊，天哪，快进来吧，邓恩先生，进来吧。”

然后，她把他拉进了厨房。这里像所有的农场的厨房，堆放了大量茅草和木柴，擦洗干净的松木桌子，石板上有些墩布留下的湿印子，旧钟在滴答滴答地响。但是，没有一扇门通向农舍别的地方，不过威利看出来这里经过一些很入时的改造，平滑的石灰墙和挂画，一条旧红毯子，另一扇比较大的出入口放着一个存放拐杖和雨伞的铜箱子。突然间感受到了一阵少有的快乐，因为他想到帕斯利上尉在这里走，坐，不是作为上尉而是作为这座农舍的儿子，一个农场主，一个活生生的男人。

“快坐，邓恩先生，”她说，满含真诚的善良，“你要是不在意，我们就不去起居室了。我把椅子上所有的布套都取下来了，那里看上去好像到了世界末日。我来给你泡点茶吧。”

她的口音是威克洛的，不过威利不再认为她是一个女仆了。她说话的顺序和方式不是一个女仆常有的套话，一点不是。

“很对不起，”她说，“我还没有介绍我自己呢。我是乔治的母亲，玛格丽特·乔治。乔治是我的大儿子。他父亲到下面的低地去了，不过他一会儿就回来，邓恩先生。你来这里，这里——欢迎你来，不管你来干什么，不过——有什么话要跟我们说的吗？”

“没有，没有。”威利说，突然感到惶惶的。他走进这些屋子来，原以为到处都是丧子的悲痛和持久的阴霾。然而，帕斯利太太一副泰然自若的样子。他这时有点害怕了，因为他还在上尉自己世界的阴影和荆棘丛中徘徊。

“你对他有特别的了解吗?”

“那是，那是，太太。我来告诉你——”但是他要告诉她什么呢？她把一个泡了柔软茶叶的美丽茶杯送到了他手里。他真的渴了，一口气儿把茶水喝得剩下了茶叶。

“天哪。”上尉的母亲说。

“你知道,”威利说，“他是我服役最初几个月的上尉，而且，你知道的，他已经——”

“他阵亡了，是的，在葫芦栖。你当时在那里吗?”

这时，她说话的神情很急切，如同他没有料到的干渴一样。

“我在那里,”威利说，“他阵亡的那个时刻我不在场，因为——”哦，又一次，他应该如何告诉帕斯利太太，克里斯蒂·摩兰、他本人以及其他人都撤退了，唯有上尉选择了坚守阵地呢？这就是他到这儿来的目的吗？不和她说说，只和自己说吗？上尉坚守阵地，而他们全都撤离——逃跑是说明这种事情的忌讳的词儿。上尉选择了坚守阵地，尽管谁都知道坚守阵地只有死亡。后来，他们返回阵地，发现可怜的上尉在瓦斯弥漫的战壕里像一根弯曲的山楂枝儿。就说这些吗？没有别的情况可以向一位母亲说的。

“我能看出来,”她说，“你眼睛后面还藏着什么东西。”

接着，他的眼睛又充满了泪水。他真是一个没救的傻子啊。

“是的。”他说。

“他的指挥官写来信了，你知道。是的，那是一封好信。他说乔治死得很勇敢。我猜测他们总是写这样的话。我不在意他们这样写信，我也不想那个时刻他是不是勇敢，我只想我再也见不到他了。他是一个非常好的人，你知道，是我的了不起的朋友。他有点儿固执，我们娘俩有我们的不同之处，他对事情过于苛求，但是——真的是一个好儿子。你喜欢跟我说什么就说什么。”

“可是我要说的就是这些啊，他是一个好人，我就是这样认为的，后来我们又来了别的军官，有些也阵亡了，但是上尉，我一直叫他上尉，他就是帕斯利上尉，可——”

“他阵亡后你一直想念他。”

威利·邓恩没有接话；他还用得着说吗？他阵亡了，他很想念他。他想念他们所有的人。他们阵亡了，他都很想念他们。看见他们一个接一个阵亡，他很痛苦，他很痛苦不能和他们朝夕相处了，他很痛苦看见新的士兵到来，他们也会被打死，而他自己还继续打仗，身上没有伤痕，克里斯蒂·摩兰也没有伤痕，可他们所有的朋友和伙伴却都去了。有些朋友和伙伴还深陷在这个粪坑里，或者在毁坏的围场里，或者在比利时炸得乱七八糟的该死的露天里。

他曾经想，他来这里安慰上尉的父母亲。可是，他傻坐在厨房里，舌头捆住了，心灵灼伤了，怎么能安慰他们呢？

“你知道，”帕斯利太太说，“看见他对你意味这么多，对我来说比什么都重要。”

终于，听见帕斯利先生的脚步声走进来了。他很小心地走进了厨房，因为他从头到脚都是灰尘。他看去像一个灰色的幽灵。他的脸好像一尊雕刻的塑像。

“我要去好好洗个澡，梅齐[1]。”他说。这声音听上去有点像上尉的声音，口音也一模一样。

“他整天都在撒石灰，”帕斯利太太对威利说，“这个小伙子是从乔治的团来的，他爸。”她说。

“你好吗，年轻人？”帕斯利先生问道。“我不能和你握手。你看，我整天都在撒石灰。在吉尔伯曼地头。”

“撒石灰是一件苦活儿。”威利·邓恩说。

“是啊，没错，”帕斯利先生说，“真是的。”

好好喝了一顿茶，到了上路的时候了。

“我陪你走下山去。”帕斯利先生说。

“啊，别担心，先生。”威利说。

“哦，我想去看看那些地块上的树篱怎么样了。”

这样，他们两个人又走下山来。到了山底，帕斯利先生踮起脚尖，张望地势较低的白色田地。

---

①玛格丽特的昵称。

“这下可好了。”他说。

他们来到吉尔伯曼的那片墓地，帕斯利先生一声不响地把威利领了进去。他把他带到了一个崭新的墓碑前，墓碑打磨得非常漂亮。

“就这里了，”帕斯利先生说，“不用说，他的尸体不在这里，很遗憾。不过，你全都知道怎么回事儿。”

墓碑上写了上尉的名字，说他在“为帝国效劳的正义而自由的事业里”死去。威利点了点头。他认为帕斯利先生对地方自治最终没有实现，不像人们说的那样有太多的遗憾。他认为帕斯利先生不会在意，不会的。在正义而自由的事业里——他们也许还会加上务农，威利想。还有撒石灰。

帕斯利先生在他身边低下身去，打量他儿子的墓碑。

“不用说，约翰还在远方，竭尽全力。”他说。

威利点了点头，微笑了。然后，几乎没有任何准备，他伸起右手，轻轻地搭在帕斯利先生的左肩膀上。

“我们沾了老女王[①]儿子的光，给他取名乔治，”帕斯利先生说，“都是过去岁月的事情了。”

威利温和地拍了拍这个魁伟的农场主的肩膀。

帕斯利先生没有退缩，没有动弹，好大一会儿也没有说话。

---

①指维多利亚女王，她的长子乔治国王；他在位期间，第一次世界大战爆发，他到过前线慰问。

出于某些原因，他们已经对威利讲了如何返程的老掉牙的客套话。他要坐火车去贝尔法斯特，从那里坐船过海。也许是因为北爱尔兰各郡还在尽力往前线送士兵，如果他们还有的可送的话。

于是，他在那个明亮的早晨站在了都柏林火车站的站台上，刚刚站稳脚步。这世界上万物万事中最料想不到的，竟然是多莉那小小的身影，沿着站台跑过来了。

“威利，威利！”她喊叫道，“等等，我想和你说再见！”

多莉转眼来到了他的腿边，用非同寻常的力量紧紧抓住了他。

“多莉，多莉，你可从来没有一个人在这城里走过，是吧，亲爱的多莉？”

“我没有，威利。安妮和莫德跟着我呢。”

“她们在哪里，多莉？”

“她们藏在那个门的后面呢。”

远处，真的站着他的两个姐姐。

“可是，她们为什么不过来呢？”威利问道。

“她们说，她们站在暗处你不会介意的，你明白是怎么回事。”

威利挥了挥手。她们也挥了挥手。

“不用说，我明白。我明白。啊，多莉，你是最棒的。”

有小妹妹在眼前，等于整个世界。他亲吻她，搂抱她，接着又给她吹口哨，然后又亲吻她，亲吻她，随后他才上了火车。

“再见，再见！”多莉喊叫道。

“再见，再见！”威利喊叫道。

第二十一章

他归队后，克里斯蒂·摩兰对他走访蒂纳赫利深感满意，十分赞赏。

“你把闲日子利用起来了。”他说。

他们奉命转移到了一个安静的区域，这段时间的任务是四处转战，哪里短缺往哪里增援，哪里出了漏洞去哪里补漏。他们现在蹲守在一条法国的旧战壕里，如同克里斯蒂·摩兰所说：“这里可不是他妈的金斯敦。”战线不再是延绵不断的战线了，而是这里那里建立起来的所谓的强力据点，中间隔着许多断点。不过，机枪在必要时能把这些断点覆盖了，因此纵横交织的子弹便可以想象到了，如同巨大的魔衣一样把那些断点保护起来。

他的生日像平常日子一样到来，可再也没有邮包寄来了。“只当我从来没有出生过！”他跟自己开玩笑说。尽管二十一岁[1]了；他私下里长出粗气，自己做出七老八十的样子。

有时，在一些诡异的时刻，他似乎就能听到他父亲的大笑——把莫德吓坏的那种恶狠狠的大笑。

圣诞节很快就要来了，仿佛一切事情都如同在过去那个世界里一样，但是王后赏赐他们的小礼品不再像过去的日子里那么光彩，那么重要。他们坐在一起，像身穿宽大外衣和长袍的诸神，有时像那些为纪念基督诞生而仍然设法祈祷的人，有时又像那些不能安静地坐下来的人。然后，一九一八年拖着脚步到来了。

雪下起来了，覆盖了一切，谁都怵头。为了保持血液循环，鼻子和手指头给搓得生疼，在斋戒一月的一个早上，克里斯蒂·摩兰出来撒尿，尿在雪地里成了一根冻住的黄色长钉。你要是试图说一两个词儿，到了嘴边便会冻得没有了声响。他们弄到了几所旧房子做兵营，如同威克洛农舍那么好的房子，但是仿佛有人走进去把女人、孩子或者居住的一切痕迹都抹掉一般。它们提供了居住的地方，把刀子般的风和醉醺醺的雪关在了外面。

家乡传来了消息，说所有为佛兰德斯前线储备的部队，都要被转送到英格兰去。因此威利想，都柏林的那些男孩子们这下没有目标，失去了立足之地了。

---

①二十一岁是西方多数国家继承遗产的法定年龄。

“他们认为我们现在都是反叛者，”克里斯蒂·摩兰说，“那些杂种们不再相信他妈的爱尔兰人了。他们认为我们都要揭竿而起，伙计们，把他们的脓包喉咙割断了。要是有人一分钟不往这里送朗姆酒，我们也许就得求他们了。”

然而，蒂米·威克斯，英格兰人，现在如同乔·基尔蒂或者彼得·奥哈拉一样，是一个可靠的伙伴。克里斯蒂·摩兰负责这个排，因为没有多余的军官。各营减员现象非常严重，人人都在议论这件事儿。比较起来，他们有过去一半的战斗力就近乎一件好事情了。他们试图把团和营合并起来，却不过是半斤对八两的区别。哄传的一则谣言说，美国佬很快要参战，让半斤和八两加起来，区别就大了。所有过去移民到美国去的爱尔兰小伙子，只要他们穿起军装，出来参战，可怜的德国人立马会去敲开柏林的大门，放他们进去。

“我有三个伯伯都到美国去了，”乔·基尔蒂说，“我敢说他们生养了几个岁数不等的年轻小伙子了。没错，一定的。”

克里斯蒂·摩兰瞪着乔·基尔蒂看了足足十五秒钟，大家轰然笑起来。

“我可什么都没有说啊。”克里斯蒂·摩兰洗清自己，四下打量。

不消说，他在琢磨是谁把那封信寄给了格蕾塔。他知道这事不是每个人都会干出来的，是某个他无意中伤害过的人，或者甚至是有意伤害过的人。某个现在也许早就死掉的人。他知道这事奥哈拉不会干，尽管他当时在现场亲眼看见他的愚蠢行径。这事不会是奥哈拉，因为他对朋友讲义气，够朋友。你不能对具有这样级别的人乱猜疑，这是一定的。所以，他不知道是谁干的。但是干了这件事儿的人，他认为生生地结束了他的生命，好比一个火力小组的子弹那么厉害。他也很高兴他不知道是谁，因为如果他知道了，他有心去把那个人一枪打死。他又想把那个人的脖子卡住，要了他的性命。

他到底把这事儿和奥哈拉讲了。他说有人给他的姑娘寄去了一封信，把那天在亚眠的事情说了，为这事她另嫁他人了。奥哈拉说干这种事的人只配把他的蛋子儿给割掉。他还说他曾听说过这样的事情，他一向认为，没有比一个士兵对另一个士兵使阴招更可耻的事情了。

还好，一年的日子过了一天少一天，每天都有新消息传来，说另一侧的战况可能糟糕得令人扫兴。斯托克斯少校有一阵子变得越来越不安，克里斯蒂·摩兰一听见电话像鸟儿一样叽叽喳喳响起来就没完没了地向战壕里跑。当这些虚假的叽叽喳喳声响过没有接到好消息时，斯托克斯少校也就安静下来了。人们觉得什么事情即将发生，只是眼前还没有发生，剩下的这空当只能有古老的宿命来填补了。这好像在等待世界的末日，但与此同时又在计划下一年的丰收。他们注定了厄运，但不是今天。

总是有榴霰弹飞来轰炸他们，正如克里斯蒂·摩兰所说，正好让谈话继续下去有了谈资。一个英格兰小伙子让炸弹把脚炸掉了。克里斯蒂说他只是个十六岁的孩子，怎么也不够十八岁。他躺在斜坡上，他的脸现在像掩网渔夫会扔进金斯敦海港里的星鲨的颜色，灰白灰白的。榴霰弹把他脚腕子齐刷刷切断了。脚就在离他的腿一英寸远的地方。这男孩终归是被打败的，还算幸运。

“那东西难道不应该跟他连在一起吗？”军士长不解地问道，声音有点迷茫。

“应该和他连在一起，军士长。”威利说。

“哦，那还不把他的靴子还给他吗，威利？”

“还给他了，军士长。他的脚在靴子里。”

“担架兵在哪里？那些担架兵在哪里？”克里斯蒂·摩兰问道。

“他们一会儿就来了。”

“你把那膝盖他妈的捆上吧。”军士长说。

随后担架兵赶来了，一个是淡黄色头发的小伙子，名叫艾伦，格拉斯哥来的，另一个威利不认识。他们把那个英格兰男孩抬到了担架上。

“他看样子情况不好。”那个不知名字的担架兵说。

“你可以把这话再说一次，吉米。”列兵艾伦说。

“你们不会把那东西留在那里吧？”克里斯蒂说，指着那只脚。

“没有必要带走了。”艾伦说。

于是，他们走了，威利和克里斯蒂和乔·基尔蒂还在那里呆看着那只脚。

“还是把它扔在野地里吧，”军士长说，“他跳舞的日子再不会有了。”

“唉，唉。”乔·基尔蒂感叹道。

那个男孩还留下来一摊鲜血。看着那摊血都让人眼睛疼。

然后，军士长说得有些牛头不对马嘴，声音很小却耐人琢磨：“幸福的日子啊。”

恐怖到底来了，他们早有预料，但是当恐怖像《圣经》里的一场瘟疫向他们袭来时，那会让他们多么头疼？

那天上午，乔·基尔蒂放哨。天一亮，大地上便出现了大雾，乔想只要能看见前方十码远，他就运气不错了。那情形好似待在海底。后来，突然间，前方数千发炮弹电闪雷鸣，乔一点也不怀疑，纷纷落在了他们身后自己炮队的一些地方。紧接着，大量的战壕迫击炮开始打过来，把只有区区数码宽的战壕炸烂，只要打中，就会埋人，杀人。这样的狂轰滥炸在他们的前后不停地轰鸣。他们心惊肉跳，叫骂了一个小时又一个小时，一直被这种怪异的、亚麻布般密集的大雾包围着。

克里斯蒂·摩兰很快就明白，他在地下掩体里只有一部死电话机了。他有一个装了两只鸽子的箱子，本来是为了这种紧急情况下救急，它们是蒂米·威克斯在英国老家养着的，但是这时放在手上一只，那白白的鸟儿却不愿飞走，不愿意为了爱和钱而飞走。克里斯蒂·摩兰本想要它们飞去求援的，因为经历了艰难困苦的他感觉到，某种邪恶的东西正在向他们逼近。

榴霰弹和迫击炮炮弹没完没了地往下落，但是他们还是千方百计地窥视谁在向他们逼近。

“谁先发现德国人，谁得到那个椰子[①]。”蒂米·威克斯说。

“什么是椰子?”乔·基尔蒂问道。

“你不知道椰子是什么吗，你这个可怜的小个子男人，嗯?”

“他当然知道，”威利·邓恩说，“他是在跟你臭逗弄呢。”

“没错，没错。”蒂米·威克斯说。

现在蒂米·威克斯和乔·基尔蒂守着机枪，还有一个希罗普郡来的小伙子喂子弹并且用水罐给机枪浇水冷却。说实话，他是个瘦如茅草的希罗普郡来的小家伙，蒂米·

---

①原文coconut，椰子，俚语里也当“头、脑袋”讲。这里写士兵久经沙场，临危不乱，开玩笑，同时写战争的残酷，以取人脑袋为最终目标。

威克斯第一次看见他时，说看见他的瞬间以为他是一只爬进战壕里的耗子，乔装成士兵了。尽管这样，他们还是很高兴有他助阵，他们可以放心观察前面那险恶的大雾，辨别大雾里此起彼伏的惊人的爆炸声。

“你一直没有糟糕的感觉吗？”克里斯蒂·摩兰对威利说，这时他们倚靠在战壕墙上，克里斯蒂不顾危险利用他那面名声很臭的镜子观察。他现在已身经百战，一旦让自己的脑袋挨了子弹，那是在劫难逃的命。威利·邓恩害怕得要命，这点一直没有一点点改变。这下他又有足够的时间思考什么险情可能到来，他那没用的、不友好的尿脬又一次放水了，他站在那里的当儿，尿水似乎没完没了地流进了他的靴子里。

大雾在克里斯蒂的镜子里摇摆，经过一两个小时之后大雾变得轻多了，然后形成了一条条林荫道一样的清爽的空气，在某个撒旦的意志支配下一会儿靠近一会儿旋转。迫击炮炸弹的掩护炮火刚刚停止，他立即看见一条开阔的林荫道出现了一个结实的团块，一个奔腾的河头，全是灰色军装的士兵，以奇妙的速度向他们冲过来。

“开火，小伙子们。”克里斯蒂·摩兰下达命令，主要针对他的机枪手，但是每个人都站在了射击脚垛上，全力以赴地开枪射击，尽管射杀一团雾气是一件令人哭笑不得的事情。

防御战略上的其他火力点也开了火，但是射击效果发生了可悲的争议，因为大雾还在摇摆，还是那样讨厌和浓厚。可你分明知道他们就在那里，那些德国人，在逼进，在逼进。

“真他妈的操蛋，”克里斯蒂·摩兰说，“哎，狗日的。”

当敌人看得清楚时，他们只有五十码远了。附近火力点的三四挺机枪直接向敌人射击。在他们狂野的眼睛下，成百成百的敌人倒了下去。

“我们要不停地射击，让狗日的不停地倒下，小伙子们，”克里斯蒂·摩兰说，“别让他们说我们还有哪点干得不够坏，小伙子们，”克里斯蒂·摩兰说。“千万别让他们说我们哪点干得不够坏！继续打啊，列兵威克斯，米尔斯炸弹的小伙子们，他们只要接近，冲狗日的们狠狠地操吧！”

威利打啊，打啊。他的脸上热汗腾腾，一看见德国人就来了狠劲儿。德国人的出现令人压抑，令人害怕。你不会比这个时候更能感到恐惧，哪怕一杆枪对准了你的脑袋，扳机一次又一次找准你的胸膛扣动，都不会有这么恐怖。

随后，克里斯蒂·摩兰突然间变了卦。

“来吧，小伙子们，我们撤退。”

他下达命令的口气把握十足，煞有介事，即便大家打得热火朝天，乔·基尔蒂也只是说：“好的，我来掩护你们，小伙子们！”

于是，克里斯蒂·摩兰、威利·邓恩、彼得·奥哈拉、史密斯和威克斯顺着战壕磕磕绊绊地撤退进了给养战壕，而且因为他们属于一个先头火力点的系统，赋予了撤退的权威，因此他们营队的其他连排和他们混合在一起，如同一条汇合力量奔向大海的河流。

他们撤退进了一片他们不知道名字的树林，但是德国人也在树林里，这下他们狭路相逢了。于是德国人开了枪，而他们立即卧倒开枪回击，这是威利一生中第二次如此近距离地和德国人相遇。因为是狭路相逢，一如克里斯蒂·摩兰说的，“我们只好以牙还牙”，德国人对他们的攻击似乎一时间被压制住了。然后，他们倚靠在树上喘气，纳闷儿他们是不是应该像鼹鼠一样打洞钻入地下，口干得冒火，怎么样才能缓解一下。

彼得·奥哈拉的肋侧有一个洞，椰子那么大小。威利想，如果乔·基尔蒂没有在后面掩护，他也许可以见识一下椰子的大小。

天色这时似乎是傍晚了，或者已近黄昏。不消说，德国人数量占优，他们很快会找到他们的。他们不知道自己师的其他部队正在遭遇什么，毕竟散布在这样要命的地方。瓦斯的臭味在树林里窜来窜去，像淘气的孩子和邪恶的精灵。他们没有吃的，身边只有几听剩下的罐头。他们早已经把水壶吮吸干了。透过树木，日头在一小段坡地上落了下去，在低矮的天空留下来一道长长的薄薄的黄中泛绿的光，非常明亮，非常可爱。

威利·邓恩像一辆马车紧紧地跟随在奥哈拉的身边。

“妈妈的往好处说，威利，”奥哈拉说，“他们以后知道在哪里找到我们吗?”

“谁?”威利问道。

“妈妈和爸爸啊。”奥哈拉说。

“这叫什么话?”威利问道。

“不，不是妈妈和爸爸，不是，我不是这个意思。”

“这还像话，彼得。”威利说。

“我要死了，威利，我希望巴克利神父在这里把我送走。”

“他们会在那里上药膏的，”威利说，“伤口看上去总是比实际情况厉害。”

“行了，威利，我活到头了。你知道，我他妈的害怕透了，再也熬不下去这场战争了。说这种话他妈的很愚蠢，可是我他妈的不说不行。”

“哦，你不熬也得熬，彼得。难道你没有签名服役到头吗?难道你没有向英格兰的国王保证过吗，彼得?”

“唉，你说得对，威利，我应该挺下去，为了国王。你这下把我他妈的逗笑了，威利，这可不公道。”

然后，彼得·奥哈拉像一条狗一样，喘息了几分钟。

“的确，英格兰的国王还算不上最坏的。你一滴水都没有了吗，威利?”他后来说。

“一滴也没有了。”威利说。

“你知道那事是我干的吗，威利？”彼得随后又说。

“一边去，不会的，怎么也不会是你，彼得，你不会干这样的事情。”

“我会干这样的事情，我真干了，我干了一件很臭的事情，威利，我想让你知道，如果我第二天能把那封信要回来，我会的，我会要回来的，威利。”

不消说，威利·邓恩知道他在说什么。啊，他早知道是这么回事儿，但是就是想不明白为什么会这样。这个奥哈拉已经给他短暂的生命造成了无法弥补的痛苦。所有痛苦中最黑暗最要命的痛苦。一时间，他觉得他真想把手捅进奥哈拉的肋侧，看看他有怎样的痛苦，痛得他要死要活。他已经永远失去了格蕾塔，永远，如同巴克利神父会祈祷的，阿门，正是这个杂种干出来的啊——这个可怜的垂死的杂种，他的朋友。

“你为什么寄去那封他妈的信，彼得，写得字迹潦草黑乎乎一片？”

“我跟你讲了那个可怜的姑娘，威利，被割掉舌头的那个姑娘，你可记得，上帝饶恕我，我非常他妈的生你的气，我觉得像一根大头针一样渺小，你揍了我一顿时我真觉得尤其渺小。我跟自己说——”

但是，威利·邓恩再也听不见彼得·奥哈拉跟他自己说什么了。他张大嘴没有说出下面的词儿，眼睛睁得圆圆的，他死了。

太阳升起来时，轰炸又开始了，尽管不是直接对着他们大炮的。他们还剩下克里斯蒂·摩兰和蒂米·威克斯。周围好像没有任何别的人了。

“奥哈拉怎么样了？”蒂米·威克斯说。

“彼得死了。”威利·邓恩说。

他把头靠在身后的树上，漫不经心地把他的钢盔扒过来扣在脸上。然后，他瞬间觉得很疲劳却很宁静，恍恍惚惚的。然后，一声巨响像一头巨鲸把他吞下去了。再往后，仿佛接下来的瞬间，他在一间咔嗒咔嗒响的房间醒来了，这大大出乎他的意料之外。但是这确实是一间咔嗒咔嗒响的屋子，他被捆在一个座位上——或者一副担架上的座位上？——他不停地颤抖，觉得他的胸膛火烧火燎的，他的两条腿在冲他尖叫，声音真真切切。

他张皇失措地四下张望。他吓坏了。几把椅子上坐了六个女人，美丽的年轻的女人，身着可爱的干爽的干净衣服。干爽的衣服穿在六个可爱的姑娘身上。但是她们是姑娘，她们是姑娘，她们是没有舌头的姑娘。

接着，一切都变黑了，又是漆黑一片。

第二十二章

一个娇小的香甜的护士——这是他在她身上发现的味道，因为他的皮肤在愈合，他对甜香的味道并不是特别能闻得出来——每天用某种难闻的油膏给他洗浴。也就是说，他用海绵蘸上油给他擦洗。不消说，炸弹爆炸的威力离他太近，把他的发动机损坏了，他无法阻止他的头不停地抽搐，他的左胳膊有了它自己的脑子，一条胳膊的脑子，一天起来就是想跳捷格舞[①]。

小护士的父亲在克朗梅尔有一家肉铺，由此对药物产生了兴趣。他猜测，他们担心用水给他擦洗，会把他的皮肤像脱衣服一样搓掉。她给他全身擦洗，尤其对他的胸部呵护有加，因为这里是承受炸弹伤害的主要部位。他的脸完好无损是一个奇迹。他的钢盔一定把脸面盖得很严实，他知道这点。他很庆幸钢盔掉在了脸上。这家医院有几个

①一种轻松快速的三拍子舞。这里自然是形容一条胳膊受伤后的可怕的后遗症。

烧伤的士兵，把好好一张脸烧得面目全非，如同孩子在噩梦里梦见的情形。

克里斯蒂·摩兰给他写来一封亲切的信，说下次要是再把他带领得太远，他他妈的不得好死，希望他无论如何一天天好起来，这次挨炸非常可悲，那个炸弹也许会把威利·邓恩炸飞，却把可怜的蒂米·威克斯炸死了。

“人们说老十六师已经‘不复存在’了，”他写道，“但是克里斯蒂·摩兰还在这里坚守！我这个反叛者得到了让他前进的通知。”

一名军官来探望了他。威利问起他这次战斗的情况，军官告诉他，十六师这次战役损失惨重。这个军官本人说他来自里特里姆[①]，因此他感觉非常强烈。但是爱尔兰的士兵们没有退缩。法国军队去年就发生了哗变，然而你永远看不见爱尔兰军团会拒绝作战。

国内对招募新兵发生了巨大的混乱，他说，政府正努力在爱尔兰进行这项工作。军官痛心疾首地说，爱尔兰现在没有人关心这场战争，没有人关心那些已经参战的士兵是死是活，人们当然都不想让战争继续下去了。可怕的骚乱到处发生，无序的状态蔓延全国。军官说国内的情形现在和俄国一样。和德国的情况也差不多，只是德国人对没完没了的战争怨声载道不失为一个借口，因为他们在忍饥

---

①爱尔兰一地名；十六师原来全部由爱尔兰人组成，战争进入后期，这个师的爱尔兰官兵已经很少。

挨饿。

爱尔兰的母亲们说，她们站在她们的儿子们的前面，只要不被打死就不放儿子们去打仗，军官说这是真正的变化。他们可以很快募集到十五万名士兵，他说，这是一个很大的数目，能够立即把这场战争打赢。但是，民族主义者不支持。据说乔治王能够为这场屠杀在他自己绿色的田野上找到羔羊。

威利想，不管是谁说的，说的够多了的，但是谁都没有光明正大地说出来。有什么用呢？

军官表达了极大地满足，因为爱尔兰非常议会——威利不懂他是什么意思——已经失败了。他发誓说地方自治是一只死鸭子了[①]。

“可怜的巴克利神父不愿意听到这样的消息，长官。”威利说，他的话像婴儿的食物一样喷出来了。

“谁，谁？”军官问道，完全像一只猫头鹰一样。“我跟你说，列兵，你的贡献不会白费的。新芬党[②]在崛起，一等这场战争结束，我们会让人刮目相看的。等战争结束了，我们会让人们明白我们对他们的背叛怎么定性。”

但是，这时威利的头和左臂颤抖得非常厉害，军官看

---

①原文dead duck，意为注定完蛋的东西。

②原文Sinn Fein，其创始人格里菲斯的主张成立“英王和爱尔兰上、下院的政府”，思路并不超前，但是因为“新芬党”有“我们自己”，即“自助”的含义，符合部分国民自主独立的思潮，该党后来在北爱尔兰弄出了很大动静，成为上世纪七十年代起直到世纪末闻名世界的恐怖活动。

不出来如何能够进一步安慰他，便告辞走人，完成了他的使命。

小护士给他念的报纸说，有人说十六师没有把仗打好。恐怕他们刚刚受到攻击就放下了武器，临阵脱逃了。甚至连劳合·乔治[①]都发表了同样的言论。因此，这种话不只是客厅里的婆娘们的闲言碎语，而是议会首脑冠冕堂皇的言论。你现在不能相信爱尔兰人了。他们打仗不卖力气！这样令人伤心的话！威利会摇头反对这样的言论的，可惜他已经摇头摇得停不下来了。

只有乔治王似乎对爱尔兰军队说过好话。威利想，这个人还算有点良心。

谈论这些事情没有任何意义了。这场战争还没有结束，有些事情便早已经结束了。可怜的巴克利神父啊。穷人的愿望永远被废除了。不管是谁，只要是满怀地方自治的抱负来参战，这下都泡汤了，他们的努力和牺牲统统白搭了。这一切正是他父亲所想的，威利觉得非常悲哀。非常他妈的悲哀啊。而且非常不可思议。

医生自认为是一个足智多谋的人，对威利的看法表示欢迎："哦，又是一个新芬党。"篮子里的羊毛就那么多，不够给那些人编织袜子。

一两个月过去之后，表皮愈合得非常好。他从骨子里

---

①劳合（David Lloyd George，1863—1945），1916至1922年之间曾经担任英国首相。

知道，他很幸运。他就站在那里，一个血肉之躯的人，正好位于一颗炸弹的中心，尽管炸弹炸伤了他的臂和腿，烧伤了他的胸膛，所有的伤痕却慢慢地消失了。在吗啡控制下的昏迷状态中，那些条纹和通红的水泡看上去仿佛地狱涂在了他的身体上，地狱之城和所有的道路都通往那里。慢慢地，慢慢地，在这个小护士的精心照料下，那张地狱地图消退了。

后来，白天到来了，小护士把手放在了他的心脏上。

“你这里有一块文身吗，列兵?”她问道。

“没有，”他说。“我从来没有做过水手，小妹妹[①]。”

小妹妹似乎是一个特别中听的称呼。

“哦，可你有啊，列兵。文身很小，可是我敢肯定你有的。一个小竖琴[②]和一顶小王冠。”

威利想不起来文身怎么来的。他花了好多天琢磨这事，因为他也没有别的事情可想，而且他还试图向胸膛上窥视，只看见了小小的轭状物，但是他还不能把他那该死的头抬起很多。

几天过后，小护士拿来一面镜子，让他从镜子里看那些文身。威利瞪大他那两只跳动的眼睛在镜子里看见了那张胡子拉碴的脸。那是一抹又浓又黑的胡子，那乱蓬蓬的样子就是威克洛山民也不敢轻易蓄起来的。他对自己的样

①英文sister也当“护士”或者“护士长”讲。

②竖琴是爱尔兰的国徽。

子大笑不已。他笑啊笑啊。他的头甩来甩去，狂笑不已。

然后，小护士把镜子向下照，他看见了那些小记号。确是一架竖琴和一顶皇冠，一点没错。

“啊，天哪，我知道那是什么了。那是克里斯蒂·摩兰的军功章。天哪，小妹妹，热力把它烙进我的皮肤里了。炮弹爆炸的热力。我把它装在口袋里的。”

“你就一直没有看看军功章什么样子吗？”她说着，摇了摇头，但是她把头摇得恰到好处。“好了，”她说，“你以后把这印子带进你的坟墓里吧。我没有什么油能把它擦洗掉。那就像你往小牛犊身上烙的印子一样。”

“我根本不在乎，小妹妹，没事儿。”

“哦，有谁曾经想到过吗？”她问。

“他们永远不会相信我们了，小妹妹。”

“他们以后会相信的，”她说，“他们以后会的。”

她进来只是为了一些微不足道的事情，护士，他的甜香的护士，一头浅棕色秀发。

“你可以——你可以。”他难以启口，好像他的脑袋正被抛了出去，如同一只足球被踢向了大海。

“什么事，列兵？”护士问道。

“你可以——你可以——抱抱我吗？”他气喘吁吁地说，间杂了许多愚蠢的丝丝拉拉的声音。他说这种话比一个白痴强不到哪里去，他对此很清楚。他也许就这样失去了一切，永远。

“我不能那样做，”她说，“那样做是根本不允许的。”

“求啦——求求——求求啦，”他说，哦，他的下巴在向前探，在转动，在转动，眼睛在投射，在投射。

“好吧。”她冷冰冰地说。

她把他揽入了怀里。她的白裙装外面套了一件蓝大褂，用来遮挡那些唾液什么的。他立即想到，往她身上吐唾液的只有他自己，正像都柏林城那些男孩往他身上吐唾沫、扔石头一样。她把他抱进了怀里。

他闭上了眼睛，格蕾塔的脸慢慢地过滤出来了。过去那些年经受的所有痛苦和杀戮，一时间停止了——停下来写进了他那浑浊的血液的历史里。他悬在空中，在什么地方舒心地待着，他并不十分清楚，而格蕾塔的脸在眼前，胸脯在身边，两条胳膊抱住他。他被这温柔的安静惊住了，仿佛他的头近来一直是一个闹哄哄的地方。他觉得好生奇怪，那张脸不是她的脸，而是他猜测那种饱经沧桑的脸——下巴漂亮的轮廓不见了，眼睛有了眼袋，她熬日子熬得变了样，他怎么情愿他来充当安慰她的那个男人，向她发誓说永驻的青春会带来一种打了折扣的爱情。他怎么情愿他来充当那个相伴到老、等她老去的男人。像一对老蜥蜴满城走动。

“我只抱你一会儿，”她说，“记住，像妈妈一样。”

“哦，是的。”他说。像妈妈一样。

接下来，温柔的奇迹发生了。从此以后，他倒是应该叫自己“奇迹·邓恩”了，如同老奎格利一样，愿他在地下安息。啊，上帝保佑他安息，上帝保佑他们大家安息。他自己的身体突然间诡异地安静下来，美妙地安静下来。

她的乳房紧贴在他的手臂上，他没法不注意。它们娇小、硬实、凉丝丝的，和格蕾塔的乳房一点也不一样。他突然觉得她是一个悲伤的人，一个被悲伤袭击的人，一个悲伤的护士。也许，是她的悲伤把他治愈了吧。那可能吗？他感到纳闷。

亲爱的爸爸：

我在英格兰的医院里住了一阵子，不过你不用着急，我现在好多了，很快就要被送往前线了。我们按命令守在伊普尔附近的战壕里很长一段时间，大家都很疲惫，然后一个炸弹就打过来了。我没有受伤，但是我开始浑身发抖，停止不下来，他们就把我送到英格兰来了。我在这里住了好几个星期了。现在我能拿铅笔，给你写信了，爸爸。这些日子里，我躺在床上想了很多，我一直在想你和妈妈还有过去的岁月。我在想生活多么奇怪，妈妈去世后各种事情对一个孩子来说还是很快乐，那都是因为你尽职尽力，是一个好父亲。我躺在这里想啊，两个小姑娘和一个男孩，还有一个婴儿，当初会是怎样的情形。你是怎样对付这一切的？那实在是一件了不起的事情，把我们留在你身边，天天做茶点，爸爸，抽工夫就和我们玩，你没有工夫陪我们时都有充分的理由。你记得吗，爸爸，那次你带我们到利菲河上坐渡船去看大南墙？你对那座旧房子里的老船长是那么熟悉，我们都跑到房子顶上他的瞭望室里，观看下面的利菲河。那天的太阳那么好，我们走在城墙上过去的哨所里，你让我们观看那道海墙建造使用的那些长长的黄油块一样的石头；我们到了鸽子塔楼跟前，我们大家都不得不唱你教给我们的那支老歌——《唉呀呀》，你把我们四个放在那里的那些台阶上，然后你说："现在为你们的妈妈唱罢。"连那些海鸥都非常吃惊。我躺在床上，琢磨你为什么这样做。还是小孩子时，什么都似乎不觉得奇怪。现在却觉得非常奇怪，非常美妙。我回到了战场，要到明年才能回家。我在这封信里想说，我一直在想我所经历的一切，以及许多别的事情。想想那些事情怎么就让我从不同的角度想问题，怎么就那么令人伤心地伤害了你。我知道为什么了。但是，那也无法改变我从心里相信你是我知道的最优秀的男人这一事实。每当我想起你，一丁点坏的东西都不会出现。你经常在梦里站在我面前，在我的梦里你好像在安慰我。所以，我寄去这封信，带去我的爱，带去我对你的挂念。

你的儿子
威利
圣乔治军医院
希罗普郡
一九一八年六月

开始从不同的角度思考……他的一些新思想甚至让他受不了。国王啦，国家啦，起义者或者士兵啦，都和这些东西没有关系。将军或者他们阴暗的野心啦，他们的功勋和他们的败绩啦，也都和这些东西没有关系。是死亡本身把这些东西变得可笑的。死亡是英格兰、苏格兰和爱尔兰的国王。死亡是法国的国王。死亡是印度、德国、意大利、俄国的国王。死亡是所有帝国的皇帝。死亡把威利的伙伴们带走了，煽动起一个又一个全体民族，幸灾乐祸地俯视它们苦苦挣扎。整个世界都站出来决定某个搅乱的问题，而死亡却在一旁幸灾乐祸地搓它那双血淋淋的手。

你不能责怪乔治国王，上帝知道。你甚至很难责怪那个该死的德国皇帝。不必再责怪了。死亡现在掌控着整件事情。

威利·邓恩的忠诚，他对事业的信仰，一如人们喜欢说的，如此痛苦地检验了十几次了，眼下在他心里正在死去。剩下的也许只有余烬了，那是为了他的父亲。

她轻轻地给他刮脸，太体贴了，好像正在被人类的微笑触摸。她把他的胡子涂上肥皂沫，使用一把如同滨草一样锋利的剃刀，她把他的黑胡子剃掉了，她把那些胡须拢成一把，把它们放进了一个她所谓的“须发箱”里。然后她怎么处理它们，他不知道。他的朋友来自克隆梅尔。

第二十三章

回到他的部队，简直是一件快活的幸福的事情，尽管部队只是应个名儿了。像那支歌儿说的，正逢他的青春年华。活人活到心碎的程度可以感到幸福。活人活到灵魂脱离自己的程度也可以觉得幸福。既然他过去希望的东西一去不复返了，那他也就不指望什么了。他吸气呼气。这就足够了。他想，这就是战争把他带来的地方。

军队里现在严重地缺少新来的爱尔兰人。在坐车转车的一路上，你很难遇到另一个爱尔兰人，一九一四年的那些思想和行动，已经统统干枯了。那是一件很久远的事情了。现在没有人打起背包去打德国皇帝，去佛兰德斯，认为那是一个美好的愿望。十六师已经完了，如同所有的完蛋的旧东西。他在报纸上一次又一次读到，剩下来的爱尔兰人真的信不过了。因此，他们把十六师的缺口用他们能够召集来的英格兰人、苏格兰人和威尔士人填补。爱尔兰士兵这些日子里一打仗就逃脱。“哗变者”自己实际上就说了这样的话，他应该知道得更清楚，他们自己的将军啊。不复存在了！反过来他们自己还要受到责备。不管怎么说，这是对忠诚的检验，这种话你得听着，千万别在意德国人的大耙子朝你打过来了。可是威利一路坐火车听到了这样的话；他在南安普顿的海风里都能闻到这样的气味儿。还是把爱尔兰人忘掉吧。无论怎样，他们一贯就是一个奇怪的群体。哦，这在那些日子里就是一支老歌。它不再是《蒂珀雷里》和《再见莱斯特广场》了。

一方面是你自己的同胞因为你在军队里而嘲弄你，一方面是军队因为你自己的杀戮而嘲弄你，一个士兵就不知道想什么好了。一个士兵的心可以在一种疼痛中嚎叫。这场战争事实上再也打不出来一点意义，这点鲜为人知。

他现在二十一岁了。这个岁数就是一个成年人了，不折不扣。他不能一下子就扭过来。这对他来说是很奇怪的。他已经历了所有的“死亡之谷”，所有的死人田野，所有的发疯的声音，以及活生生的心脏的消耗，你会以为这一切已然把他死死地拦住了。他最终还是不理解战争，而他自己想了十几次，认为没有一个人真正理解战争。他当然不渴求战争，如同被猎捕的野兽害怕猎人和猎狗——但是同时他距离他的朋友越近，便越感到幸福。一种幸福，他担心他在别的地方是得不到的。如果他想起多莉，他会立即泪淋淋的。如果他想起格蕾塔，他觉得仿佛他必须停止呼吸，立刻死掉。真的，他看见一则短得不能再短的公告会哭，看见一些让他觉得罕见的小东西会哭，看见一个扔在地上的烟头会哭，他不得不停止哭泣，停止发抖，打起精神。如果有人看见了，他一点也不在乎。这没有什么大不了的。如果哭泣看上去等同懦弱，那就懦弱吧，该是什么就是什么。他知道这不过是他作为男人有些零碎破碎了。本来他娘的就是这么回事儿。在这样的时刻，他像一只新生的羔羊一样虚弱；德国最不堪一击的士兵吹口气就能把他结果了。但是，他还是急匆匆赶回来了，顺着战争的漫长道路赶回来了，而且带着一种怪的自豪走进了他的新排所在地，向克里斯蒂·摩兰乐呵呵地打了招呼，并且得到了回应，还有一个拥抱。

“我原以为我再也看不见你了，威利。”连队军士长说。

“我没有责怪你，”威利·邓恩说，“还有几个我认识的老家伙吗？”

“这些现在都是新小伙了，”克里斯蒂·摩兰说，“煤黑子，他们就这样互相叫，每个人都这样叫。他们说话很黑，好像他们都是从高尔韦岛来的人。”

但是，威利看见了一个熟悉的面孔。

“军士长，军士长，你没有告诉我乔·基尔蒂挺过来了。”

“啊，是的。你没法儿杀死乔，威利。”

威利向一直在微笑的乔·基尔蒂走了过去。他拉起乔的右手，两只手紧紧握着，摇啊摇啊。

“乔，你一定是全佛兰德斯最牛的机枪手了。”

“啊，不算太差吧。”

“天哪，最牛的机枪手。”

“最牛的机枪手，可以说。”乔·基尔蒂说，大笑起来。

“来这里一会儿，”军士长说，威利跟了他走近一个地下掩体。克里斯蒂·摩兰钻了进去，出来时拿了一本厚厚的书，威利看着很眼熟。

“我把蒂米·威克斯的东西都寄回去了，像你会做的一样，但愿他的父亲和母亲不会在意这本书，因为我扣下来了。我本来不久就要寄给你的。但是，你这下回来了，威利，可以把这本书留着了。”

正是陀思妥耶夫斯基让他们度过了伊普尔一带那个不堪忍受的冬季。威利这次没有哭泣。他不知怎么觉得很自豪，对蒂米·威克斯充满爱意。英格兰的国王是一个绅士，他的士兵蒂米·威克斯也是一个绅士。战争是一件他娘的好大喜功的蠢事，它把他们这样的绅士统统消耗了，即使活着的人也都毁了，只要是战争就没有任何区别，可是蒂米·威克斯是一个绅士。

“多谢了，军士长。”威利·邓恩说。

“就是想到你也许喜欢得到它。”克里斯蒂·摩兰说，说话的口气很文雅，不像他原来的脾性。

“你是到底怎么从那里撤退的，乔？”第二天威利问道；

他和乔在大白天蹲在一起，现在他觉得这姿势太久远了。

“啊，还好，”乔说，“利用一些便利脱险的。”

“怎么利用呢，乔？”

“我竭尽全力扫射那些向我冲过来的可怜的家伙。我打得很顺手，这时他们身后开始响起了那些大炮弹，大型迫击炮发射的炮弹，从该死的天空直接就落下来了，炸弹离我很近，把他们自己的跑在前面的士兵都炸死了。你们这些伙计撤离有足足半个小时了，冲向我的人群出现了一个大断裂，我自己寻思：你们有足够的时间撤离了吧？我看见黑压压一片灰色军装远远地向我涌来，像疯子一样在喊叫，我跟自己说，就这样了！我转身在你们后面跑起来，可是我躲藏了好几天才找到了军士长。”

“你为此应该得到一枚大奖章，乔。”

“嘿，得了。”乔说。

一九一八年的夏天过去了，斯托克斯少校在三英里外新近的战场的一个小干草仓房里被发现吊死了。他的黑色摩托车仍旧停在外面。他写给妻子的短信，说这场战争令人不堪忍受，并对自己显而易见的懦夫行为感到抱歉。他把对他三个儿子的爱写了下来。他希望他们在将来可别赶上这样的战争，他没有提及杰西·柯万。

这时，美国佬的军团结束了漫长的军训，正在把他们那些光洁的脚伸进这场战争的血泊和荒地。他们到来了——他们看上去非常灿烂，个个都似乎高出去几英寸，更宽厚，更结实，称得上身高马大，颇像一本故事书里那些吃牛排和火鸡长大的巨人——正是他们的到来，政府的种种焦虑解除了，因此在爱尔兰令人惧怕的招兵也放弃了。爱尔兰的小伙子成群结队的新兵没有后续了，不管是强征的还是自愿的。爱尔兰已经出国参加战争的，仍然待在战场上，也只能待在战场上，待在佛兰德斯的各个战场上。

没过多久，在那些日子里，军队几乎天天挺进，成千上万的士兵都进了地狱和天堂，这里那里久久难见的骑兵这时在广阔的农场上纵横驰骋——不消说都身穿土黄色军装，但是战马的马鬃上飘飞起旗帜，所有的士兵终于向那些不可一世的家伙们发起攻击，那些德国皇帝的灰黑军装的士兵溃不成军，向德国境内逃窜。

一路上，威利的队伍这里那里和美国军队同行在一条路上，在威利看来，他们是一色令人眼眩的高大小伙子，任何一个士兵都是他父亲引以为自豪的儿子，如果身高是衡量一个真正儿子的唯一标准的话。阎王也许都会对他们另眼相看。据说，在几个星期的时间里，他们便丧失了三十多万士兵，这是一个可怕的阵亡数字，可以与任何遭受战争创伤的民族相提并论。

他们挺进，挺进，穿过了佛兰德斯。在漫长的几年间，这几乎是他第一次感受到了当初把他带出国外的那种心情冲动，让他亲手来解放古老的比利时。他再次感觉到这点，感到十分惊讶。

他们整天气势汹汹，追击溃逃的德国鬼子。但是德国人的溃逃是一件难得一见的事情。他们从来没有看见过溃散的军队惶惶不可终日地向他们的祖国逃去。他们在那里会看见一个什么样的国家？他们会得到什么样的迎接？他们也许会被石头袭击，也许会像英雄一样受到欢迎。他们的国家也许在他们身后发生了变化，不再是原来的国家，完全成了另一个国家。那个军官已经说了：他们在穿着鞋子挨饿。流传说，那个老迈昏聩的德国皇帝会被处死，或者他会被废黜，下野，不再做德国皇帝。士兵们一般说来喜欢把他活捉了。也许在一个公共场合把他活活吊死，把他的五脏六腑挖出来示众！他毕竟给各个民族带来了所有的枯萎的死亡和阴郁的苦难！

他们在德国的军团后面紧追不舍，溃逃中的军队一定像小鹿和兔子流窜在重重阻隔的林地和无人耕种的荒芜的田地上，威利一路上看见一切都夷平了，摧毁了。他们怎么还有时间把佛兰德斯的建筑物夷为平地，把满目疮痍的田地烧光？他们害怕喝河里井里的水，担心里面投了毒药。这是一场君王般以毒攻毒的战争，散发在空气里，留在记忆里，渗透在血液里。

每经过一座破败的建筑物，威利在脑海里重新把它们修建起来，他强迫自己看见脚手架纷纷竖立，石匠和木匠重操旧业，一切都翻修一新。他们忙完了一处又一处，招揽一桩桩神圣的建筑生意。

他从骨子里感觉到战争在结束。如同三年多来一贯做到的，他紧随克里斯蒂·摩兰。他这个军士长连骨头都长得轻便，一直没有多少变化。他还打口哨，吹一些简短的都柏林歌，仍然自言自语，骂骂咧咧，杜撰一些新奇的黑话。威利想，他能够去做爱尔兰国王。他永远不会泄气。如果德国人早早选他来做皇帝……不公正的人浮起来，不公正的人沉下去。那种换汤不换药的思想已经让俄国跟自己的脑袋对抗，让法国勇敢的士兵们在一九一七年放下了枪支武器。一种让都柏林人纷纷出国参战，而且把杰西·柯万枪决了的思想啊。

他知道他现在没有了国家。他知道得很清楚。杰西·柯万的话终于深深地楔入他脑袋的浆液，他理解它们了。爱尔兰的派别局面不复存在，他不知道身后的爱尔兰现在是什么样子。但是他很担心他不是一个市民了，他们不会让他做一个市民了。他不能悠然自得地在斯蒂芬公园里穿行，他没有了青春的垂怜，没有了年轻人的匆忙的思想。他回到国内，他们会向他扔石头，或者把他自家的房子烧成平地，或者向他开枪，或者让他躺在都柏林的一座座桥下，成为一个可怜虫打发余生。他继续穿越一个个宽阔的农场。他已经按自己的方式为这一切战斗了。他曾在那些要命的战壕里蹲守，他曾经奇迹般地——克里斯蒂·摩兰这样说——闯过了那些特定的战役，他的好伙伴几乎全都死掉了，可他还活着。不，他还是不完全理解杰西·柯万的话，但是他跟自己说，他会在以后的岁月里寻觅。至少，他最后要努力弄懂这门哲学。然而，他将如何生活与呼吸呢？他将如何爱与生活呢？他们中的任何人将如何活下去呢？那些出国参战的人有一打理由，有的愚蠢，有的明智，有的二者兼具，离开的是一个他们又爱又怕的世界，但是却同时在他们身后消失了。一个人怎么能为自己的国家出来参战，他们的国家却在他们身后解体了，像一块糖在雨水里融化了？一个人怎么能热爱他的军装，而同样的军装却把他们的新英雄们杀害，正如杰西·柯万所说的？一个像威利一样的人怎么能同时把英格兰和爱尔兰装在他的心中，比如说面对他的父亲，比如说面对他父亲的父亲，面对他父亲的父亲的父亲，而现在他们都称他是叛徒，可他的心清灵而纯粹，经历了三年多的杀戮的心还是一如既往的纯粹？他的姐妹在她们自己的国家为了帮助和赞扬会怎么做，而她们自己的国家已经完蛋了？他们将像这些比利时市民一样，艰难地跋涉在路上，携带着餐具灶具和家当，只是他们和他们截然不同，因为比利时市民尽管流离失所，可至少他们是在自己的国土上到处流浪，有家难回。

中午时分，他们来到了一个有山的地方，看样子是巴伐利亚的先遣队的地盘，部队于是决定狙击一下。至少他们力争占领一座歪扭的桥，或者远处看上去类似的方位。有人看了看地图，说那地方叫圣庭院。他们一定具备几门大炮，因为他们巨大的炮弹突然从高空落在了后面的树林里。说来奇怪，过去战争的军力和性质返回来了。也许他们又要挖掘战壕，在战壕里再蹲守一千年了。这里会成为他们永远的国家了，这几座山，这座桥，还有这些秋霜袭击的树木。他会待在一个用战壕工具打理出来的整洁的战壕里不停地往外张望，他们会利用——他和克里斯蒂·摩兰以及别的小伙子——树林里的榛子树的直溜的枝条把战壕里的一切都修理得干净利落，祈求温和的天气。远处的德国人会变成一则传闻，一则传闻的幽灵，成为另一个世界，却是一个临近的世界，与他们明亮的太阳相对照的暗淡的月亮。就这样，这种局面永远、永远地维持下去。

黄昏降临，大炮继续发炮，强烈的黄光飞到了几公里之外。它们是些特大的大炮，只要想放，就能一炮打出十英里远。也许，这就是德国人之所以停止溃逃的原因吧，因为他们不愿意丢下大炮逃走。也许他们不允许把大炮扔下。也许没有军官活下来，他们不知道应该怎么办，只好开火，打仗。

然后，月亮那面轻薄的硬币从那些山头升起来了，好像在一场掷币游戏中投下了什么东西，万物安静下来。他和克里斯蒂·摩兰以及三百多名士兵散开，等待后方不远的司令部传来命令。战地通讯员会匆匆穿越黑暗的世界，到达上校那里，请求下一步活动的命令。他能看见军官们聚集在一个小披屋里，如同牧羊人的小屋。也许他们会自己决定。毫无疑问，他们要等到天蒙蒙亮，再向那座小桥发起攻击。也许他们正在泥泞的路上把他们自己的大炮往前方发送。

一群当地的猫头鹰在对面的河泽地带鸣叫。威利能看见它们密密匝匝地涌动的头。很快就要进入冬季了，它们感觉到指头受到了寒气贪婪的侵袭。他能听见河水发出人性的音乐，看见河水流经平淡无奇的河岸时水色泛起的点点白光。

接着他听见了德军方面传来的歌声。他听出来他非常熟悉那只曲子，尽管唱歌的士兵在用德文演唱。也许他在用嘲讽的心情演唱，因为这支歌就是《平安夜[①]》。悄悄的夜，神圣的夜。这支歌是在一九一四年第一个、远方的友谊般的圣诞节休战期间双方共同演唱的。那个夜晚并不神圣。要么是一个神圣的夜晚？威利听来，那声音像那条河一样简单。那声音发自一个也许看见了恐怖的士兵的喉咙，要让恐怖降落在对面的军队里。歌声里有某些世界末日的东西，或者换句话说，战争末日的东西。世界的末日。许

①原文为德语。

多世界的末日。平安夜，神圣夜。确实，牧羊人在他们的小屋里，他们羊群分散在这些可爱的树林的周围。羊群卧在暗地里，担心狼群来偷袭。但是，最后会见到狼群吗？抑或就是羊群和羊群的争斗？平安夜，神圣夜。平安夜，神圣夜[①]。神圣，神圣，自从巴克利神父命丧黄泉，他在自己的心灵里还没有敢面对这个词儿。神圣，是他们根本不神圣吗？是上帝不能够看着他们并抚摸他们的脸、不能向他们解释他们的辛苦、他们长途奔波的目的、他们来到外国土地上静静地坐在恐怖之中的旅程吗？到了目前，到了目前他们已经把战局推进到了这样的地步：他们已经走出了那个已知世界的边缘，却又落进了另一个惊雷和吵闹纷纷倾泻的完全不同的领域。他们占据的道路是没有退路的。他没有国家，他成了一个孤儿，他孤独一人。

于是，他敞开了嗓子，向他的敌人，向那个诡异的藏在暗处的敌人，对唱起来。他们共享一个曲调，那确实是真实的曲调。在这安逸的黑夜，一声枪鸣响起了它独特的调子，把忙碌的猫头鹰吓得安静下来。

乔·基尔蒂抓住了他。乔·基尔蒂不想让他倒在地上，尽管一个小个子士兵也许就没有倒下一说。

威利看见四个天使在天空翱翔。他没有觉得这在意料

---

①原文是德语。

之外。他们也许是被画在那里的，古老的俄罗斯的圣像[①]。上帝的天使，大地的天使，或者只不过是宗教观点的极端表现吧，威利不清楚。一个天使长了杰西·柯万的脸，一个天使长了巴克利神父的脸，一个天使长了他的第一个德国人的脸，他杀死的那个德国士兵，还有一个是帕斯利上尉的脸。

也许，在地球上那出正在发生的戏剧里，他们中的一些人得到的光线不够明亮。然而，他们都是他威利的灵魂的首领。

一个灵魂最终一定是一个小东西，因为太多的灵魂都在自由地扩张，仿佛没有重量。为了一个国王，一个帝国，一个期望中的国家。确定无疑的是，那个国家本身就是不值钱，因为那个地方的所有梦和信仰都大打折扣了。那里没有什么东西不是很快就消失的。没有什么东西值得保存。那个残忍的国家的三万多灵魂在上帝的天平上没有砝码。

在那鼓胀的历史下，埋葬了威利和他所有同胞士兵，葬于一块被遗忘的坟墓，没有紫杉，没有墓碑。

他看见四个天使，不过那些日子里天使是共同的景观。

---

①天使是东正教的圣像；俄罗斯是一个东正教为主的国度。

亲爱的威利儿：

感谢最近的来信，从心底里感谢你。我喜欢看你的信，喜欢你所说的话。我想去威克斯福德街见见多伊尔神父，因为我知道我干了一件愚蠢的事情。我在忘掉那些过去的日子。我的脑袋里装满了愚蠢的阴暗的思想。我正在忘记那些更容易想到的事情。我是多么爱你，威利，你是多么好的一个儿子啊。你是多么义无反顾，如同你所说的出国为欧洲打仗，又是多么勇敢地在那里打仗。如果最近这些年来国内情况糟糕，那在比利时又会糟糕多少倍呢？别人都不知道，只有你清楚，威利。我没有权利生你的气。不过现在这一切都过去了。我把你的信看了一遍又一遍，威利啊，我从你身上学到了一些东西。我不会再那么愚蠢下去了，我请求上帝宽恕我。你会宽恕我吗，威利？宽恕一个深陷在以往岁月里的一个老人吧。我在为女王效劳中虚度生命，她驾崩后两个国王先后继位。我想维持这个古老城市的秩序，不过在回答你的问题时，我也想记住你的妈妈，按她叮嘱我的去做，那就是把你们兄妹都照看好。我不能因为忙于第一件事情而忘记了第二件事情。我必须尽我的力量把你照看好，尽管你现在身强力壮了，也许我不是过去岁月里的那个人了。你回家时，莫德和安妮说她们会给你做茶点，你可别忘了啊。多莉她说她会把各个屋子都打扮好看。你不会再看见我们对你冷淡了。我很抱歉威利，世上没有哪个活着的人做错了事儿能不说一句对不起的话。因此，我很抱歉。注意安全威利，听说你不浑身发抖了，我别提多么高兴了。

你慈爱的父亲

爸爸

都柏林城堡

一九一八年十月

这封信被退回，一同退回的还有威利的军装和其他遗物，他的士兵手册，一本陀思妥耶夫斯基的书，还有那匹小瓷马。

多莉多年后移民美国时，带走了陀思妥耶夫斯基的那本书，留作念想。

威利的父亲的世界经历了后来的一起又一起动乱，一去不复返了。最后，他失去了神志，成了一个可怜的垂垂老者，故于巴尔廷格拉斯霍姆郡。

在佛兰德斯的焦土上的某个地方，克里斯蒂·摩兰的军功章还埋在那里。他的军功章是因为他不顾生死——

“还不如说寻求刺激”，克里斯蒂如是说。它被那种古老的爆炸烧成了黑色。

也许那酸性的有益的土壤把那层黑色吃掉了，那静静的军功章依然是清亮的棕色，把它那小王冠和小竖琴的精致图案展示出来，哪怕只是给虫子们看。

他们不得已尽快把威利埋了，因为现在德国人终于垮掉了，他们被迫随军开拔。

他们把威利掩埋在他倒下去的地方，在上面插了一块木头十字架，写上了他的详情。乔·基尔蒂说了几句发自肺腑的话。克里斯蒂·摩兰非常担心十字架上的那些详情留不住，为保险起见他在他的地图上标明了威利墓地的位置，以防所有的东西都荡然无存。

他们继续前进，却没有了威利。

威廉（威利）·邓恩，列兵
皇家都柏林明火枪团
阵亡于圣庭院
一九一八年十月三日
二十一岁
愿灵安息

版权合同登记号：图字：11-2017-324号

图书在版编目（CIP）数据

漫漫长路 /（爱尔兰）塞巴斯蒂安·巴里著；苏福忠译. —杭州：浙江文艺出版社，2022.1（2024.5重印）
ISBN 978-7-5339-6665-2

Ⅰ. ①漫… Ⅱ. ①塞… ②苏… Ⅲ. ①长篇小说－爱尔兰－现代 Ⅳ. ①I562.45

中国版本图书馆CIP数据核字（2021）第217572号

责任编辑 王莎惠
责任校对 唐 娇
责任印制 吴春娟
封面插画 渔 捻
装帧设计 尚燕平
数字编辑 姜梦冉

漫漫长路

［爱尔兰］塞巴斯蒂安·巴里 著 苏福忠 译

出版发行 浙江文艺出版社
地　　址 杭州市环城北路177号
邮　　编 310006
电　　话 0571-85176953（总编办）
0571-85152727（市场部）
制　　版 浙江新华图文制作有限公司
印　　刷 浙江省邮电印刷股份有限公司
开　　本 880毫米×1230毫米 1/32
字　　数 243千字
印　　张 12.75
插　　页 5
版　　次 2022年1月第1版
印　　次 2024年5月第7次印刷
书　　号 ISBN 978-7-5339-6665-2
定　　价 78.00元